DER

ROSENKILLER

Heike Gabriele Wagner

DER ROSEN KILLER

Kapitel 1

Er setzte den Fahrradhelm auf, hob den Kopf etwas an und ließ die Verschlusshälften ineinander rasten.

Der Sprecher im Radio beendete gerade die 19 Uhr Nachrichten. Der ganze Hype um den Klimawandel ging ihm total auf die Nerven. Gestern, am Freitag, waren wieder hunderte Schüler und Jugendliche in Erfurt auf die Straße gegangen, um unter dem Deckmantel der „Fridays for Future"-Bewegung gegen den Klimawandel zu protestieren und die Schule zu schwänzen. Er dachte mit Grauen an die morgendliche Diskussion mit seiner fünfzehnjährigen Tochter, ebenfalls eine glühende Verfechterin dieser Bewegung. Er wusste, dass sie bei der Demo in der ersten Reihe stand und sogar eine Rede vorbereitet hatte. Ein bisschen Stolz auf seine selbstbewusste Tochter musste er sich aber doch eingestehen.

Während er seine Fahrradschuhe anzog und die fingerlosen Handschuhe über die Hände streifte, hörte er den Wetterbericht im Radio. Der Sprecher kündigte weiterhin heißes, sommerliches Wetter ohne Niederschläge an. Auch heute war so ein Tag, an dem die Hitze einem den Schweiß aus den Poren trieb. Er hasste solche Tage, sie machten ihn unausstehlich. Nur in den Abendstunden konnte man es wieder draußen aushalten. Jetzt, im Juli, nutzte er die langen Sommerabende, um mit seinem Rennrad die Erfurter Umgebung abzufahren und seine Fitness zu verbessern.

Die Trinkflasche mit dem kühlen, isotonischen Getränk klickte er auf die vorgesehene Halterung seines schwarzen Fahrrades. Er schaltete das Radio aus, ließ hinter sich das automatische Garagentor herunterfahren, richtete noch einmal sein schwarz-weißes Trikot, setzte seine Fahrradbrille auf und schwang sich auf sein Rennrad.

Das war in letzter Zeit seine Lieblingsbeschäftigung: sich den Wind um die Nase wehen zu lassen und die Geschwindigkeit zu genießen. Hier fühlte er so etwas wie Freiheit, konnte den stressigen Alltag hinter sich lassen.

Er verließ die Löbervorstadt auf der Arnstädter Chaussee und steuerte seine Lieblingsstrecke an, nach Waltersleben, über Möbisburg und Rhoda zurück nach Erfurt, den Steiger hinunter. Die rote Ampel am Gasthof Schloss Hubertus bremste seine Fahrt. Während der Rotphase richtete er seine Brille und überprüfte den Fahrradcomputer.

Ein tuckerndes Geräusch ließ ihn links zur Seite schauen. Ein Motorradfahrer auf einer alten, restaurierten AWO hielt neben ihm an, stützte mit seinem rechten Bein das Bike ab, hielt die Hand zum Gruße an den Helm und schaute ihn mit einem breiten Grinsen an. Auch er konnte sich ein Lächeln nicht verkneifen. Wie klein die Welt war! Dieser Typ, in seiner alten Lederkluft, dem urigen Chopper Helm und der verspiegelten Sonnenbrille aus den Siebzigern, stand nicht das erste Mal an seiner Seite. Bereits gestern hatte er sich an dieser Stelle zu ihm gesellt und beide hatten sich ein kleines Rennen auf der abendlich leeren Landstraße geliefert.

Auch am heutigen Samstagabend schien die Landstraße nach Waltersleben wenig Verkehr aufzuweisen, also ideale Rennbedingungen. Der Biker ließ seine Maschine mehrmals aufheulen und nickte ihm ermunternd zu. Die Ampel wechselte auf Grün und beide begannen ihre Räder anzutreiben. Der Motorradfahrer rollte auf gleicher Höhe neben ihm her, während er wie ein Verrückter in die Pedale trat. Die Landschaft flog an ihnen vorbei. Er liebte die Geschwindigkeit und der Kollege neben ihm trieb ihn zu Höchstleistungen an. Nur einmal rückte der AWO-Fahrer hinter ihm ein, als zwei Pkw sie überholten.

Sie fuhren lange parallel über die Landstraße, dann über die Kuppe eines Hügels und für einen Augenblick sah man den riesigen Teppich aus hellem Weizen wie Gold unter der Sonne wogen. Doch beide hatten für die Schönheit der Natur kein Auge. Besonders die leicht abschüssige Gerade nach Waltersleben ließ seinen Ehrgeiz noch einmal aufleben. Der kleine Computer an seinem Lenker zeigte bereits 67 Stundenkilometer. Er gab alles. Die 70 wollte er vor dem Ort noch schaffen. Der Motorradfahrer fuhr zwei Meter voraus, um ihn noch einmal anzutreiben. Rechts flogen die ersten vereinzelten Häuser förmlich an ihnen vorbei.

Unverhofft ließ der Biker seine Maschine leicht nach hinten fallen, gab ordentlich Gas und knallte urplötzlich gegen sein Vorderrad. Der unerwartete Stoß riss seinen Lenker rechts zur Seite und ließ ihn eine kleine Böschung herunter rasen. Er versuchte das Gleichgewicht zu halten, überflog einen Graben, durchdrang wie ein Geschoss leichtes Gebüsch, fuhr über ein Blumenbeet, einen Weg und knallte ungebremst gegen eine Hauswand. Der heftige Aufprall riss ihn vom Rad und schleuderte ihn unsanft gegen eine Gartenbank. Das Vorderrad wurde aus der Gabel gerissen, rollte den kleinen Gartenweg entlang und blieb schließlich auf der Wiese liegen. Sein Trikot war an der rechten Schulter zerrissen und legte den Blick auf eine große, klaffende Wunde frei. Die leblosen Augen starrten in den wolkenlosen Himmel. Sein Genick war gebrochen.

Kapitel 2

Alex genoss den schönen Sonntagmorgen. Sie räumte in aller Ruhe den Frühstückstisch ab, ließ noch einen Kaffee aus dem Kaffeeautomaten laufen, setzte sich in ihrem kurzen Hausanzug auf die Terrasse und beobachtete lächelnd die Zwillinge beim Baden in dem kleinen, aufgestellten Pool im Garten. Noch konnte man es in der Morgensonne aushalten, aber schon in den nächsten Stunden würden die Temperaturen laut Wetterbericht in den unangenehm hohen Bereich steigen. Letzten Freitag hatten Tim und Leon die fünfte Klasse abgeschlossen. Wie schnell die Zeit verging! Sie schaute ins Wohnzimmer auf den zusammengetragenen Haufen von Taschen, Rucksäcken, Camping- und Badesachen der Jungs. Morgen früh würden die Kinder für eine Woche ins Schullandheim nach Zella-Mehlis fahren, ihrer alten Heimatstadt. Ihre Eltern wohnten noch dort und ihr Vater, ein pensionierter Arzt, hatte sich bereiterklärt, das Feriencamp für die Kinder mit zu organisieren. Alex wusste, dass bereits einige Events für die Kinder arrangiert waren: eine Nachtwanderung, eine Schatzsuche auf dem Ruppberg und ein Grillabend. Seit zwei Tagen waren die Jungs schon total aus dem Häuschen.

„Hast du mein rotes Shirt gesehen?"

Alex fuhr erschrocken herum. Ihre Tochter Lisa stand mit kurzen Hosen und einem Bikinioberteil bekleidet, das Haar zu einem Zopf gebunden, in der Verandatür und schaute sie ungeduldig an.

Alex überlegte. „Ich glaube, das habe ich mit gewaschen. Es hängt auf der Leine im Hauswirtschaftsraum. Wann holt dich denn dein Freund ab?"

„Naja, Felix kommt gleich, wir wollen uns mit ein paar Freunden im Nordbad treffen. Übrigens, bin ich gestern auch in den Club gekommen, die kannten Felix dort, er ist ja schließlich schon zwanzig."

Alex stellte ihre Tasse auf den Tisch. „Deshalb durftest du auch nicht länger bleiben, du bist ja schließlich erst fünfzehn."

„Ja, Mama, das weiß ich, das musst du mir nicht immerzu sagen."

Genervt lief sie ins Haus zurück.

Alex schaute ihr nach, insgeheim freute sie sich, dass Lisa ihre anstrengende Pubertätsphase endlich hinter sich hatte. Zwar gab es immer noch heiße Diskussionen um die Heimkomm-Zeiten und ums Auswärts-Schlafen, aber wie Alex aus eigener Erfahrung wusste, würde sich das mit der Zeit geben.

Ein unangenehmes Gefühl beschlich Alex, als sie nach der kurzen Ablenkung wieder an den Montagmorgen dachte. War sie nun suspendiert? Oder handelte es sich nur um eine leere Drohung ihres neuen Vorgesetzten? Leider war vor drei Wochen ihr Chef, Kriminalrat Jochen Ackermann, bei einer Sitzung zusammengebrochen: Herzinfarkt. Nach einer Bypassoperation stand ihm nun eine lange Reha-Phase bevor. Als Vertretung für das Fachkommissariat „Tötungs-, Brand- und Sexualdelikte" wurde sein bisheriger Stellvertreter Kriminalrat Eberhardt Bauer benannt. Alex kannte ihn bisher nicht, sie war ihm nur ein paar Mal auf dem Flur begegnet. Aber die Reaktion ihrer Kollegen auf die Beförderung dieses Mannes machte sie stutzig. Sogar ihre sonst so besonnene Kollegin Regina Wegener bezeichnete ihn als „unfähiges, selbstgerechtes Arschloch" und die meisten stimmten ihr zu. Alex hatte ja nicht ahnen können, dass sie das selbst so schnell zu spüren bekäme.

Schon in seiner Antrittsrede ließ er durchblicken, dass er jetzt der große Zampano sei und alle nach seiner Pfeife tanzen müssten. Gleich in den ersten Tagen seiner Amtszeit begann er, Alex Avancen zu machen und sie mit Einladungen zum Essen oder mit Karten für ein Konzert zu belästigen, obwohl er verheiratet war und eine Tochter in Lisas Alter hatte. Sie schätzte ihn auf Mitte Vierzig, die großen Geheimratsecken ließen sein breites Gesicht älter wirken. Er erschien sportlich und zäh, war einen halben Kopf kleiner als Alex, was aber seinem übertriebenen Selbstbewusstsein keinen Abbruch tat.

Alex hatte eindeutige Worte gefunden, um die Belästigungen zu unterbinden. Offenbar hatte dies sein Ego erheblich angekratzt. Nun bekam sie deutlich zu spüren, was es hieß, ihn nicht zum Freund zu haben.

Vor einer Woche wurde ihr Team in eine Villa gerufen. Der zweiundfünfzigjährige Studienrat, Conrad Beck, hatte sich im Büro seines Hauses mit seiner eigenen Waffe erschossen. Schon am Tatort ließ der Gerichtsmediziner Doktor Wolter, den alle nur „Doc Brown" nannten, weil er dem Schauspieler Christopher Lloyd in dem Film „Zurück in die Zukunft" zum Verwechseln ähnlich sah, durchblicken, dass es sich hierbei sicher nicht um einen Selbstmord handelte. Am Tatort erschien überraschenderweise ihr neuer Chef, spielte sich fürchterlich auf und unterband die Befragung der restlichen Familienmitglieder, angeblich wegen eines Nervenzusammenbruchs der Ehefrau und der unendlichen Trauer des Sohnes. Diese Beobachtung konnte Alex allerdings nicht nachvollziehen, beide wirkten sehr gefasst und gaben sich sicher in ihrem Auftreten. Wie sich später herausstellte, handelte es sich bei Eberhardt Bauer um einen Freund der Familie Beck. Auch die anderen Kollegen versuchte er in ihrem Arbeitseifer zu bremsen. Bei Doc Brown holte er sich eine ordentliche Abfuhr ab, denn der ließ sich nicht in seine Arbeit reinreden. Nur der KTU-Chef Ralf Tonhauser kam wütend und genervt vom Tatort gelaufen: „Wenn mir nicht gleich einer den Mann vom Hals schafft, erschieße ich ihn eigenhändig."

Die Recherchen erwiesen sich für Alex und ihr Team als äußerst schwierig. Fast heimlich trugen sie Informationen über den Toten und sein Umfeld zusammen. Bauer verlangte jeden Tag einen Bericht über den Stand der Ermittlungen, den sie zum Teil nur unvollständig weiterreichte, um den wahren Fortschritt zu verheimlichen.

Der Gerichtsmediziner Dr. Wolter präsentierte Alex ausführlich am Toten und auf der Videowand den Schusskanal. Es war dem Mann nur unter einer besonderen Verrenkung seiner rechten Hand möglich, sich so in den Kopf zu schießen. Alex ging also von einem mutmaßlichen Tötungsdelikt aus, was ihr Chef auf keinen Fall nachvollziehen wollte.

Am Donnerstag ließ sie sich bei Bauer verleugnen. Sie fuhr mit ihrer Kollegin Antonia Schellenberger zur Villa des Toten und führte mit der Witwe Bettina Beck und ihrem Sohn Maximilian eine Befragung durch. Dies veranlasste die Frau, sich danach bei Kriminalrat Bauer zu beschweren. Mutter und Sohn gaben sich gegenseitig ein Alibi. Aber während des Gesprächs stellte Bettina Beck ihre Tasse auf den kleinen Couchtisch zurück. Dabei rutschte ihr der rechte Ärmel ihrer Bluse fast bis zur Armbeuge hinauf und Alex konnte einen Blick auf die blauen Hämatome an ihrem Unterarm erhaschen. Sie sprach die Frau auf ihre Verletzung an, aber Frau Beck behauptete, sich die blauen Flecken bei einem Unfall im Haus zugezogen zu haben. Die Erwähnung, dass sich der Studienrat nicht selber erschossen haben konnte, brachte schließlich den Sohn bei der Befragung ins Schlingern. Die Mutter beendete daraufhin unsanft die Unterhaltung.

Das Verhalten der beiden war mehr als auffällig. Alex konnte sich des Gefühls nicht erwehren, dass sie nicht die Wahrheit sprachen. Im Laufe ihres Berufslebens hatte sie des Öfteren solche Verletzungen gesehen, die meist auf häusliche Gewalt hinwiesen. Auch Toni zweifelte an den Aussagen der beiden.

Das Umfeld dieser Familie müsste noch einmal komplett geprüft werden. Das hieße, noch einmal Nachbarn, Freunde und Angehörige zu befragen. Auch die finanziellen Gegebenheiten, sowohl das Verhältnis der Eheleute als auch das von Vater und Sohn mussten ebenfalls hinterfragt werden, welches bei Eberhardt Bauer sicher erheblichen Widerstand hervorrufen würde.

Da der Kriminalrat am Freitag auswärts beschäftigt war, hinterlegte Alex kurz vor Feierabend einen schriftlichen Bericht bei seiner Sekretärin und freute sich, ihm vor dem Wochenende nicht mehr Rede und Antwort stehen zu müssen.

Leider lief sie ihm vor dem Präsidium in die Arme. Sie erkannte sofort seine schlechte Laune und wusste genau, was jetzt auf sie zukam.

„Sie haben schon Feierabend, Frau Brückner?" Er schaute provokativ auf seine Armbanduhr. „Ich hatte Sie doch jeden Tag um einen Bericht gebeten. Das haben Sie wohl gestern vergessen?"

Alex trat einen Schritt auf ihn zu. „Nein, wir haben gestern den ganzen Tag ermittelt und am späten Nachmittag habe ich Sie leider nicht mehr in Ihrem Büro angetroffen. Der heutige schriftliche Bericht liegt bereits auf Ihrem Schreibtisch."

Sein Ton verschärfte sich und wurde lauter.

„Soviel ich weiß, untersagte ich Ihnen, Bettina Beck und ihren Jungen ins Verhör zu nehmen. Die Familie ist noch zu geschockt von dem Vorfall."

Alex Stimme wurde ebenfalls lauter. „Den Eindruck konnten meine Kollegin und ich nicht teilen. Außerdem handelte es sich nicht um ein Verhör, sondern nur um eine Befragung, was bei Ermittlungen in einem Todesfall durchaus üblich ist."

Seine Miene verdüsterte sich. Er zischte durch seine Zähne und wurde immer lauter.

„Sie haben meine Anweisungen missachtet. Wer glauben Sie denn, wer Sie sind?"

Alex platzte auch der Kragen, sie rief ihm entgegen: „Herr Bauer, ich rate Ihnen, den Fall abzugeben. Sie sind viel zu sehr involviert und zu befangen. Als Freund der Familie können Sie die Ermittlungen nicht leiten. Sie behindern unsere Arbeit."

Er schnaufte außer sich vor Wut und brüllte sie regelrecht an: „Was maßen Sie sich an, Frau Hauptkommissarin? Sie haben sich meinen Anweisungen widersetzt. Ich werde Sie suspendieren. Hier bekommen Sie keinen Fuß mehr auf den Boden, dafür werde ich sorgen!"

Alex konnte es nicht fassen. Ihr war bisher kein Fehler unterlaufen. Diesen Fall hatten die Kollegen und sie ordnungsgemäß nach Vorschrift abgearbeitet. „Okay! Tun Sie das, aber mit schriftlicher Begründung und ich werde auch meinen Bericht schreiben und dann lassen wir das an oberster Stelle klären", schrie sie ihn ebenfalls an.

Ihr Blick glitt über die Front des Bürogebäudes. Einige Kollegen aus den verschiedensten Abteilungen hingen an den Fenstern, auch zwei Beamte der Bereitschaftspolizei waren stehengeblieben, um den Streit zu beobachten.

Bauer brüllte sie wutentbrannt an: „Hier ist das letzte Wort noch nicht gesprochen, Frau Brückner. Ich ziehe Sie von diesem Fall ab. Wenn Sie den Anweisungen eines Vorgesetzten nicht nachkommen können, werden Sie die Konsequenzen tragen müssen." Er drehte sich um und ließ Alex stehen.

Völlig aufgelöst hastete Alex über den Parkplatz zu ihrem Wagen. Dabei übersah sie den herannahenden Motorradfahrer. Der reagierte gerade noch rechtzeitig. Erst das Quietschen der Bremsen ließ Alex aufmerken. Erschrocken blieb sie stehen und konnte sich gerade noch an der Schulter des Bikers festhalten, um nicht hinzufallen.

„Oh, Entschuldigung, es ist meine Schuld. Ich habe Sie nicht gesehen. Entschuldigen Sie bitte."

Der Fahrer sah ihre Verzweiflung, lächelte sie unter seiner verspiegelten Sonnenbrille an, grüßte mit zwei Fingern an seinem Helm und fuhr entspannt weiter. Erleichtert sah Alex ihm einen Moment lang nach, der tuckernde Viertakt-Sound verhallte langsam in der Ferne. Sie spürte immer noch das raue Leder seiner alten Motorradjacke unter ihrer Hand. Nur gut, dass er so schnell reagiert hatte.

Im Garten zwitscherten die Vögel. Die Zwillinge spritzten sich gegenseitig mit ihren großen Wasserpistolen nass. Alex legte die Füße hoch und trank einen Schluck Kaffee. Verflucht, wie hatte sie sich denn so dazu hinreißen lassen können, ausgerechnet vor dem Präsidium die Beherrschung zu verlieren? Bauer würde jetzt alle Hebel in Bewegung setzen, um allen, vor allem ihr, zu zeigen, wer der Chef im Hause war. Sie wollte auf keinen Fall ihren Onkel Werner, der im Innenministerium arbeitete, um Hilfe bitten. Während ihrer Scheidungszeit hatte er ihr den Posten als Hauptkommissarin angeboten, sehr zum Missfallen der meisten Kollegen im Kommissariat. Wie sie später erfuhr, hatten sich einige der Kommissare aus ihrer Abteilung auf die ausgeschriebene Stelle beworben. Ausgerechnet eine Hausfrau, Mutter von drei Kindern mit elfjähriger Auszeit, wurde ihnen vor die Nase gesetzt. Einige Kommentare ihrer männlichen Kollegen waren ihr bereits zu Ohren gekommen. Sie stellte sich vor, wie diese sich freuten, wenn sie jetzt strauchelte. Aber sie wollte bis zum Schluss allein versuchen, sich da herauszuboxen. Alex schaute in den Himmel. Kein Wölkchen verdeckte das helle Azurblau. Sie dachte an Dominik, ihren Liebsten, er fehlte ihr besonders heute. Morgen käme er von einer Geschäftsreise aus Wien zurück. Es war schon verrückt. Sie skypten jeden Abend eine Ewigkeit miteinander, wie zwei verliebte Teenager. Sie war glücklich, dass die Kinder ihn so kurz nach der Scheidung von ihrem Mann Michael uneingeschränkt akzeptiert hatten. Besonders die Zwillinge vereinnahmten ihn regelrecht bei seinen Besuchen. Und wenn es bei Lisa und ihr wieder einmal knisterte, sprang er immer als Vermittler ein. Sich zu kümmern und überhaupt für die Kinder Interesse aufzubringen, hatte sie bei Michael immer vermisst.

Sie stand auf und lief zum Pool. Eine volle Breitseite Wasser erwischte sie. Klitschnass rannte sie auf Leon mit seiner Wasserpistole zu, schnappte ihn und warf ihn in das Bassin. Lachend stand Tim hinter ihr und zog seine Mutter mit ins Wasser. Alle drei planschten vergnügt im Pool. Die negativen Gedanken der letzten Tage waren so eine Weile vergessen.

Am Abend saß Alex noch immer auf der Terrasse. Tiefe Dunkelheit legte sich langsam über die Baumkronen. Die Kinder lagen schon in ihren Betten, nur aus Lisas Zimmer drang noch leise Musik. Alex schloss die Akte des Falles „Beck" und knipste den kleinen Strahler aus. Trotz intensiven Studiums der Fakten konnte Alex keinen Hinweis auf einen anderen Täter im Umfeld des Studienrates entdecken. Für sie blieben die Familienmitglieder verdächtig. Aber was hatte Bauer damit zu tun? Wenn er wüsste, dass sie die Akte aus dem Kommissariat hier zu Hause studierte, würde er ihr sicher noch ein Verfahren anhängen.

Alex fing zu frösteln an. Das Knacken eines Astes im hinteren Bereich ihres Gartens ließ sie aufschrecken. Sie schaute in die Dunkelheit. Der Schatten eines Menschen huschte zwischen den Bäumen auf die Mauer zu. „Hallo? Bleiben Sie mal stehen!" Alex rannte ebenfalls zur Mauer, stoppte kurz zuvor und lauschte in die Dunkelheit. Sie hörte nur noch ein Rascheln, das sich hinter der Mauer entfernte. Aufgeregt lief sie ins Haus zurück, holte aus ihrer Tasche die Taschenlampe und erkundete unter dem starken Kegel des

Lichts den hinteren Gartenbereich. Alex war aufgebracht. Was wollte derjenige hier? Handelte es sich um einen Spanner? Ihr fiel die Einbruchserie in ihrem Viertel wieder ein. Bereits in fünf Villen in ihrer unmittelbaren Nähe war eingebrochen worden. Alle Nachbarn waren in Alarmbereitschaft. Wurde sie gerade ausspioniert, ihr Haus observiert? Auf dem Gemüsebeet der Zwillinge wurde sie fündig. Zwei riesige Schuhabdrücke ließen sich in der weichen Erde erkennen. Alex stellte ihren Fuß in Flipflops zum Vergleich daneben. Mindestens Schuhgröße 45.

Sie würde morgen die Kollegen über den Vorfall informieren. Vielleicht konnten die damit etwas anfangen.

Kapitel 3

Vor zwei Stunden hatte sie die Zwillinge geweckt, das Frühstück und für jeden ein Lunchpaket vorbereitet. Sie brachte ihre Jungs vor die Sporthalle, wo bereits ein Reisebus auf die Kinder wartete. Was für ein Gewimmel an aufgeregten Kindern, Eltern und Lehrern. Es dauerte eine ganze Weile, ehe man alle Mitfahrenden in den Bus und alle Nichtmitfahrenden aus dem Bus sortiert hatte. Alex kämpfte mit den Tränen, als die Jungs ihr bei der Abfahrt des Busses am Fenster fröhlich zuwinkten. Ein Blick auf die Uhr bestätigte Alex: die Abfahrt hatte sich um eine halbe Stunde verzögert.

Jetzt musste sie sich allerdings sputen. Sie wollte nicht auch noch zu spät kommen, denn Bauer würde sie nicht aus den Augen lassen. Warum hatte sie denn die Akten nicht gleich mitgenommen, sie standen noch zu Hause im Flur. Also fuhr sie den Weg noch einmal zurück. Gerade angekommen, kam Lisa mit ihrer vollgestopften Umhängetasche die Treppe heruntergelaufen. „Mama, kannst du mich ein Stück zu Rieke mitnehmen? Wir treffen uns heute mit Paul und Leonie am Anger."

„Ok, dann aber los. Was hast du denn alles in der riesigen Tasche drin?"

Lisa verdrehte die Augen. „Ach Mama, du hast es schon wieder vergessen. Ich schlafe doch heute bei Rieke."

„Sorry, das habe ich tatsächlich vergessen. Also sehen wir uns erst morgen wieder." *Auch nicht schlecht*, dachte Alex, *fühlt sich heute an wie sturmfrei*. Sie nahm die Tasche mit den Akten, schlang den Trageriemen über ihre Schulter, riss die Haustür auf und rannte fast in ihre Nachbarin Britta Schollbach hinein. In ihrem flotten Sportdress, den Laufschuhen und den zu einem Zopf gebundenen blonden Haaren, sah sie wie eine Leistungssportlerin aus.

„Hallo, Britta, ich habe jetzt gar keine Zeit mehr, ich muss los. Gibt es etwas Wichtiges?"

Britta lächelte und winkte ab.

„Ich will jetzt auch noch eine große Runde joggen, da ich im August beim Firmenlauf teilnehmen möchte. Aber eigentlich wollte ich euch nur am Mittwochabend zu meinem Geburtstag einladen. Dominik kannst du gerne mitbringen, mein Bernd will den großen Grill anschmeißen."

Alex überlegte kurz. Seit ein paar Jahren war sie mit Britta befreundet. Sie arbeitete bei einer Krankenkasse, während ihr Mann Bernd ein Dentallabor betrieb. Oft stand ihr Britta mit Rat und Tat zur Seite, sie konnte sich immer auf sie verlassen. Besonders in den letzten nervenaufreibenden Scheidungsmonaten hatte ihre freundschaftliche Fürsorge gutgetan. Doch ihren Geburtstag hätte sie wahrscheinlich bei der ganzen Aufregung total vergessen.

„Danke für die Einladung. Ich komme gern, aber Dominik ist dann bereits unterwegs nach Sydney zu seiner großen Ausstellung."

Verwundert trat Britta näher.

„Ich dachte, das ist später und ihr fliegt mit?"

Alex lächelte. „Nein, Dominik fliegt morgen schon voraus. Er wird dort seine Ausstellung vorbereiten und bei der Vernissage sollte er wohl auch anwesend sein. Die Kinder und ich fliegen erst in den letzten zweieinhalb Ferienwochen hin."

Alex blieb stehen und kam langsam auf Britta zu.

„Sag mal, gestern Abend, nach Einbruch der Dunkelheit ist bei mir jemand übers Grundstück gerannt und über eure Mauer abgehauen. Hast du etwas bemerkt?"

Britta schaute sie erschrocken an.

„Nö, das nicht, aber du weißt von den Einbrüchen?"

Alex nickte. „Haltet bitte die Augen etwas offen. Ich schicke heute noch einen Kollegen vorbei, der soll sich die Sache mal anschauen. Ausgerechnet jetzt hat Lisa wieder ihren

Schlüssel verlegt. Vergangenes Jahr haben nacheinander die Zwillinge ihre Schlüssel verloren, da habe ich nur jedes Mal ein paar nachmachen lassen. Aber jetzt nach den ersten Einbrüchen, bat ich Gregor, neue Schlösser einzubauen."

Britta nickte. „Seine Schlosserei hat auch bei uns eine neue, moderne Schließanlage eingebaut und das für kleines Geld. Nichts geht über eine gute Nachbarschaft."

Aus dem Auto rief Lisa: „Mama, wir müssen los, sonst komm ich zu spät."

Alex winkte Britta zu. „Ok, ich komme am Mittwoch vorbei, vielen Dank für die Einladung."

„Ich freue mich und wünsche dir noch einen schönen Tag", rief Britta zurück und lief leichtfüßig die Straße weiter.

Alex fuhr Lisa zu ihrem Treffpunkt. Natürlich kam sie selbst eine halbe Stunde zu spät ins Präsidium.

Im Fahrstuhl traf sie den Kollegen Otto Schuster vom Einbruchsdezernat. Sie erzählte ihm von ihrem nächtlichen Besucher und erkundigte sich nach den Ermittlungen der Einbruchsserie in ihrem Wohngebiet. Der Kommissar ließ durchblicken, dass es sich vermutlich um zwei Täter handelte, die bisher sehr professionell vorgegangen waren und nicht viele brauchbare Spuren hinterlassen hatten. Nur Fußabdrücke konnten gesichert werden. Keine Fingerabdrücke, keine DNA. Allerdings waren in den letzten drei Wochen weitere Einbrüche ausgeblieben.

„Entweder machen die Jungs aus irgendeinem Grund eine Pause oder sie haben kalte Füße bekommen und sind weitergezogen", lächelte Otto Schuster. „Ich schicke heute noch einen Kollegen bei Ihnen vorbei, der soll sich die Sache mal anschauen, das geht schon klar."

Alex bedankte sich, gab ihm die Adresse und verabschiedete sich mit einem festen Händedruck.

Als erstes schaute Alex bei ihrer Kollegin Regina Wegener vorbei. Die Hauptkommissarin in ihrem Team erwartete sie schon ungeduldig.

„Alex! Endlich bist du da! Es ist etwas passiert!"

Alex blieb stehen und ihre Kollegin schaute sie vielsagend an.

„Bauer ist tot."

„Was?", kam es gedehnt und im fragenden Ton zurück. „Wie?"

„Wahrscheinlich ein Fahrradunfall am Samstagabend. Man hat ihn allerdings erst Sonntagvormittag neben der Landstraße hinter einem Haus in einem Garten in Waltersleben gefunden. Genickbruch. Er war sofort tot." Regina fügte erklärend hinzu: „Er ist voll gegen die Hauswand gefahren. Sein Rennrad hat es auseinandergerissen und ihn auch. Er muss eine wahnsinnige Geschwindigkeit draufgehabt haben."

Alex fragte ungläubig. „Hat ihn denn seine Frau nicht vermisst?"

„Natürlich, noch am gleichen Abend sind mehrere Streifenwagen die Landstraßen abgefahren, die er bei seinen Touren immer nahm. Aber bei der Dunkelheit konnte ihn keiner sehen. Erst am frühen Vormittag hat ihn der Hausbewohner, ein älterer Mann, hinter seinem Haus gefunden."

Alex überlegte eine Weile. „Schon am Sonntag, warum bin ich denn nicht informiert worden?"

Regina legte ihre Stirn in Falten und hob ihre Augenbraue. „Mensch Alex, du hast wohl deinen großen Streit mit ihm am Freitag vor dem Kommissariat vergessen. Das ging wie ein Lauffeuer durch das Präsidium."

Alex konnte ihrer Kollegin nicht folgen. „Aber, was hat denn das Eine mit dem Anderen zu tun? Ich kann doch nichts für seinen Unfall."

Regina zuckte mit den Schultern. „Bergmann musste den Fall übernehmen, das kam von ganz oben. Außerdem möchte dich der große Chef sprechen. Dr. Perlinger erwartet dich in seinem Büro. Du sollst sofort hochkommen."

Alex lief in ihr Büro. Auch das noch, Kriminaldirektor Dr. Siegfried Perlinger, Leiter der gesamten Polizeiinspektion. Sie erinnerte sich, wie er sie an ihrem ersten Tag den Kollegen vorgestellt hatte, für ihren Geschmack zu viele Vorschusslorbeeren, fast schon peinlich gegenüber den Kollegen. Wenn es jetzt schlecht für sie lief, würde ihr eine Suspendierung trotzdem noch bevorstehen. Bauer konnte man ja zu der Auseinandersetzung mit ihr nicht mehr befragen.

Alex atmete noch einmal tief durch, klopfte an die Tür von Perlingers Büro und wurde hereingebeten.

Zu ihrer Verwunderung schien Perlinger in bester Laune zu sein. Er stand am Schreibtisch im edlen, hellgrauen Anzug, begrüßte sie mit Handschlag und bat sie auf dem Stuhl vor dem Tisch Platz zu nehmen. Er setzte sich dahinter. Alex schätzte ihn auf Ende Fünfzig. Für sein Alter hatte er eine gute Figur. Sein volles, graues Haar ließ ihn wesentlich jünger aussehen. Er schien gerade aus dem Urlaub gekommen zu sein. Sein auffälliger brauner Teint und die Wandleuchte im Hintergrund ließen sein helles Haar wie einen Heiligenschein leuchten. Alex konnte gar nicht wegschauen. Es fiel ihr trotzdem schwer, die Situation einzuschätzen.

Seine kleinen, aufgeweckten Augen, umrahmt von einer eckigen, goldenen Brille, musterten sie eindringlich. „Frau Brückner, leider treffen wir uns unter keinen guten Umständen. Erst fällt mein geschätzter Kollege Jochen Ackermann aus und jetzt erwischt es seinen Stellvertreter Kriminalrat Bauer. Das ist schlimm. Wie mir zu Ohren gekommen ist, haben Sie sich leider nicht so gut mit Herrn Bauer verstanden?"

Auf seine bedeutungsvolle Pause blieb Alex nichts anderes übrig, als sich zu erklären. „Ja, ich hatte mit ihm so meine Probleme. Im Fall Conrad Beck stellte sich heraus, dass Kriminalrat Bauer ein Freund der Familie Beck war. Er behinderte meine Arbeit und die meines Teams erheblich. Ich habe ihn darum gebeten, die Ermittlungen wegen Befangenheit abzugeben."

Der Kriminaldirektor lachte laut auf. „Sie brauchen mir nicht zu erzählen, was Eberhardt Bauer darauf antwortete. Ich kannte ihn sehr gut. Ich fand es von Ihnen aber sehr mutig, sich ihm entgegenzustellen. Nur bleibt mir jetzt nichts anderes übrig, den Fall Bauer und den Fall Beck an Hauptkommissar Chris Bergmann weiterzureichen. Sie sind raus."

„Aber wieso?", fragte Alex ungläubig.

Perlinger klopfte auf den Ordner, der vor ihm auf dem Schreibtisch lag. „Ich habe die Akte gelesen. Jedes Mal, wenn Sie bei der Familie Beck ermittelt haben, hat sich Frau Beck bei Bauer beschwert. Und der hat Sie jedes Mal wieder zurückgepfiffen. Wenn ich das mal so ausdrücken darf." Alex bestätigte es durch ein kurzes Kopfnicken. Sie wusste nicht, worauf er hinauswollte.

Perlinger klopfte erneut auf die Akte. „Wie ich hieraus entnehme, haben Sie Frau Beck oder ihren Sohn im Verdacht, Conrad Beck erschossen zu haben. Sie können mir doch nicht erzählen, dass Sie nach den ganzen Vorfällen noch objektiv gegen Frau Beck und ihre Familie ermitteln können."

„Tut mir leid, ich kann Ihnen nicht folgen. Haben wir bei unseren Ermittlungen einen Fehler gemacht?", wollte Alex wissen.

Dr. Perlinger lächelte versöhnlich. „Frau Brückner, das muss ich Ihnen doch nicht erklären, sie gelten jetzt als befangen und damit uns niemand etwas vorwerfen kann, werden wir es so handhaben."

Alex fühlte sich wie eine Verliererin. Seine Stimme riss sie wieder aus ihren Gedanken. „Im Ministerium haben meine Kollegen und ich festgelegt, keinen weiteren Stellvertreter für den Posten des Fachkommissariatsleiters einzusetzen. Jochen Ackermanns Gesundheitsprognose sieht positiv aus, seine Bypass-OP hat er gut überstanden und wenn nichts dazwischenkommt, steht er uns nach seiner Reha wieder zur

Verfügung. Daher haben wir beschlossen, eine Doppelspitze kommissarisch einzusetzen. Sie und Chris Bergmann werden die Führung im Kriminalbereich 1 als leitende Hauptkommissare einstweilen übernehmen."

Alex wusste gar nicht, ob sie richtig hörte.

„Verstehe ich das richtig, ich werde gerade befördert?"

Dr. Perlinger senkte den Kopf und schaute sie über seine Brille an. „Es sieht ganz so aus. Allerdings heißt das auch mehr Arbeit für Sie und Ihren Kollegen. Ich hoffe, Sie nehmen unseren Vorschlag an?"

Es dauerte einen kurzen Augenblick, ehe Alex zustimmend nickte. „Ja, das würde ich gern."

„Wenn Sie Fragen haben, stehe ich Ihnen jederzeit zur Verfügung. Ansonsten wird Ihnen auch Frau Becker, die Sekretärin von Jochen Ackermann, bei Schriftsachen behilflich sein."

Alex traute dem Frieden noch nicht.

„Heißt das, ich darf keine Ermittlungen mehr durchführen?"

Er lächelte wieder mit seiner freundlichen Miene.

„Doch, doch, der nächste Fall geht wieder an Sie. Ich werde die Kollegen nachher zusammenrufen und ein kurzes Statement abgeben. Einverstanden, Frau Brückner?"

Er stand auf und hielt ihr die Hand vor die Nase. Alex erhob sich ebenfalls und beide schüttelten sich die Hände.

Regungslos stand Alex am Fenster ihres Büros und ließ das eben Erlebte noch einmal Revue passieren. Eigentlich hatte sie mit einer Suspendierung gerechnet und nun eine Beförderung erhalten. Trotzdem widerstrebte es Alex, Bergmann ihren Fall abgeben zu müssen und auch noch mit ihm zusammenzuarbeiten. Er gehörte zu ihren größten Widersachern im Kommissariat. Sie hatte einmal zufällig hören können, wie er mit den Kollegen über sie sprach. Er vertrat die Ansicht, dass so etwas wie sie an den Herd gekettet gehöre, statt erfahrenen Kollegen die Stelle wegzunehmen. Das arrogante Arschloch sollte ihr nur blöd kommen mit seinem dämlichen Machogehabe.

Das Telefon klingelte und Dominik meldete sich. „Hallo, Alex, ich bin wieder im Lande."

„Was? Ich habe dich viel später erwartet. Bist du schon auf dem Hof?"

„Ja, Ich würde dich gern abholen. Wann hast du denn Feierabend?"

Alex übermannte ein Glücksgefühl, sie lehnte sich an ihren Schreibtisch. „So gegen 16 Uhr. Ich werde heute etwas früher Schluss machen, aber eher komme ich bestimmt nicht weg."

„Wir gehen schön Essen, es gibt viel zu erzählen. Was ist mit den Kindern?"

„Die sind mal außen vor. Lisa übernachtet bei ihrer Freundin und die Jungs sind im Ferienlager. Wir haben sturmfrei", jubelte Alex in den Apparat, dann fragte sie ungeduldig: „Was ist denn mit Wien? Hat alles geklappt? Ich bin so neugierig."

Dominiks Stimme klang geheimnisvoll. „Erzähle ich dir alles heute Abend." Er hielt einen kleinen Augenblick inne. „Du hast mir echt gefehlt. Ich hole dich um 4 Uhr ab. Bis dann, Schatz."

Alex legte den Hörer in die Station zurück. Sie freute sich auf heute Abend und dachte an ihre erste Begegnung vor ein paar Wochen.

Sie steckte mitten in den Ermittlungen ihres ersten Falles und er gehörte zu ihren Hauptverdächtigen. Dominik Kobenstein, ein großer internationaler Künstler. Seine Kunstwerke waren in der Welt sehr begehrt und hochbezahlt. Ausgerechnet bei der ersten Befragung verliebte sie sich Hals über Kopf in ihn. Die heimliche Liaison wäre ihr beinahe auf die Füße gefallen. Sie hatte unter Beobachtung gestanden bei ihrem ersten großen Fall, Mutter von drei Kindern und mitten in einer Scheidung.

Leider blieb ihnen heute nur diese eine Nacht. Schon morgen flog Dominik weiter nach Australien. Das „Museum of Sydney" richtete eine Ausstellung seiner Bilder und Kunstwerke aus. Die letzten zweieinhalb Ferienwochen würde sie mit den Kindern nachkommen, um dort mit ihm den ersten gemeinsamen Urlaub zu verbringen. Sie schloss für einen kurzen Moment die Augen, schon die Vorstellung daran, machte sie glücklich.

Sie betrat das Großraumbüro, um ihr Team über den neuen Stand zu informieren. In der Mitte vom Raum stand Chris Bergmann, leicht breitbeinig, kraftvoll, sportlich und sprach zu ihren Kollegen. Schräg hinter ihm stand grinsend an einen Schreibtisch gelehnt, mit verschränkten Armen, sein Mitarbeiter Kommissar Lasse Scholz, ein großer schlaksiger Typ mit kurzgeschorenem Haar.

Ihr Team, Hauptkommissarin Regina Wegener, Kommissarin Antonia Schellenberger und ihr Computerspezialist Matze Bösemann standen den beiden gegenüber.

„Was ist denn hier los?", fragte Alex in die Runde. Sie spürte ihren Ärger aufsteigen. Alle Augen richteten sich auf sie. „Habe ich etwas verpasst?"

Regina meldete sich als Erste. „Also, wie ich es verstanden habe, informierte uns Herr Bergmann gerade, unser neuer Chef zu sein."

Alex lief auf Bergmann zu und schaute ihn provozierend an.

„Da muss Herr Bergmann etwas falsch verstanden haben, wir beide wurden gerade kommissarisch als gleichberechtigte Doppelspitze benannt. Ich betone gleichberechtigt. Das heißt Herr Bergmann, Sie können sich mit mir absprechen und mein Team kann ich in Zukunft selber informieren. Ich hoffe, wir haben uns verstanden."

Chris Bergmann schaute aufgebracht zu seinem jüngeren Kollegen, knurrte etwas in seinen Dreitagebart und funkelte Alex wütend an. „Dann möchte ich es nur klarstellen, alles, was den Fall Bauer betrifft, gehört ab jetzt in mein Revier, Sie und Ihr Team sind raus, das gilt auch für den Fall Beck, den können Sie mir gleich übergeben."

Toni wandte sich empört an Alex, auch die anderen beiden sahen sie fragend an.

„Wieso bekommen die unseren Fall? Da steckt schon so viel Arbeit drin!"

Alex begann die Situation ihren Kollegen zu erklären. „Die Anweisung kommt von Dr. Perlinger. Wir sind raus und das K1 übernimmt." Sie unterdrückte ihren Ärger und schaute Bergmann fast gleichgültig an. „Ich werde die Akten in Ihr Büro bringen lassen", teilte sie ihm kurz angebunden mit und wandte ihm den Rücken zu.

Ohne ein weiteres Wort zu sagen, stapften Bergmann und Scholz aus dem Raum. Die angespannte Stille, die sie hinterließen, hämmerte in Alex' Ohren. Bis Regina ihren Kollegen zuraunte: „Na, die Zusammenarbeit kann ja heiter werden."

Alex' Team wartete noch immer auf eine Erklärung.

„Ja, es tut mir leid. Wegen meines Streits mit Bauer gelte ich jetzt als befangen und muss alles, was damit zu tun hat, abgeben. Tragt bitte alles zusammen, was wir über Beck haben und Toni, bringst du die Akten dann bitte rüber? Hat aber bis morgen Zeit, wir müssen schließlich erst alles aktualisieren und ordnen, auch wenn Bergmann herumtobt. Und wir behalten auf jeden Fall eine Kopie von Allem."

Toni grinste. „Alles klar Chefin und herzlichen Glückwunsch zur Beförderung."

Matze hielt einen Augenblick inne. „Wieso sprechen die von einem ‚Fall Bauer'? War das doch kein Unfall?"

Regina zuckte mit den Schultern. „Freilich muss der Unfall untersucht werden. Obwohl ich Bauer nicht leiden konnte, tut es mir leid um die Familie."

Alex' Miene verdüsterte sich. „Ja, du hast recht. So jung schon Witwe und er hat eine Tochter, die ist so alt wie Lisa. Das ist sicher schwer, wenn der Vater so früh geht." Etwas unschlüssig fügte sie hinzu. „Ich bin in meinem Büro."

Regina hielt Alex auf. „Übrigens war vorhin der Kollege Schuster vom Einbruch hier und wollte dich sprechen. Ich konnte aber nicht so richtig erfahren, was er wollte."

Erst jetzt dachte Alex wieder an ihren nächtlichen Besucher. „Gestern Nacht ist jemand in meinem Garten herumgeschlichen. Ich habe den Kommissar wegen der Einbrüche in unserem Wohngebiet gefragt. Vielleicht wollte mich jemand ausspionieren. Er wollte sich darum kümmern. Ich rufe ihn gleich an."

„Das kannst du dir sparen", winkte Regina ab. „Er hat mir gesagt, dass er erst morgen wieder im Haus ist."

„Das klingt aber nicht gut", mischte sich Toni ein. „Hast du nicht gesagt, du bist heute ganz alleine in deinem Haus."

Alex schüttelte den Kopf. „Ich habe gesagt, ich bin heute Nacht kinderlos, nicht alleine." Mit einem geheimnisvollen Lächeln verließ sie den Raum.

Alex beeilte sich, um mit dem Abschlussbericht im Fall Beck fertig zu werden. Sie schaute auf die Uhr. Verdammt, schon kurz vor vier, sie musste sich sputen. Eilig schlüpfte sie in ihre romantische Lieblingsbluse und betrachtete sich zufrieden im Spiegel. Das Oberteil passte wunderbar zu ihrer engen dreiviertel langen Jeans, die sie schlank und sportlich aussehen ließ. Sie richtete noch einmal ihr Make-up und lockerte mit den Fingern ihre schulterlange, leicht gewellte Frisur auf.

Es klopfte und Ralf Tonhauser von der KTU trat ein. Die Mappe in seiner Hand legte er auf Alex' Schreibtisch. Er wirkte wie immer sehr gehetzt.

„Ich komme nochmal im Fall Beck. Der Mann kann sich nicht selbst erschossen haben. Er hatte zwar Schmauchspuren an der Schusshand, aber ich vermute, man hat dem Toten die Waffe in die Hand gedrückt und nochmals geschossen. Es fehlen nämlich zwei Kugeln im Lauf. Allerdings haben wir in der Wohnung die zweite Kugel nicht gefunden. Wir haben anhand des Schusskanals den Tötungsvorgang nachgestellt. Es ist unmöglich, sich so zu erschießen. Sie sehen es ja hier an den Bildern vom Tatort." Er legte Alex die geöffnete Mappe auf den Schreibtisch und tippte mit dem Finger auf die Fotos. „Die Eintrittsöffnung des Schusskanals ist oberhalb der Hutkrempe und viel zu weit hinten. Da der Lauf des Revolvers verhältnismäßig lang ist, hätte er die Pistole so halten müssen." Er hielt seine rechte Hand weit verdreht rechtsseitig hinter seinem Kopf. „So kann man keinen Revolver bedienen, Beck wird sich so nicht selbst erschossen haben."

Alex ging auf ihren Kollegen zu und blieb bedauernd vor ihm stehen.

„Das ist sehr interessant, aber leider ist Beck nicht mehr mein Fall. Ich musste ihn an den Kollegen Bergmann abgeben. An ihn müssen Sie sich wenden."

Auf Tonhausers fragenden Blick erwiderte Alex: „Wegen Befangenheit, das kam von ganz oben."

Ihr Kollege kräuselte die Stirn. „Muss ich das verstehen? Doch nicht etwa wegen des Streits mit Bauer?"

Alex nickte. „Das hat sich ja schnell herumgesprochen. Bauer galt als Freund der Familie Beck. Ich habe es gewagt, ihn zu kritisieren, er sollte den Fall abgeben. Man ist der Meinung, ich stehe der Sache nicht mehr objektiv gegenüber."

Ralf Tonhauser griff nach seiner Mappe. „Das tut mir leid, dann trage ich mal Bergmann unsere Entdeckung vor."

Er schaute Alex von oben bis unten an. „Gut sehen Sie aus. Haben Sie heute noch etwas vor?"

Alex nickte und verabschiedete ihren Kollegen. Im Hinausgehen stieß er mit Dominik zusammen, der in das Büro trat, während Tonhauser Alex noch einmal einen verschmitzt wissenden Blick zuwarf.

Dominik trat auf sie zu. Die verwaschene Jeans und das enganliegende schwarze Hemd mit den hochgekrempelten Ärmeln unterstrichen seine sportliche Figur. Der gepflegte kurze Bart ließ sein Gesicht markant erscheinen. Seinem Lächeln konnte Alex nicht widerstehen. Sie lief zu ihm und schlang ihre Arme um seinen Nacken. Ihre Hände strichen durch sein halblanges, lockiges Haar und sie blickte in seine stahlblauen Augen. Er beugte sich zu ihr und berührte mit seinem Mund zärtlich ihre Lippen, seine starken Arme zogen sie zu sich heran. Der innige Kuss raubte Alex fast den Atem. „Du hast mir so gefehlt." Sie schaute ihn eine Weile an. „Und, was ist mit deiner Ausstellung in Wien? Hat es geklappt?"

Er lächelte. „Ja, man hat mir heute Morgen noch zugesagt, dass ich im ‚Albertina' Museum ab September nächsten Jahres drei Monate ausstellen kann." Er küsste sie auf die Stirn. „Ich wäre sehr glücklich, wenn du mich zur Eröffnung begleiten würdest."

Alex freute sich mit ihm. „Ich komme gern mit."

Dominik deutete mit der Hand zur Tür. „Da draußen geht es ja zu, wie in einem Bienenstock. Ist etwas passiert?"

Alex löste sich aus seiner Umarmung und nickte. Sie berichtete in knappen Worten, was sich heute alles zugetragen hatte, und endete mit einem zornigen Fluch gegen Bergmann.

„Du siehst immer bezaubernd aus, wenn du wütend bist", grinste Dominik sie spitzbübisch an. „Da haben wir ja heute noch etwas zu feiern."

Alex lachte. „Ja, und wir sind heute Abend ganz alleine." Sie schloss das Fenster, schaltete den Computer aus und nahm ihre große Sommertasche. „Wo gehen wir jetzt hin?"

Er gab ihr einen kurzen Kuss. „Lass dich überraschen."

Die ersten Sonnenstrahlen, die durch das große, bodentiefe Fenster in ihr Schlafzimmer fielen, ließen Alex aus ihrem Schlaf erwachen. Ihr Kopf ruhte auf Dominiks Schulter, ihre Körper nackt und eng umschlungen. Wow, was für ein schöner Abend bei ihrem Lieblingsitaliener und was für eine berauschende Nacht. Der Sex mit ihm war jedes Mal wieder umwerfend, Schlaf hatten sie in dieser Nacht kaum gehabt. Sie streichelte sanft über seine Brust, seine dunklen, blauen Augen schauten sie an. Er beugte sich über ihren Körper, küsste sie und begann zärtlich ihren Nacken zu streicheln, glitt mit seiner Hand über ihre Schulter zu ihren Brüsten, die er liebevoll liebkoste. Seine Hand bewegte sich weiter über ihren Bauch und streifte sanft über ihre Oberschenkel. Alex' Atem ging schneller, als seine Lippen ihre Brüste küssten und seine Finger sanft ihre Scham berührten.

Das Telefon auf dem Nachtschrank klingelte, beide wurden unsanft aus ihrem Liebesakt gerissen.

„Da muss ich leider dran, das ist die Dienststelle", keuchte Alex.

Er gab sie frei. Sie setzte sich auf den Bettrand und nahm das Telefonat an. „Brückner!"

Der Kollege von der Nachtschicht teilte ihr mit, dass Leichenteile im Steigerwald gefunden worden waren. Eine kurze Wegbeschreibung folgte.

„Ok, ich bin unterwegs." Sie wählte Tonis Nummer, erklärte ihrer Kollegin die Situation und den Weg und legte das Handy zurück auf das Schränkchen. Sehnsüchtig schaute sie zurück aufs Bett, in dem Dominik erwartungsvoll eine Augenbraue hob. Alex seufzte und lächelte ergeben, als er ihre Hand nahm und sie zurück ins Bett zog.

Kapitel 4

Alex fuhr langsam über den engen Waldweg, um Vertiefungen und Wurzeln auszuweichen. An der ersten Gabelung stand ein junger Kollege in Uniform, der ihr den Weg durch den Wald, hinauf zu einer kleinen Lichtung wies. Er beugte sich zu ihrem geöffneten Autofenster hinunter. „Das letzte Stück müssen Sie über eine Wiese fahren. Machen Sie sich auf etwas gefasst, hoffentlich haben Sie noch nicht gefrühstückt."

Alex parkte den BMW hinter Tonis altem, rotem Polo. Zwei Streifenwagen, mehrere Autos der KTU und Doc Browns alter VW-Bus standen kreuz und quer vor dem Wiesengrund verteilt. An der Fundstelle wimmelte es bereits von Kollegen in weißen Einwegoveralls. Alex sprang über einen fast ausgetrockneten kleinen Bach und blieb verwundert stehen. Der untere Teil der Wiese erinnerte mehr an einen grob umgegrabenen Acker. Der KTU-Chef, Ralf Tonhauser mit seiner legendären roten Kappe, kam ihr mit einigen Beuteln in den Händen entgegen und sah ihren verwunderten Blick.

„Guten Morgen, Frau Brückner." Er deutete mit der Hand über die zerfurchte Grünfläche. „Das hier haben wir einer Rotte von Wildschweinen zu verdanken, die Tiere finden bei der Trockenheit kaum noch etwas. Aber hier, im noch etwas feuchten Wiesengrund, graben sie nach Wurzeln und Würmern. Damit haben sie uns auch etwas Arbeit beschert. Kein schöner Anblick."

Er zeigte in die Richtung seiner Kollegen und schritt auf den grauen Sprinter der KTU zu.

Toni kam ihr entgegen. Ihre junge, sehr schlanke Kollegin mit dem frechen, blonden Kurzhaarschnitt überragte sie fast um einen Kopf. Ihre großen, grünen Augen sahen sie verwundert an, schließlich war Alex spät dran.

„Guten Morgen Alex! Obwohl, den Morgen könnte ich mir anders vorstellen. Wildschweine haben hier gleich am Waldrand zwei Leichen freigelegt und sie sich zum Teil auch schmecken lassen. Komm, schau dir das mal an. Die Kollegen von der Spurensicherung konnten die Körper zum größten Teil schon freilegen."

Sie liefen den flachen Hang hinauf zur Fundstelle. Alex grüßte in die Runde der Kollegen und schaute sich die zwei freigelegten Grabstätten an. Doc Brown, der Gerichtsmediziner, stand bereits in einem der Gräber, schaute kurz auf, um Alex freundlich zuzunicken, um dann mit der Untersuchung des Toten fortzufahren.

Seine Assistentin Carmen Michaelis kniete mit einem Kollegen der Forensik in der zweiten Grube und beide bearbeiteten mit Pinseln die stark verweste Leiche.

Toni deutete mit der Hand auf einen jungen Mann mit Hund, der bei einem Kollegen der Streife gerade seine Aussage machte. „Der junge Mann, oder besser gesagt sein Hund, fand heute morgen die angefressenen, zum Teil freigelegten Leichenteile und informierte sofort die Polizei."

Alex nickte und trat näher an die Gräber heran.

Beide Toten steckten in schwarzen Overalls, anscheinend aus Synthetik, denn die Anzüge wirkten besser erhalten, als das, was in ihnen steckte. Das weiße Haupt des Gerichtsmediziners beugte sich über den zerfetzten Stummel des Unterschenkels der Leiche, während bei dem zweiten Toten im anderen Grab der komplette linke Arm und die Hälfte des Gesichtes abgefressen waren.

Ralf Tonhauser kam zurück und stellte sich hinter die beiden Kommissarinnen.

„Meiner Meinung nach liegen die Zwei erst seit ein paar Wochen hier, denn die Erde in den Gruben ließ sich sehr locker abtragen, deswegen haben es auch unsere vierbeinigen Freunde so leicht gehabt. Oder was meinen Sie, Doc?"

Der Gerichtsmediziner nickte. „Ja, da kann ich Ihnen zustimmen. Genaueres kann ich erst nach der Obduktion sagen. Es handelt sich hier um zwei Männer und kurz gesagt: Es wurde beiden der Schädel eingeschlagen. Schauen Sie, Frau Brückner." Er zeigte mit der Hand auf eine tief eingedrückte Stelle im Schläfenbereich des stark verwesten Schädels. „Dem anderen Herrn erging es auch nicht besser. Der hintere Schädelbereich ist vollkommen zertrümmert."

Alex bückte sich, ihr Blick blieb an den gefalteten Händen über der Brust des Toten hängen. „Hat man ihm die Hände gefaltet? Was ist das zwischen seinen Fingern, eine Blume?"

Gespannt starrten alle in die Grube. Der Doc nahm eine Pinzette aus dem Kasten, öffnete einen Asservatenbeutel, beugte sich über die gefalteten Hände der Leiche und zog vorsichtig einen schwarzen Stängel mit einem halb verwesten Blatt hervor und schaute ihn genauer an.

„Da können Sie absolut recht haben, sieht aus wie ein Blumenstängel. So wurden unsere Opfer ausgesprochen pietätvoll vergraben." Er steckte den Stiel in den Beutel und verschloss ihn. Er schaute Alex an. „Wie gesagt. Genaueres erst nach der Untersuchung."

Sie wandte sich dem anderen Grab zu und fragte Frau Michaelis: „Waren seine Hände auch gefaltet, mit einer Blume zwischen den Fingern?"

Die Assistentin schaute sich die verbliebene Hand genauer an.

„Sieht ganz so aus. Leider fehlt der linke Arm. Eine Blume konnte ich bis jetzt nicht finden, die ist wahrscheinlich mitgefressen worden. Aber ich werde die Erdproben um die Hand untersuchen. Wenn da eine Blume war, finden wir auch Reste davon."

Alex schaute sich die Toten noch einmal genauer an. Beide trugen Turnschuhe, Sneakers. Ausweise, Führerscheine oder sonstige Dokumente sowie Handys, die helfen könnten, die

Zwei zu identifizieren, konnten die Kollegen nicht finden. Der Mann mit den gefalteten Händen trug noch seine Armbanduhr, die sogar noch funktionierte, während die Uhr des anderen Opfers zehn Meter weiter im Unterholz entdeckt wurde. Das Lederarmband zerfressen, das Glas angeschlagen, die Zeiger der Uhr bei 2:47 Uhr stehen geblieben.

Der KTU-Chef zeigte Alex die Uhr im Asservatenbeutel. „Wir müssen noch untersuchen, wann die entzwei gegangen ist, vielleicht beim Transport oder auch schon früher."

Alex deutete auf das fehlende Bein des rechten Opfers. „Ist das Bein komplett verschwunden oder ist wenigstens sein Schuh irgendwo aufgetaucht?"

„Ja, den Schuh haben wir dort drüben völlig zerfetzt im Gebüsch gefunden." Tonhauser deutete mit der Hand Richtung Wald. „War allerdings auch noch ein Stück Fuß drin."

Alex fragte nach der Schuhgröße.

„Der ohne Fuß 43 und der andere 41."

Das Geräusch eines Autos ließ Alex und ihn aufblicken.

„Ach ja, Ihre Kollegin verlangte, dass ich die Hundestaffel anfordere, um weitere Fundstellen auszuschließen."

Der blaue Kastenwagen parkte direkt neben dem alten VW-Bus des Gerichtsmediziners. Zwei Beamte in dunkelblauen Overalls öffneten die Rücktüren ihres Wagens und ließen zwei angeleinte Schäferhunde herausspringen. Alex und Tonhauser liefen ihnen ein Stück entgegen, begrüßten die zwei Hundeführer und besprachen mit ihnen den Suchradius für die Leichenhunde um die schon geöffneten Grabstellen.

Eine Mitarbeiterin der Kriminaltechnik trat an Ralf Tonhauser heran. „Chef, sollen wir den Pavillon über den Gräbern aufbauen? Die Sonne steigt jetzt über die Bäume, da wird es sehr heiß werden."

Der KTU-Chef sah, wie sich die Schatten der Bäume langsam in den Wald zurückzogen. Er nickte seiner Kollegin zu. „Ok, nehmt gleich den Großen, das dauert hier sicher noch den ganzen Tag."

Alex sah sich weiter um und stellte sich neben Toni.

„Es sieht so aus, als ob die Wiese hier gemäht wird. Wir sollten den Zuständigen fragen. Vielleicht hat er etwas bemerkt?"

Toni legte etwas den Kopf zur Seite und ließ ihre Zweifel hören.

„Das kann sein, kann auch nicht sein. Die Kollegen von der KTU haben mir erzählt, dass der Totengräber äußerst geschickt die Beiden unter die Erde gebracht hat. Er trug erst die Grasnarbe ab, die er danach wieder vorsichtig auf die zugeschütteten Gruben legte. Man konnte es also gar nicht sehen. Wenn da nicht die Wildschweine gewesen wären, hätte die Zwei hier nie jemand gefunden."

Alex schaute sich noch einmal um.

„Hier geht nirgends ein Weg, geschweige denn eine Straße entlang. Unser Mörder konnte also ziemlich sicher sein, beim Vergraben der Leichen nicht gestört zu werden. Aber irgendwie musste er die Toten hierhergebracht haben. Zumindest brauchte er einen geländegängigen Wagen. Ach Toni, sorge bitte dafür, dass die Kollegen noch einmal nach Reifenspuren Ausschau halten. Ich hoffe, die Wildschweine und die Kollegen haben nicht alles zerstört."

Im Kommissariat setzte Alex sogleich ein Briefing an. Hauptkommissarin Regina Wegener, eine gestandene Frau Anfang fünfzig, die gute Seele des Teams, sorgte gleich für ausreichend Kaffee und selbstgebackenen Kuchen. Man konnte sich immer auf sie verlassen, sie war loyal, zuverlässig, fleißig und Alex liebte ihre derben, herzlichen Sprüche.

Auch ihren jungen Computerexperten Matze Bösemann, gerade mal 23 Jahre, mochte Alex nicht missen. Als Regina ihn ihr das erste Mal vorgestellt hatte, dünn, blass, mit seiner schwarzen Wuschelmähne, hatte sie geglaubt, ein Kind vor sich zu haben. Doch das war ein Irrtum. Matze konnte nahezu jedes Passwort knacken. Kein Computersystem war vor ihm sicher. Seine teilweise kriminellen Aktivitäten hatten ihn auf den Radar der Polizei gebracht und Kriminalrat Jochen Ackermann nutzte damals die Chance, den Hacker anzuwerben. Seine Mitarbeit bei der Polizei hatte ihm das Gefängnis schließlich noch erspart.

Seit ein paar Wochen bereicherte nun auch Antonia Schellenberger, eine engagierte Kriminalkommissarin aus Leipzig, genannt Toni, Alex' Team.

Nach einem kurzen Bericht verteilte Alex die Aufgaben.

„Da wir noch keine näheren Informationen von den Kollegen der Gerichtsmedizin und der KTU haben, müssen wir zunächst mit dem arbeiten, was wir wissen. Regina und Matze, ihr geht mal die Vermisstenfälle der letzten acht Wochen durch. Es handelt sich um zwei Männer in schwarzen Arbeitsoveralls, Turnschuhe Größe 43 und 41, beide Lederarmbanduhren, vielleicht haben wir da einen Treffer.

Toni, du schaust, ob du ein paar Zeugen auftreiben kannst. Der Landwirt, der die Wiese mäht, und der junge Mann, der die Leichen gefunden hat, werden ebenfalls noch einmal befragt. Vielleicht hat er ein Auto oder irgendwelche Personen gesehen, wenn er dort regelmäßig seinen Hund Gassi führt."

Auf dem Rückweg in ihr Büro schaute Alex bei Sabine Becker, der Sekretärin Jochen Ackermanns vorbei, um die zusätzlichen, anstehenden Aufgaben ihrer neuen Stellung abzuklären. Sie suchte sich einen kleinen Teil heraus und überließ den Rest Bergmann.

Am Nachmittag schaute Hauptkommissar Schuster vom K2, „Diebstahl, Einbruch und Raub", bei Alex vorbei. Er war ein großer, kräftiger Mann mit kurzem, dunkelblondem Haar und einem sehr charmanten Lächeln.

„Ich gratuliere zur Beförderung! Dr. Perlinger hat uns persönlich die gute Nachricht überbracht." Sein Lächeln ging in ein Grinsen über.

Alex lachte. „Oh vielen Dank, aber sicher haben nicht alle Kollegen die Nachricht so positiv aufgenommen."

Er winkte ab. „Machen Sie sich nichts draus. Neider gibt es überall. Aber mal etwas anderes. Ich habe mich einmal selbst in ihrem Garten umgesehen. Die Schuhabdrücke habe ich abgenommen, aber die passen leider nicht zu den Abdrücken unseres Einbruchduos. Die aus ihrem Garten sind Schuhgröße 46 und haben ein Sohlenprofil von Laufschuhen, während unsere Täter wesentlich kleinere Turnschuhe trugen."

Alex wurde hellhörig. „Sneakers?"

Otto Schuster nickte.

Sie hakte nach. „Welche Schuhgrößen?"

Der Kommissar überlegte einen Augenblick. „Ich glaube 43 und 41." Er lachte. „Haben Sie etwa die passenden Kandidaten für uns?"

Alex' Gedanken überschlugen sich. War das schon ein entscheidender Hinweis? „Wir haben heute im Steigerwald zwei Leichen gefunden, Männer in schwarzen Overalls und Sneakers in den zwei Schuhgrößen. Ich glaube ja nicht an Zufälle. Die Toten liegen laut Tonhauser noch nicht lange dort. Sagten Sie nicht, dass vor drei Wochen die Einbruchsserie stoppte?"

„Ja, das hat uns auch sehr verwundert. Wir haben angenommen, dass sich unsere Täter ein neues Revier gesucht haben."

Alex zuckte mit den Schultern. „Vielleicht auch nicht. Wir haben noch keine Untersuchungsergebnisse. Wenn ich mehr weiß, melde ich mich bei Ihnen. Na ja, und mit meinem nächtlichen Besucher muss ich halt mal schauen, ob der sich noch einmal blicken lässt."

Der Kommissar legte ihr ein Kärtchen mit seiner Telefonnummer auf den Schreibtisch. „Wenn er Sie noch einmal besucht, können Sie mich jederzeit anrufen."

Alex dankte ihm. „Übrigens möchte ich Sie noch bitten, mir Ihren Bericht über die Einbruchserie so schnell wie möglich zukommen zu lassen. Ich vermute, die Fälle hängen zusammen. Sobald wir etwas finden, werden wir Sie informieren."

Er nickte ihr zu. „Dann auf gute Zusammenarbeit." Er legte sein charmantes Lächeln wieder auf und verließ den Raum.

Alex rief sofort ihre Kollegen an. „Ich habe da so einen Verdacht, sucht erst einmal in den letzten drei Wochen nach vermissten Männern. Fangt erst einmal in der Umgebung an und erweitert dann den Suchradius."

Die Ermittlungen liefen schleppend an, da noch keine verwertbaren Ergebnisse der Forensik vorlagen.

Toni konnte den Bauern, der in großen Abständen die Waldwiesen am Steiger mähte, ausfindig machen. Doch leider ließ die große Trockenheit der letzten Wochen das Gras kaum wachsen und der Bauer verzichtete auf den spärlichen Grünschnitt. Ihm waren keine verdächtigen Personen in den letzten Wochen aufgefallen.

Ähnlich äußerte sich auch der junge Mann, der die Leichen mit seinem Hund am Waldrand entdeckt hatte.

Regina betrat Alex' Büro und legte ihr neue Unterlagen vor.

„Ich glaube, wir sind fündig geworden. Matze und ich konnten bisher drei vermisste Personen ausfindig machen, die in dem Zeitraum in Frage kommen. Die ersten zwei sind ältere Männer, ein 48-Jähriger aus Weimar, ein 72-Jähriger aus Erfurt und hier ebenfalls aus Erfurt ein 22-Jähriger. Der ist allerdings interessant, weil die Kollegin von der Vermisstenstelle auf Drängen der Mutter, bei ihren intensiven Nachforschungen feststellte, dass der Freund, bei dem der junge Mann wohnte, ebenfalls verschwunden sei."

Alex nahm das Papier in die Hand und überflog den Ausdruck mit einem Blick.

„Das ist allerdings wirklich interessant. Wann hat die Mutter ihn vermisst gemeldet?"

Regina zeigte mit dem Finger auf die betreffende Zeile: „Vor genau vierzehn Tagen. Ein gewisser Enrico Kleinschmidt und sein Freund Ronny Neubucher, aber ihn hat bisher niemand vermisst."

Alex überlegte, sah auf die Uhr und griff nach dem Telefon. „Vielleicht haben wir Glück und ich erreiche Doc Brown noch."

Der Doc nahm direkt ab, Alex meldete sich erfreut. „Haben Sie schon unsere zwei Leichen auf dem Tisch?"

Der Gerichtsmediziner lachte auf. „Aber Frau Brückner, die zwei Toten und ich sind gerade erst hier eingetroffen. Sie wollen doch von mir jetzt noch keine Diagnose haben. Zaubern kann ich auch nicht."

„Nein, nein, ich will auch nicht nerven. Nur eine Frage. Können Sie ungefähr das Alter der Toten einschätzen oder wenigstens eingrenzen?"

„Nach der ersten Leichenschau lässt sich das schwer sagen, bei dem Verwesungszustand. Sie haben ja die Toten gesehen. Nur eine Zahnschmelzanalyse kann das ziemlich genau bestimmen. Ich persönlich schätze die Zwei auf 20 bis 40 Jahre. Hilft Ihnen das weiter?"

„Oh ja, Doc, damit haben Sie mir schon sehr geholfen, die Vermissten einzugrenzen." Alex bedankte sich und legte triumphierend das Telefon in die Station zurück. Sie schaute Regina an. „Zwischen 20 und 40 schätzt der Doc. Das passt doch. Ich fahre jetzt zur Mutter von diesem Kleinschmidt und nehme Toni mit."

Regina nickte. „Ok, aber hier habe ich noch etwas. Auf den Vermissten ist ein alter Renault-Bus zugelassen und die Freundin, eine gewisse Sandy, sprach von einer Spanienrundreise, die die beiden Männer schon länger geplant hatten. Deswegen sind die Ermittlungen erst einmal im Sande verlaufen."

„Danke Regina, damit kann ich schon etwas anfangen und sag bitte Toni Bescheid."

Die Frauen fuhren Richtung Norden ins Plattenbaugebiet von Erfurt. Alex stoppte den Wagen vor einem der Hochhäuser am Moskauer Platz und manövrierte den BMW in eine enge Parklücke. Am Eingang des Gebäudes studierten die Kommissarinnen die vielen Klingelschilder der Bewohner. Toni entdeckte den gesuchten Namen. „Hier ist es, neunte Etage, D. Kleinschmidt."

Die Haustür wurde aufgerissen. Eine kräftige Frau und ein großer Hund mit langem Zottelfell traten auf die Straße. Alex hielt die Tür geöffnet und beide Frauen beeilten sich, den Fahrstuhl noch zu erwischen. Der starke Geruch nach feuchtem Hundefell raubte ihnen fast den Atem. Toni hielt sich angewidert die Nase zu.

„Bei denen möchte ich aber nicht wohnen."

Da Alex auch die Luft anhielt, konnte sie dazu nur nicken.

Als die Fahrstuhltür im neunten Stock aufging, löste der Geruch von verbranntem Essen den Gestank im Lift ab. Laute Stimmen hinter einer der Wohnungstüren ließen einen Ehestreit erahnen. Alex klingelte bei „D. Kleinschmidt" und es dauerte eine Weile, ehe eine sehr dickleibige Frau mittleren Alters die Tür öffnete. Alex lächelte der Frau entgegen und hielt ihr ihren Ausweis vor.

„Guten Tag, Frau Kleinschmidt, mein Name ist Alexandra Brückner und das ist meine Kollegin Frau Schellenberger, Kriminalpolizei Erfurt. Wir würden gern mit Ihnen über Ihren Sohn sprechen."

Die Frau hielt sich vor Schreck am Türrahmen fest. „Mein Gott! Is' mein' Enrico was passiert?", rief sie alarmiert.

Alex redete beruhigend auf die Frau ein. „Frau Klein-schmidt, das können wir noch nicht sagen. Wir haben in diesem Vermisstenfall noch ein paar Fragen an Sie. Dürfen wir hereinkommen?"

„Ja, komm'se rein." Enricos Mutter drehte sich langsam zu ihrem Rollator um und schleppte sich vorsichtig in die Stube. Ihre Leibesfülle behinderte sie erheblich beim Ge-hen, anscheinend schien sie auch Schmerzen in den Gelen-ken zu haben. Die Kommissarinnen folgten ihr langsam und nahmen auf einem blauen Sofa Platz. Die Frau ließ sich in einen riesigen Sessel fallen, der fast den restlichen Platz im Wohnzimmer einnahm. Eine Schrankwand in Eiche rustikal war mit Bildern und Nippes vollgestopft. Auf dem Couch-tisch stand eine Colaflasche und eine aufgerissene Chipstüte lag daneben. Frau Kleinschmidt sah Alex mit Tränen in den Augen an.

„Ich weiß, dass mein Enrico was passiert is'. Der hat mich nie im Stich gelass'n. Der Junge kam oft, half mir beim Ein-kauf'n und im Haushalt. Manchmal hat er och in sein'm alten Zimmer geschlaf'n. Sie könn's mir ruhig sag'n, wenn ihm was zugestoß'n is'."

Alex sah die Frau mitleidig an. „Wann haben Sie denn Ih-ren Sohn das letzte Mal gesehen?"

Frau Kleinschmidt brauchte nicht lange zu überlegen. „Am Freitag vor vier Wochen, da hat er mir noch was eingekauft." Tränen liefen über ihre Wangen. „Und er sagte, dass wir's bald besser ham werd'n. Seitdem hab' ich ihn nich' mehr ge-seh'n. Er is 'n guter Junge." Sie schnäuzte in ein Taschentuch.

Alex holte ihr Notizbuch aus der Tasche und überblickte ihre Aufzeichnungen.

„Ihr Sohn wohnt aber bei einem Freund, Ronny Neubu-cher? Die Zwei wollten eine Spanienreise antreten, wissen Sie etwas davon?"

Frau Kleinschmidt tupfte sich die Tränen vom Gesicht und nickte. „Ja, das weiß ich. Er und sein Freund wollt'n mit 'nem alten Renault-Bus nach Spanien, der von sei'm Onkel, aber erst im August. Ich glaube, sie hatt'n noch nicht genug Geld für die Tour zusamm'n. Dann hätt' er sich auf jeden Fall bei mir abgemeldet."

Toni mischte sich ein. „Aber von einem Auto war bei Ihrer Anzeige keine Rede." Sie schaute Alex an. „Das haben wir erst bei der Überprüfung festgestellt. Sind denn die Jungs damit schon umhergefahren?"

Frau Kleinschmidt nickte abermals. „Ja, ein alter Renault Trafic mittelblau mit so 'nem weißen Dach. Mit dem sind wir früher immer Zelten gefahr'n. Mein Bruder hat den Bus Enrico geschenkt und der wollte ihn mit sei'm Freund wieder flott mach'n."

Alex ließ sich die Autonummer geben und Toni gab den Wagen per Mail sofort in die Fahndung.

„Was macht Ihr Sohn beruflich?"

Die Frau kratzte sich an ihrem dünnen Haaransatz und überlegte.

„Ach, den Name der Firma hab' ich wieder vergess'n. Der Enrico, der tut in so 'ner groß'n Metallbude schaff'n und der Ronny och. Aber die Sandy hat dort schon angeruf'n. Sie vermiss'n die Jungs och, aber schon seit über drei Woch'n. Ich weiß, dass denen was Schlimmes zugestoß'n is. Ich weiß es einfach." Erneut fing die Frau an zu weinen. Toni versuchte mit tröstenden Worten die Frau zu beruhigen. Alex notierte sich den Namen und die Adresse der Freundin. „Frau Kleinschmidt, sollten wir etwas über den Verbleib Ihres Sohnes in Erfahrung bringen, melden wir uns sofort bei Ihnen. Können wir Enricos Zimmer einmal sehen."

Die Frau nickte. „Erste Tür rechts."

Die Kommissarinnen betraten das kleine Zimmer. Ein Bett, ein Schrank, ein kleiner Tisch und zwei Stühle, mehr konnte man in dem Raum nicht unterbringen. Ein Bügelbrett lehnte an der Wand und ein gefüllter Wäschekorb stand auf dem Bett. Bis auf ein paar Bilder mit seiner Freundin an der Wand, konnten Alex und Toni nur wenige persönliche Dinge des jungen Mannes finden. Unter dem Bett entdeckte Toni ein Paar alte Sneakers Größe 41. Alex gab Toni eine Tüte. „Die nehmen wir mit." Zum Schluss bat sie die Mutter noch um eines der Bilder und um die Zahnbürste von Enrico, dann verabschiedeten sie sich von Frau Kleinschmidt. „Ich werde mich bei Ihnen melden, sobald durch unsere Nachforschungen Ergebnisse vorliegen. Haben Sie jemanden, der sich um Sie kümmert?"

Frau Kleinschmidt nickte traurig. „Ja, die Sandy kommt zweimal die Woche und schaut nach dem Rechten und meine Nachbarin hilft mir beim Einkauf'n."

Unten im Wagen schaute Alex auf die Uhr. Es war bereits später Nachmittag. „Wir bringen jetzt die Zahnbürste in die Forensik, die Turnschuhe in die KTU und dann machen wir für heute Feierabend. Morgen früh marschiere ich gleich in die Gerichtsmedizin. Ich hoffe, wir haben dann endlich ein paar Ergebnisse."

Toni stimmte ihr zu. „Enrico Kleinschmidt würde ja gut in unser Opferprofil passen und dieser Ronny wahrscheinlich auch."

Alex und Lisa saßen in der Abendsonne auf der Terrasse und ließen sich ihr Abendbrot schmecken. Größere, weiße Haufenwolken zogen vom Süden über den blauen Himmel heran. Alex richtete den Blick nach oben. „Na, ich glaube, dass heute noch etwas auf uns zukommt. Der Wetterbericht sprach von schweren Gewittern." Sie nahm sich noch eins der frischen Brötchen und erkundigte sich bei Lisa. „Hat denn Felix in Erfurt schon eine Wohnung bekommen? Er hat ja noch ein bisschen Zeit mit seinem Studienbeginn, aber die letzten Wochen wird es sicher eng, noch etwas Günstiges zu bekommen." Lisa ließ sich ein wenig Zeit mit der Antwort, denn sie wusste, dass ihre Mutter auf die Beziehung zwischen Felix und ihr schlecht zu sprechen war. „Eine Wohnung nicht, die sind einfach zu teuer. Aber er hat ein WG-Zimmer hier ganz in der Nähe in Aussicht. Er will es sich morgen ansehen. Darf er da mal vorbeikommen, wenigstens zum Essen? Er übernachtet dann bei seinem Kumpel."

Alex unterdrückte den Kommentar, der ihr auf der Zunge lag. Sie dachte noch mit Entsetzen an Lisas Geständnis, bereits zweimal mit Felix ungeschützten Verkehr gehabt zu haben. Danach an ihren hysterischen Anruf bei der Frauenärztin, einen sofortigen Termin zu bekommen, um ihrer Tochter die Pille verschreiben zu lassen.

Während ihrer Polizeilaufbahn hatte sie genug Teeniemütter gesehen. Sie kannte die Schwierigkeiten der jungen Frauen und hätte dies ihrer Tochter gern erspart. Zum Glück war noch einmal alles gut gegangen. Aber trotzdem war Alex von Lisa enttäuscht. Obwohl sie schon frühzeitig Gespräche mit ihr über Liebe, Sexualität und Verhütung geführt und ihr diesbezüglich völlig vertraut hatte, schlief sie ohne Kondom mit dem Kerl.

„Nachdem du ihm die Meinung gesagt hast, hat er sich gar nicht mehr her getraut. Bitte Mama, wir passen auch auf."

Alex schaute ihre Tochter aufgebracht an. „Das möchte ich auch hoffen, ihr seid alt genug. Aber du gehst noch zur Schule und Felix mit seinen zwanzig Jahren hätte ich mehr Verstand zugetraut."

Lisa blickte ihre Mutter flehentlich an. „Bitte, ich hab' ihn doch lieb, Mama, bitte."

Alex fühlte sich hin- und hergerissen. Sie kannte Felix' Eltern, eigentlich die ganze Familie. Sie hatten Lisa liebevoll wie eine Tochter aufgenommen. Und Felix war kein übler Kerl, halt ein großer Junge.

Alex ließ sich erweichen. „Von mir aus."

Lisa sprang auf, gab ihrer Mutter einen Kuss. „Danke Mama, ich ruf ihn gleich an." Sie verschwand in ihrem Zimmer. Alex lehnte sich zurück. Sie dachte an ihre eigene Sturm- und Drang-Zeit. Was hatte sie mit ihrem Vater um jede Stunde in der Disco oder im Jugendclub, die sie länger bleiben durfte, gerungen. Diese vielen Diskussionen. Irgendwie wiederholte sich alles.

Alex nahm das Handy und rief ihre Eltern an.

„Ich habe solche Sehnsucht nach meinen Jungs, haben die beiden schon Heimweh?" Ihr Vater versicherte, dass die Zwillinge im Ferienlager bestimmt kein Heimweh verspürten. „Die Kinder sind heute durch den Wald gestromert, haben Holz für das Lagerfeuer gesammelt, nachmittags Fußball gespielt und heute Abend gibt es Stockbrot und Marshmallows am Lagerfeuer. Morgen ist dann die große Schatzsuche auf dem Ruppberg. Die Jungs sind schon total aufgeregt."

„Dann grüße morgen bitte beide von mir."

„Mach ich. Was ist mit deinem Dominik? Ist der schon gelandet?"

Alex schaute auf die Uhr. „Nein, der Flieger wird erst in etwa 18 Stunden landen. Die reguläre Flugzeit beträgt über 22 Stunden."

Georg Wagner schnaufte. „Wollt ihr euch diesen langen Flug wirklich antun? Für Annette und mich wäre das ja nichts mehr."

„Ach Papa, Dominik lässt uns Business-Class fliegen, das halten wir die paar Stunden schon aus." „Da lässt sich der Junge nicht lumpen, feiner Kerl."

„Stimmt! Aber warum ich eigentlich anrufe: Ich würde gerne mit Lisa am Wochenende vorbeikommen."

Nach einer kleinen Pause antwortete ihr Vater: „Ich weiß gar nicht mehr, wann du das letzte Mal hier warst. Ich würde mich sehr freuen und deine Mutter auch."

Alex startete einen Erklärungsversuch. „Es ist halt alles ein wenig schwieriger geworden nach der Scheidung, die Kinder und der Job dazu, das nimmt mich voll in Anspruch."

Georg Wagner atmete tief durch. „Ja, dein Job, du weißt, wie ich zu dem stehe."

„Ach Papa, nicht wieder die alte Leier. Ich bin nun mal keine Ärztin geworden. Ich bin bei der Kripo. Am besten, du gibst mir nochmal kurz Mama."

Sie legte die Beine hoch, das Telefonat dauerte fast eine Stunde.

Spät am Abend schlug Alex ihr Buch zu, das sie gerade las, und öffnete das Fenster im Schlafzimmer. Ein leichtes Grollen ließ sich in der Ferne vernehmen. Zog doch noch ein Gewitter auf? Es war bereits kurz nach 23 Uhr. Sie löschte das Licht und während sie langsam in den Schlaf dämmerte, hörte sie im Haus ein lautes Poltern und schreckte auf. Alex war sofort hellwach, ihr Puls begann zu rasen. Leise schlich sie zur Tür, öffnete sie geräuschlos und lauschte in die Nacht. Sie konnte aber kein weiteres Geräusch hören.

Lisa stand ebenfalls in der offenen Tür ihres Zimmers und starrte ihre Mutter mit großen Augen an. „Was war das?", flüsterte sie leise. „Hast du das auch gehört?"

Alex flüstere zurück: „Ich schaue nach, du gehst in dein Zimmer und schließt dich ein." Sie schob Lisa in den Raum zurück, schloss die Tür. Dann stand sie einen Augenblick an die Wand gelehnt und überlegte: Wie konnte sie sich bewaffnen? Ihre Pistole war unten im Flur in dem kleinen Safe eingeschlossen. Da fielen ihr die Baseball-Sets der Zwillinge ein, die Michael seinen Söhnen von einer Geschäftsreise mitgebracht hatte. So ein Schläger wäre jetzt sehr hilfreich. Sie schlüpfte in Leons Zimmer, nahm den Baseballschläger von der Wand und lief zur Treppe.

Die Nachtlichter im Sockel der Treppe und im Flur beleuchteten das Haus nur spärlich, aber es reichte aus, um sich ohne zusätzliches Licht darin zu bewegen. Langsam lief Alex die Treppe herunter, den Schläger in beiden Händen. Auf den letzten Stufen sah sie es bereits. Die Terrassentür im Wohnzimmer stand weit offen. Adrenalin schoss ihr ins Blut. Sie schaute in alle Richtungen, konnte aber im Halbdunkel weder Schatten noch eine Bewegung entdecken. Vorsichtig lief sie auf die offene Tür zu. Eine starke Windböe ließ ihr Haar nach oben fliegen. Das Grollen kam näher und wildes Wetterleuchten erhellte den Himmel und den Garten. Alex trat aus der Tür und suchte mit einem Blick die Umgebung ab. Es herrschte Totenstille. Sie konnte nichts entdecken, trat zurück ins Haus und schloss die Terrassentür. In der kleinen Nische neben der Tür stolperte sie fast über die lange schmale Holzstatue, die der Länge nach neben der Tür lag. Diese hatte wohl beim Umfallen den lauten Knall verursacht. Sie spürte ihr Herz bis zum Hals klopfen. Nach und nach suchte sie die gesamte untere Etage ab, sah in jedes Zimmer und in jede Ecke. Im Flur ging durch den Bewegungsmelder das Licht an. Ihr Schlüsselbund lag auf dem Sideboard und steckte nicht im Schloss der Haustür. Alex konnte sich das nicht erklären. Seit dem Tag, an dem ihr Exmann ausgezogen war, ging sie jeden Abend durch das Haus, schaute nach Fenstern und Türen, steckte den Schlüssel ins Schloss und verriegelte die Tür zweimal. Man konnte es schon als Ritual bezeichnen. Das konnte doch nicht sein? Sie hatte doch vorhin alles verschlossen, selbst die Kellertür. Sie schaute in allen Räumen nach und spürte plötzlich eine Bewegung hinter sich. Alex fuhr herum.

„Lisa, ich hab' dir doch gesagt, du sollst oben bleiben!"

Ihre Tochter ließ ebenfalls ihren Baseballschläger sinken. „Ich kann dich doch nicht allein lassen. Ich habe solche Angst um dich gehabt." Sie schaute auf das Holz in ihrer Hand. „Den habe ich aus Tims Zimmer."

Alex lächelte, gerührt nahm sie ihre Tochter in den Arm.

„Ach Lisa, wir beide gegen den Rest der Welt. Die Tür stand noch offen und die Holzstatue ist durch den Wind umgefallen." Beide mussten lachen, die Anspannung ließ etwas nach.

„Ach Mama, schau uns an. Barfuß, im Schlafzeug. Wir sehen bestimmt ganz furchteinflößend aus."

Alex musste ihrer Tochter Recht geben, dabei sah sie sich noch einmal um. „Warst du vorhin nochmal auf der Terrasse?"

Lisa schüttelte den Kopf. „Ich war nach dem Abendbrot gar nicht mehr unten."

Alex legte den Schläger weg, hob die Statue auf und stellte sie an ihren Platz zurück. Sie stupste sie von allen Seiten an, aber es brauchte schon einen ordentlichen Stoß, um die Figur überhaupt ins Wanken zu bringen. Alex bezweifelte, dass der Wind sie umwerfen konnte.

„Ich brauche erst noch einen Drink, ich bin jetzt so richtig munter."

Ein Blitz erhellte das gesamte Wohnzimmer und ein Donnerschlag folgte.

Spät nach Mitternacht lag Alex noch lange wach, lauschte dem Gewitter und dem strömenden Regen. Das ungute Gefühl, verfolgt zu werden, ließ sie einfach nicht eher einschlafen.

Kapitel 5

Alex betrat die Räume der Rechtsmedizin und rümpfte die Nase. An den Geruch in der Abteilung konnte sie sich einfach nicht gewöhnen. Carmen Michaelis, die kleine, blonde Assistentin der Forensik, trat auf den Flur. Als sie die Kommissarin sah, kam sie lächelnd mit einer theatralischen Handbewegung auf sie zu. ‚Grande Amore'!

Alex verstand nicht und runzelte die Stirn. „Wie bitte?"

Frau Michaelis wiederholte es noch einmal: ‚Grande Amore'. Ich habe die Blume in den Händen unserer Opfer analysiert. Es handelt sich um eine rote Rose, gefüllte Blüte, zarter Duft, winterhart. Eine sehr beliebte Gartenblume. Beide Toten hatten so ein Exemplar zwischen ihren Händen."

Alex war sehr verwundert. „Das finde ich sehr ungewöhnlich, jemand erschlägt zwei Menschen und legt eine Blume mit ins Grab?"

Carmen Michaelis hob die Schultern. „Ja, was denken Sie, was wir als Grabbeigaben schon alles gefunden haben."

„Das kann ich mir vorstellen", lachte Alex auf. Über die Auswertung der DNA-Analyse von Enricos Zahnbürste konnte die Assistentin allerdings noch keine Angaben machen. „Die Analyse läuft noch, wenn sie fertig ist, schicke ich Ihnen alles per Mail."

„Vielen Dank." Alex gab ihr die Hand. „Wo finde ich denn jetzt Ihren Chef?"

Frau Michaelis zeigte hinter sich. „Raum vier, ich glaube der Doc seziert gerade Ihre zwei Toten."

Alex bedankte sich, atmete noch einmal tief durch, klopfte an die große Metalltür, schob die Schiebetür zurück und trat ein. Dr. Wolter stand mitten im Raum neben einem der beiden Seziertische, die mit jeweils einer verwesten nackten Leiche belegt waren. Er sprach in ein Diktiergerät medizinische Daten. Dabei schaute er Alex an und nickte ihr lächelnd zu. „Kommen Sie ruhig näher, Frau Brückner, die Zwei tun Ihnen nichts mehr. Ich bin noch nicht fertig mit meiner Sektion."

Alex stellte sich neben ihn und betrachtete den Toten. „Hallo Doc, was haben Sie denn für mich?"

„Also hier, der junge Mann zu meiner Rechten. Er ist höchstens dreißig Jahre alt, älter nicht. Die Zahnschmelzanalyse läuft noch, dann kann ich Ihnen Genaueres sagen. Sie sehen, der Wildfraß hat ihm ziemlich zugesetzt. Ihm fehlt das linke Bein, nur ein Stück Fuß konnten wir aus dem Schuh noch retten." Er zeigte mit der Hand auf den verbliebenen Fuß, der am Ende des Tisches lag. „Ihm wurde das rechte Schläfenbein durch stumpfe Gewalt zertrümmert, ansonsten ein gesunder, junger Mann. Bis auf eine Kleinigkeit: an seiner rechten Hand fehlt das letzte Glied vom kleinen Finger. Dabei handelt es sich aber um eine ältere Verletzung, bestimmt schon ein paar Jahre her. Das toxikologische Screening von beiden läuft allerdings noch."

Er wandte sich dem anderen Tisch zu. „Und den jungen Mann schätze ich auf um die zwanzig. Sie sehen den Wildfraß im Gesichtsbereich und der linke Arm fehlt komplett." Er zeigte mit der Hand auf den Kopf. „Zertrümmerung des hinteren Schädels durch einen faustgroßen, stumpfen Gegenstand, der mit großer Wucht gegen den Kopf geführt wurde. Er muss sofort tot gewesen sein, denn das verlängerte Mark wurde beschädigt, dabei setzten Atmung und Herzschlag aus. Sein Gesundheitszustand entspricht dem eines jungen Mannes. Ich glaube, er hat ein bisschen zu viel geraucht. Aber daran ist er letztendlich nicht gestorben."

Doc Brown drehte sich zu Alex und schaute ihr tief in die Augen. „Und unser Mörder ließ Blumen sprechen."

Alex nickte ihm freundlich zu. „Sie meinen ‚Grande Amore', Frau Michaelis hat mich schon aufgeklärt."

Der Doc zog seine Augenbrauen nach oben und schwärmte regelrecht.

‚Grande Amore', eine rote Rose, die Blume der Liebe. Was für eine schöne Geste." Er zeigte auf beide Tote. „Übrigens, die Bekleidung der Herren befindet sich bereits bei unseren Technikern. Haben Sie noch Fragen?"

Alex schaute in Richtung der Leichen. „Wie lange sind die beiden schon tot?"

Der Gerichtsmediziner schwenkte sein weißes Haupt leicht hin und her. „Ich gebe Tonhauser recht, höchstens drei bis sechs Wochen, länger nicht, die Bestimmung des genauen Todeszeitpunktes läuft noch. Wir haben verschiedene Insektenarten gefunden, anhand dieser Spezies können wir den Zeitraum des Todes und der Liegezeit eingrenzen. Da die Leichen ziemlich oberflächlich begraben waren, spielt die Sonneneinstrahlung, also die Umgebungstemperatur eine wichtige Rolle. Die Ergebnisse werden wir nachreichen."

„Ok, Doc, bekomme ich einen vorläufigen Bericht?", wollte Alex wissen.

Sein Blick wanderte kurz über die Toten. „Nun ja, wenn alle anderen Tests durch sind, voraussichtlich morgen Vormittag und wenn es bei Ihnen einen guten Kaffee gibt, bringe ich ihn auch persönlich vorbei."

„Meine Kollegin Regina macht den besten Kaffee im ganzen Präsidium", strahlte Alex. Sie bedankte sich und verließ die Gerichtsmedizin.

Auf dem Weg ins Büro klingelte ihr Handy. „He Lisa, was gibt es denn?" Lisa suchte nach den richtigen Worten. „Mama, ich wollte dich etwas fragen. Bitte sage nicht gleich nein. Felix möchte bis zum Sonntag nach Hause fahren. Ich würde so gern mitfahren und bei ihm bleiben. Bitte Mama, die mögen mich doch alle dort."

Alex' Gedanken rotierten. Bis jetzt hatte sie es ihr nicht erlaubt, bei ihrem Freund zu nächtigen, schließlich war ihre Tochter erst 15. Aber in der aktuellen Lage wäre ihr es schon recht, wenn sie Lisa nach den letzten nächtlichen Ereignissen woanders in guten Händen wüsste. Sie hatte selbst erfahren, wie liebevoll Lisa in Felix' Familie aufgenommen worden war. „Okay Lisa, du kannst mitfahren, aber ich möchte, dass du jeden Tag kurz etwas von dir hören lässt."

Sie hörte den Jubel am anderen Ende. „Mach ich, Mama, hab dich lieb."

Im Büro stand bereits Ralf Tonhauser mit einer Akte unter den Arm geklemmt. „Hallo, Frau Brückner, ich bringe die ersten Ergebnisse der Auswertung unseres gestrigen Fundes." Er hob die Akte, legte sie auf den großen Konferenztisch und setzte sich davor. Toni und Alex nahmen ihm gegenüber Platz. Regina gab Matze zu verstehen, ebenfalls dem Briefing beizuwohnen. Dann goss sie allen einen Pott Kaffee ein und stellte eine Schale mit selbst gebackenen Plätzchen auf den Tisch. Alex nahm sich eine Tasse und gab Tonhauser mit der Hand ein Zeichen. „Na dann schießen sie mal los!"

Der KTU-Chef schlürfte genüsslich an seinem Kaffee und probierte anerkennend Reginas Plätzchen. „In Ihre Abteilung komme ich am liebsten, da gibt es immer einen guten Kaffee." Er lächelte, öffnete andächtig wie ein Märchenerzähler seine Mappe und schaute sein Gegenüber vielsagend an. „Die positive Nachricht als erstes, die Hunde haben keine weiteren Leichenteile gefunden. Die Abtragung der Grasnarbe wurde sehr professionell ausgeführt, das heißt, unser Mörder muss gärtnerische Erfahrung haben, denn das Gras ist perfekt wieder angewachsen. Man konnte also die Gräber nicht erkennen. Die schlechte Nachricht ist, dass wir keine Reifenspuren mehr ausmachen konnten. Der Wiesengrund war einfach zu feucht, außerdem gab es in den letzten Wochen schwere Gewitter. Wie lange die Beiden in ihrem Grab gelegen haben, kann ich Ihnen nicht genau sagen, die Untersuchungen sind noch nicht abgeschlossen. Das wird auch noch ein Weilchen dauern."

Alex beugte sich etwas nach vorn. „Man kann also davon ausgehen, wenn die Wildschweine nicht gewesen wären, hätten wir die Beiden nie gefunden?"

Tonhauser nickte. „Ja, das kann man so sagen. Die Beiden trugen schwarze Arbeitsoveralls aus einem Polyester-Gemisch von einem preiswerten chinesischen Anbieter aus dem Internet, genau wie die Sneakers, keine Markenschuhe. Wir fanden auf der Kleidung Metallspäne, Schmieröl und natürlich Blut von den Opfern selbst." Er blätterte in der Akte. „In einer der Overalltaschen steckte eine schwarze Sturmhaube. Und was Sie bestimmt am meisten interessieren wird", er machte eine bedeutungsvolle Pause und schaute die Kommissarinnen nacheinander an. „Unter einer der Leichen lag ein Rucksack mit Werkzeug."

„Was für Werkzeug?", wollte Alex wissen.

Mit einem Aufblitzen in seinen Augen fügte er hinzu: „Na, was der moderne Einbrecher so braucht: Brecheisen, Dietrich-Set, Glasschneider, ein kleiner Winkelschleifer und so weiter. Das alles hat man gleich mit entsorgt."

Alex schaute erst Toni, dann Regina an. „Es sieht ja so aus, als ob jemand die Jungs bei ihrem Bruch überraschte und sie unsanft aufgehalten hat."

Regina zuckte mit den Schultern. „Vielleicht gab es aber auch Streit mit ihrem Hehler oder wer weiß, mit wem?"

„Wurde denn das Auto der Beiden schon gefunden?", fragte Toni.

Der Kollege schüttelte den Kopf. „Da haben wir noch keinen Fahndungserfolg. Die kaputte Uhr, die außerhalb des Grabes lag, war bereits vor dem Vergraben zerbrochen. Die blieb um genau 2:47 Uhr stehen. Vielleicht ging sie bei einem Sturz zu Bruch? Es könnte sich um die Tatzeit handeln."

Er schaute Alex an und hob die Augenbrauen. „Aber das Beste kommt zum Schluss. Wir haben die Schuhsohlenabdrücke mit denen in unserer Datenbank verglichen und haben einen Treffer. Es handelt sich um Kommissar Schusters Ganoven-Pärchen, hinter denen er schon seit Wochen her ist. Fingerabdrücke von den Einbrüchen gibt es leider nicht. Da sind die Täter professionell vorgegangen."

Alex konnte sich ein Grinsen nicht unterdrücken. „Das konnte ich mir schon denken. Haben sie den Kollegen bereits verständigt?"

Tonhauser schloss die Akte und schob sie Alex über den Tisch. „Nein, das überlasse ich Ihnen. Ich muss jetzt auch schon weiter. Es sind noch nicht alle Untersuchungen abgeschlossen. Die restlichen Ergebnisse maile ich Ihnen dann zu." Er trank seinen Kaffee aus und bedankte sich dafür. Stand auf, lüftete kurz zum Gruß seine rote Kappe und verließ den Raum.

Seine Worte ließen die Kollegen nachdenklich zurück. Alex unterbrach als Erste das Schweigen. „Wem sind die beiden begegnet? Wieso hat der Täter sie nicht einfach irgendwo abgelegt, sondern sie so professionell verschwinden lassen? Hatte er Angst, dass die zwei Toten uns zu ihm führen?"

Regina richtete sich ruckartig auf. „Als Erstes müssen wir aber die Identität der Opfer klären. Wir haben bisher nur Vermutungen."

Sie schaute Matze an, der genüsslich ihre frischen Plätzchen futterte. Der schüttelte den Kopf. „Solange wir nicht genau wissen, ob es sich bei den Toten um Enrico Kleinschmidt und Ronny Neubucher handelt, kann ich nur auf gut Glück im Netz über sie recherchieren. Ich würde schon etwas finden."

Alex stimmte ihm zu. „Ich warte ja nur auf einen Anruf aus der Gerichtsmedizin. Der DNA-Test bringt hoffentlich das gewünschte Ergebnis. Das einzig Gute an der Sache ist, dass die Einbrüche in meinem Viertel jetzt aufgehört haben. Ich werde gleich dem Kollegen Schuster die Nachricht überbringen, dass wir seine zwei Einbrecher haben, vielleicht kann er etwas zur Identifizierung der Beiden beitragen. Unser Täter scheint allerdings eine gärtnerische Begabung zu haben."

Sie wandte sich an Toni. „Du kannst dich an den vertrockneten Blumenstängel zwischen den Händen des einen Toten erinnern. Die Forensik hat den analysiert. Es handelt sich um eine rote Gartenrose namens ‚Grande Amore', die beide Leichen in ihren Händen hielten."

Toni warf ihr einen ungläubigen Blick zu. „Du meinst, er hat ihnen die Hände gefaltet und eine Rose mit ins Grab gelegt?"

„Na ja, er nahm an, dass es die letzte Ruhestätte der beiden sei, er konnte nicht mit den Wildschweinen rechnen. Oder was meint ihr?" Regina schaute in die Runde. Matze grinste. „Da müssen wir ja nur in alle Gärten schauen, wer solche Rosen anbaut und schon haben wir unseren Täter."

Alex lachte auf. „Schön wär's, es ist eine sehr beliebte Pflanze und wahrscheinlich in vielen Grünanlagen zu finden, da müssten wir halb Erfurt verhaften. Gegenüber von mir wohnt ein Urologe, Dr. Brandstetter, der ist Rosenzüchter, hat einen riesigen Garten voller Rosen. Letztes Jahr benannte er eine neue Züchtung nach seiner Frau und das mit großem Tamtam. Kollegen, Nachbarn und sogar die Presse waren eingeladen. Außerdem, Matze, woher willst du wissen, ob unser Täter überhaupt einen Garten hat, vielleicht hat er die Blumen gekauft? Wir wissen eigentlich noch nicht viel."

Sie sah ihr Computergenie eindringlich an. „Matze, du siehst zu, was du im Netz über die beiden Toten finden kannst. In unseren Polizeiakten sind sie jedenfalls noch nicht aufgetaucht, weder vorbestraft noch erkennungsdienstlich behandelt. Und ich möchte die letzten Verbindungsnachweise ihrer Mobilfunkanbieter haben. Mach eine Abfrage nach ihnen bei den gängigen Anbietern. Die Telefonnummern haben wir ja. Vielleicht lässt sich darüber auch noch feststellen, wo die Telefone verblieben sind oder wenigstens, in welchem Gebiet sie sich das letzte Mal im Funknetz befunden haben. Und in den sozialen Medien sind die beiden bestimmt auch aktiv. Regina, ruf du bitte noch mal Frau Michaelis an, ob der DNA-Test schon fertig ist. Ansonsten müssen wir abwarten. Ich schau jetzt beim Kollegen Schuster vorbei. Er wird sich sicher freuen, dass sein Fall so gut wie aufgeklärt ist."

Erst am späten Nachmittag rief Carmen Michaelis an und bestätigte, dass es sich laut DNA-Test bei einer der Leichen um Enrico Kleinschmidt handelte. Matze fand heraus, dass die Handys von Kleinschmidt und Neubucher seit der Nacht ihres Verschwindens nicht mehr angeschaltet worden waren. Das letzte Mal 22:46 Uhr und 22:47 Uhr in einer Funkzelle, in der sich Ronny Neubuchers Wohnung befand. Alex' Gedanken rotierten, sie stand mit Toni hinter Matze und sie schauten gemeinsam auf seinen Monitor.

„Schlau die Beiden. Sie haben also ihre Handys zu Hause gelassen. Ich vermute, die Zwei waren auf einen Bruch in unserem Viertel unterwegs. Was ist da geschehen?"

Matze drehte sich halb zu ihr um. „Aber irgendwer hatte etwas dagegen. Vielleicht hat sie der Eigentümer des Hauses überrascht und es kam zu Handgreiflichkeiten und unsere Einbrecher zogen den Kürzeren?"

„So könnte es gewesen sein", stimmte Alex ihm zu, dann wandte sie sich an ihre Kollegin. „Toni, kannst du mal bei den Kollegen der Streife Druck machen, sie sollen das Wohngebiet nach dem Renault Trafic absuchen. Die Freundin von Enrico muss befragt werden, vielleicht weiß sie, wo ihr Freund und sein Kumpel einsteigen wollten. Bitte lade sie vor. Und dann müssen wir wissen, wo die Zwei gearbeitet haben. Vielleicht wissen die Kollegen etwas? Ich schnappe mir jetzt den Kollegen Schuster und wir schauen uns die Wohnung der beiden Opfer an."

Schuster entschied sich, auf sein eigenes Fahrzeug zu verzichten und bei Alex mitzufahren. Die Adresse befand sich im Norden von Erfurt. Das Navi führte die Beiden zu einem der wenigen noch nicht sanierten Mehrfamilienhäuser des Stadtteils. Alex lenkte den BMW durch eine enge Toreinfahrt. Auch dem einstöckigen Hinterhaus fehlte eine dringend benötigte Sanierung. An dem ehemals dunkelgrünen Haus bröckelten die Farbe und vor allem der Putz. Jemand hatte sich bemüht, die uralten Holzfenster und die schäbige Haustür mit grauer Farbe aufzuwerten. Alex bezweifelte, dass das vermooste, kaputte Dach dem Wetter noch lange Stand halten würde.

Sie stiegen aus ihrem Wagen und schauten sich auf dem völlig vermüllten Hinterhof um. Den Mülltüten, alten Möbeln, Stapeln von Kisten und Kartons konnte Alex kaum Beachtung schenken, denn das holprige und kaputte Pflaster benötigte ihre ganze Aufmerksamkeit, um nicht mit den kleinen Absätzen ihrer Sandaletten in den groben Fugen stecken zu bleiben. Ein alter, ausgeschlachteter Trabant stand in der Ecke. Kommissar Schuster lief geradewegs auf die alte Haustür zu. „Na, das nenne ich doch mal wohnen mit Flair."

Alex hielt bereits ihr kleines Dietrich-Set in der Hand, um das Türschloss zu öffnen. Ihr Kollege runzelte die Stirn und schüttelte mit dem Kopf.

„Das können Sie sich sparen." Mit einem beherzten Tritt stieß er gegen das Schloss und die Tür sprang auf.

„Oder so." Alex folgte ihm ins Haus und stolperte fast über einen Berg von Briefen, Werbung und Zeitschriften, die im Laufe der letzten Wochen in den Türschlitz geworfen worden waren. Es roch muffig, aber zu Alex' Erstaunen wirkte die Wohnung sauber und modern eingerichtet. Man schien erst vor Kurzem renoviert zu haben. Dem schicken, schwarzen Sofa im Wohnzimmer stand ein weißes, langes Sideboard gegenüber, auf dem ein riesiger Flachbildschirm und eine Soundbar aufgebaut waren. Schuster schaute Alex verblüfft an. „Die Jungs scheinen urplötzlich zu Geld gekommen zu sein. Was allein der große Fernseher kostet … aber wahrscheinlich gehört er zum Diebesgut."

Alex stimmte ihm zu und beugte sich über verschiedene Karten, die auf dem modernen Esstisch neben dem Computer lagen. „Das ist aber interessant, schauen Sie mal. Das hier sind Ausdrucke von Google Earth, Vergrößerungen von einem Wohngebiet." Sie nahm eine der Karten in die Hand und studierte sie näher.

„Das ist Erfurt … ach du Schreck, das ist mein Viertel! Hier: das ist mein Haus."

Otto Schuster stand hinter ihr und betrachtete die Karte. „Da haben sich die Zwei gut vorbereitet."

Er setzte sich an den Computer und schaltete ihn ein, um nach ein paar Klicks festzustellen: „Scheiße, der ist geschützt."

Alex deutete auf den Computer und die Karten. „Das packen wir alles ein und nehmen es Matze mit. Schauen Sie!" Sie zeigte auf das Sideboard. „Ihre Smartphones haben die Beiden schön zu Hause gelassen."

Während sich der Kommissar weiter in der Wohnung umsah, schaute Alex die Post durch. Zwischen Rechnungen und Mahnungen entdeckte sie zwei Briefe, deren Absender ihr bekannt vorkamen. „Weller Baubetreuung", woher kannte sie den Namen? Dann fiel es ihr wieder ein. Von dieser Firma hatte sie selbst erst vor vierzehn Tagen eine Forderung über eine Vertragsstrafe von knapp 25 € erhalten, weil sie beim Einkaufen auf dem Lidl-Parkplatz keine Parkscheibe im Wagen sichtbar hinterlegt und damit gegen die allgemeinen Geschäftsbedingungen verstoßen hatte.

Sie öffnete die beiden Briefe. Das erste Schreiben enthielt die gleiche Forderung über eine Strafzahlung wie bei ihr, während man in dem zweiten Schreiben dem Fahrzeughalter mitteilte, dass der gebührenpflichtige Abtransport seines Kfz, wegen Überschreitung der Parkzeit von 36 Stunden, veranlasst wurde. Alex lachte kurz auf und drückte ihrem Kollegen die Schreiben in die Hand.

„Wir haben gerade das Auto der Beiden gefunden."

Otto Schuster überflog die Briefe. „Da hätten die Kollegen lange suchen können, wenn der Karren auf einem internen Parkplatz steht."

„Und wir können die Tatzeit näher eingrenzen." Sie tippte mit dem Finger auf das erste Schreiben. „Das Auto wurde gleich früh, kurz nach acht, nachdem der Markt geöffnet hatte, aufgeschrieben. Das war der Morgen, nachdem die zwei Männer verschwunden sind. Der Täter musste auch das Auto verschwinden lassen, er konnte es ja schlecht vor seinem Haus stehen lassen, folglich fuhr er es in der Nacht noch auf den Parkplatz und stellte es dort ab."

Mit einem Aufblitzen in seinen Augen erwiderte Kommissar Schuster: „Vielleicht haben wir Glück und er wurde auf der Fahrt von irgendeiner Kamera erfasst."

„Ich rufe die Kollegen der Spurensicherung an, die werden sich hier noch einmal gründlich umsehen müssen", schlussfolgerte Alex und rief Ralf Tonhauser an.

Der graue Sprinter der KTU musste in dem engen, mit Müll vollgestopften Hof mehrmals zurücksetzen, um den BMW von Alex freizugeben. Sie schaute ihren Kollegen Schuster an. „Ich muss jetzt noch zu den Eltern von Ronny Neubucher. Kommen Sie mit? Es ist hier in der Nähe, zwei Straßen weiter."

„Gern, ist ja auch mein Fall." Schuster nahm auf dem Beifahrersitz Platz.

Alex drückte ihm einen Zettel mit der Adresse in die Hand und er lotste sie durch ein paar kleine Nebenstraßen vor eines der Hochhäuser. Sie suchte vergebens vor dem Haus einen Parkplatz und ergatterte in der Nebenstraße noch eine Parklücke.

„Das würde mich total belasten, wenn ich hier wohnen würde und jeden Abend im ganzen Wohngebiet einen Parkplatz suchen müsste."

Ihr Kollege deutete mit der Hand auf die Stellfläche vor dem Haus.

„Sie können ja auch einen mieten."

„Ja toll, und was mache ich, wenn Besuch kommt?"

Sie stiegen die Treppe hinauf und betrachteten die riesige Liste der Namensschilder. „Hier, dritter Stock, Neubucher, die Tür ist nur angelehnt."

Kommissar Schuster lief voran zum Fahrstuhl. Schon vor der Wohnungstür hörten sie laute Musik und Stimmen. Anscheinend lief der Fernseher auf Hochtouren. Erst nach mehrfachem Klingeln und Klopfen wurde die Tür einen Spalt geöffnet. Eine Rauchwolke quoll aus der Wohnung und stinkender Zigarettenrauch machte sich im Flur breit. Beide Kommissare traten einen Schritt zurück. Alex sprach die Frau mit dem aschfahlen Gesicht und den tiefen Augenringen an, die sie über der Kette durch die schmale Öffnung anstarrte. „Sind Sie Frau Neubucher? Mein Name ist Alexandra Brückner und das ist mein Kollege Schuster. Kriminalpolizei! Wir kommen wegen Ronny."

„Was is' mit mein' Sohn?" Ihre Stimme klang rau und kratzig.

„Das würden wir Ihnen gerne erzählen, wenn Sie uns bitte einlassen würden."

Die Tür wurde zugeschlagen. Beide Kommissare sahen sich verdutzt an. Otto Schuster zuckte mit den Schultern. Nach einer Weile hörte man, wie die Kette im Inneren gelöst wurde. Die Tür wurde geöffnet. Eine dicke Rauchwolke quoll ihnen entgegen. Alex bereute bereits, um Einlass gebeten zu haben. Sie folgten der dünnen Frau im Schlabberlook durch den völlig verqualmten Flur und gelangten in die ebenfalls stark verrauchte Stube. Auf dem alten Sofa saß ein untersetzter Mann mit Glatze, in einem vergrauten Unterhemd und kurzer, schwarzer Turnhose. Er zündete sich gerade eine Zigarette an. An dem großen, mit Kippen überfüllten Aschenbecher konnte man sehen, dass es nicht seine erste heute war. Auf dem Tisch standen mehrere leere Bierflaschen und der Fernseher lief ohrenbetäubend laut. Otto Schuster hielt ihm seinen Ausweis unter die Nase und deutete auf den Apparat, den Ton abzustellen. Widerwillig gehorchte der Mann. Auch seine Stimme klang rau und ungehalten. „Is' wohl meine Wohnung. Was wolln'se denn?", schnauzte er die zwei Polizisten an. Sein Erfurter Dialekt war nicht zu überhören.

„Wir sind von der Kriminalpolizei und kommen wegen Ihres Sohnes Ronny", gab Schuster kurz angebunden zurück.

Der Mann betrachtete die zwei Besucher mit rot unterlaufenen Augen.

„Hat der wieder was angestellt? Er hat sich schon monatelang nicht mehr blicken lass'n. Ich hab'n halt rausgeschmissen. Hat mich beklaut, der Bengel. Wir wiss'n nich', wo er steckt."

Alex sah sich die Frau näher an. Sie hatte sich in den alten Sessel gehockt und blickte teilnahmslos auf den Boden.

„Sie sind doch die Mutter. Hat sich Ihr Sohn vielleicht bei Ihnen gemeldet?"

Die Frau schüttelte unmerklich ihren Kopf und starrte weiter auf den Boden.

„Hat Ihr Sohn in jungen Jahren eine Verletzung an der rechten Hand erlitten?", wollte Alex wissen.

Die Frau zuckte bei der Frage merklich zusammen und schaute Alex fragend an.

„Als Kind hat Ronny sich die Hand in der Autotür geklemmt und dabei ein Stück von seinem kleinen Finger verloren", sprach sie leise mit rauchiger Stimme.

„Was is' nu' mit mein' Sohn?", rief ihr Mann ungeduldig und drückte seine Zigarettenreste im überfüllten Aschenbecher aus.

Alex sprach mit gedämpfter Stimme. „Es tut mir leid. Ich muss Ihnen leider mitteilen, dass wir Ihren Sohn Ronny tot aufgefunden haben."

Es herrschte tiefe Stille. Frau Neubucher rollte sich auf dem Sessel zusammen und begann zu weinen. Der Vater glotzte Alex entgeistert an. „Wie is'n das passiert? War's ein Unfall?"

Alex schüttelte den Kopf. „Er ist einem Gewaltverbrechen zum Opfer gefallen. Wir haben ihn und seinen Freund Enrico im Steigerwald gefunden. Über Näheres dürfen wir leider bei laufenden Ermittlungen keine Auskunft geben."

Herr Neubucher zündete sich mit zitternden Händen die nächste Zigarette an und schnauzte Alex an. „Wer war das?"

„Das wissen wir leider noch nicht. Wir stehen mit unseren Ermittlungen noch ganz am Anfang. Wann haben Sie Ihren Sohn das letzte Mal gesehen?"

„Das is' Monate her. Wie gesagt, ich habe ihn rausgeschmissen, als ich gemerkt hab', dass er mich beklaut hat. Seitdem hab' ich nichts mehr von dem gehört."

Sein Blick fixierte das tränennasse Gesicht seiner Frau, als er sie harsch anblaffte: „Und du? Hast du ihn geseh'n?"

Frau Neubucher hörte auf zu weinen, setzte sich wieder gerade in den Sessel und starrte Alex unsicher an. Sie wischte sich die Tränen aus den wässrigen Augen. „Vor paar Wochen is' er vorbeigekomm'n, mein Mann war in der Kneipe. Er wollte den Schlüssel unserer alt'n Garage, um da e' paar Möbel unterzustell'n. Ich hab' ihm den Schlüssel gegeb'n. Dann hab' ich nichts mehr von ihm gehört." Sie fixierte wieder den Fußboden.

Herr Neubucher fauchte seine Frau an. „Wann wolltest du mir das denn sag'n?"

Otto Schuster trat einen Schritt vor. „Haben Sie noch einen zweiten Schlüssel von der Garage? Wir würden uns da gern einmal umschauen?"

Frau Neubucher nickte, stand auf, lief an ihnen vorbei in den Flur und brachte Alex den Schlüssel. „Zwei Straßen weiter, ungefähr 20 alte Garagen steh'n da. Die soll'n nächstes Jahr abgeriss'n werd'n. Es ist die Nummer 16."

Alex nahm die Frau an der Hand und zog sie sanft in den Flur. Sie erkannte ihre Verzweiflung und flüsterte ihr zu: „Ich würde Ihnen gerne jemanden schicken, der sich um Sie kümmert."

Die Frau schüttelte energisch den Kopf. „Nein, das möchte ich nicht. Mein Mann würde das nie zulass'n. Er lässt sonst niemanden in die Wohnung."

Alex drückte ihr das Kärtchen von einem befreundeten Psychologen in die Hand.

„Ich möchte, dass Sie sich hier melden. Da wird Ihnen auf jeden Fall geholfen. Ich sage dort Bescheid, versprechen Sie mir das?"

Frau Neubucher sah sie mit traurigen Augen an und nickte.

Alex lief zurück ins Wohnzimmer. „Herr Neubucher, ich möchte Sie bitten, morgen zu uns ins Kommissariat zu kommen. Wir benötigen von Ihnen Vergleichsmaterial für einen DNA-Test, um Ihren Sohn eindeutig identifizieren zu können."

Der Mann saß rauchend auf dem Sofa, starrte in den Fernseher und nickte nur kurz.

Die Kommissare sahen das als Zustimmung und verabschiedeten sich. Alex nickte beim Verlassen der Wohnung Frau Neubucher noch einmal ermunternd zu.

Der Fahrstuhl war gerade auf dem Weg nach oben. Alex blieb kurz stehen und atmete erst einmal durch. „Ich hasse es, wenn ich Todesnachrichten überbringen muss." Otto Schuster gab ihr recht. „Das war mein erstes Mal. Es zieht einen schon runter, wenn man Eltern sagen muss, dass ihr Sohn ums Leben gekommen ist."

Alex gab ihrem Kollegen einen Wink und beide nahmen die Treppe nach unten. Am Auto roch sie an ihrer Bluse und stellte fest: „Mein Gott, jetzt stinken wir beide wie ein alter Aschenbecher und ich will heute noch zu einer Geburtstagsfeier." Sie drehte sich zu Schuster um. „Schauen wir schnell noch in die Garage und machen dann für heute Schluss, ist das ein Vorschlag?"

„Damit bin ich einverstanden", stimmte er ihr zu und fuhr sich mit der Hand über sein sehr kurz geschnittenes Haar.

Die alten Garagen aus DDR-Zeiten konnte man nur noch als Schandfleck bezeichnen. An den Toren sah man, dass nur wenige der Einstellplätze weiter genutzt wurden. Das Schloss der Nummer 16 ließ sich nur schwer öffnen. Kommissar Schuster übersah als Erster den Inhalt, als er die Tür öffnete. „Bingo, das nenn' ich mal einen Treffer! Hier haben wir also unser Diebesgut."

Alex trat neben ihn und betrachtete die vollgestellte Garage. Edle Kleinmöbel, verschiedene Großbildschirme, mehrere Computer sowie technische Anlagen, Bilder, silberne Kerzenständer und Schalen, verschiedene Kunstobjekte und vieles mehr, was sie auf den ersten Blick gar nicht alles erfassen konnte. „Wen rufe ich denn jetzt an? Tonhauser und sein Team sind ja noch in Neubuchers Wohnung. Das wird heute nichts mehr. Wir können das Tor versiegeln und schicken die KTU morgen hier rein."

„Lassen Sie es mal gut sein, Frau Brückner, das kann ich jetzt mit meiner Abteilung übernehmen. Ich bringe Ihnen den Bericht und Sie schaffen es noch auf Ihre Geburtstagsfeier. Ist das ein Vorschlag?" Er stand grinsend neben ihr.

„Okay, den Vorschlag nehme ich gerne an. Ich glaube, sie haben Ihren Fall so gut wie gelöst, nur ich stehe mit dem Tod der Beiden vor einem Rätsel. Jetzt geht mein Fall erst richtig los."

Er reichte ihr die Hand. „Ich bin überzeugt, dass Sie das schaffen werden, mit Ihrem letzten Fall haben Sie ja die Latte richtig hoch gehängt. Vielen Dank für die gute Zusammenarbeit."

„Immer wieder gern." Alex winkte ihm zu und stieg in ihren Wagen, während der Kollege mit seinem Team telefonierte.

Auf dem Heimweg stoppte Alex kurz an ihrem Lieblingsblumenladen und kaufte für Britta das Geburtstagsgeschenk: eine schwarz-weiß gestreifte Schale mit wunderschönen, weißen Orchideen. An einer Baustelle musste sie ewig warten, es ging kaum voran. Ihre Gedanken kreisten um den Fall. Was hatte sie eigentlich vorzuweisen? Zwei junge Männer, die in ihrem Wohnviertel nachts bereits in fünf Häuser eingestiegen waren. Das Diebesgut lagerte in der alten Garage. Bis auf die Sohlenabdrücke und den Hergang der Taten hatte die Abteilung Einbruch bisher nichts weiter in den Händen gehabt. Die Überprüfung der Firmen, die die Alarmanlagen eingebaut hatten, war auch ergebnislos geblieben. Aber dann war bei ihrem sechsten Bruch etwas schiefgegangen. Sie wurden erwischt oder ihnen wurde aufgelauert oder sie wurden verraten. Jemand erschlug beide mit einem stumpfen Gegenstand, stellte das Auto auf dem Lidl-Parkplatz ab und vergrub die Leichen im Wald. Das auch noch sehr professionell. Wie hatte der Täter die Leichen hoch in den Wald gebracht? Von unten kam er durch das tiefe Bachbett nicht mit dem Auto hinauf, davor und dahinter erstreckte sich der Wald. Die Wiese zog sich bis hoch auf den Hügel und grenzte oben an ein Feld. Vielleicht war er über die Wiese gekommen. Reifenspuren gab es keine. Sie musste sich das unbedingt noch einmal anschauen, gleich morgen. Was hatte es mit den Rosen auf sich? Vielleicht war es nur Notwehr gewesen und der Täter hatte ein schlechtes Gewissen? War hier wirklich ein Blumenfreund oder sogar ein Gartenprofi am Werk und das ausgerechnet in ihrem Wohngebiet? Sie brauchte von Schuster unbedingt ein charakteristisches Erscheinungsbild der fünf Villen, um die Anzahl der Objekte, die noch für Einbrüche in Frage gekommen wären, einzugrenzen. Oder sie hatten Glück und das sechste Ziel könnte ermittelt werden. Vielleicht könnte Matze etwas auf dem Computer oder in den Karten finden oder diese Sandy wusste etwas? Es waren noch zu viele Fragezeichen über dem Fall. Es graute Alex im Umfeld ihrer Nachbarn herumzuschnüffeln.

Sie wurde durch ein ungeduldiges Hupen aus den Gedanken gerissen. Den Anschluss an die Autoschlange hatte sie bereits verpasst und fuhr nun zügig hinterher.

Als sie das Haus betrat, klingelte bereits das Telefon. Sie beeilte sich, um den Anruf nicht zu verpassen. Ihr Vater meldete sich am Apparat. „Kommst du etwa jetzt erst nach Hause?"

„Ja, Papa, das war heute wieder ein langer Tag. Ist alles in Ordnung bei euch und den Kindern?"

„Ja, die Jungs sitzen alle schon längst wieder am Lagerfeuer und haben Spaß. Lisa und du, ihr kommt doch am Wochenende?", wollte ihr Vater wissen.

„Natürlich, ich freue mich schon. Aber ich bräuchte mal deinen Rat. Du bist doch auch Rosenliebhaber. Sagt dir ‚Grande Amore' irgendetwas?"

Ihr Vater lachte kurz auf. „Natürlich, das ist eine schöne, rote Gartenrose, sehr robust und beliebt. Übrigens hast du auch mehrere Exemplare in deinem neuen Rosenbeet, das wir im Herbst angelegt haben."

„Ach ja", wunderte sich Alex. „Da muss ich gleich einmal schauen. Weißt du, ob die Blume eine besondere Bedeutung hat, vielleicht als Grabbeigabe oder bei Ritualen?"

„Nicht, dass ich wüsste, Kleines. Es ist einfach nur eine schöne Garten- und Schnittblume. Spielt die denn bei deinem Fall eine Rolle?"

„Ja, Papa, als Grabbeigabe. Sie bereitet mir schon einiges Kopfzerbrechen. Ich schau mir die Rose gleich einmal in meinem Beet an. Soll ich am Wochenende noch etwas mitbringen?"

„Nein, musst du nicht, wir freuen uns schon, wenn ihr Beiden da seid. Fahrt vorsichtig."

„Ich bin jetzt noch bei Britta zum Geburtstag eingeladen. Grüß mir Mama und die Kids."

„Verstehe, dann dir einen schönen Abend und viele Grüße auch an Britta und Bernd von uns. Mach es gut, Kleines!" Er legte auf.

Neugierig lief Alex in ihren Garten und betrachtete die neu angelegte Rosenrabatte.

Dieses Jahr schien ein besonders gutes Rosenjahr zu sein, denn die Pflanzen gediehen prächtig. An einigen hingen noch die Schilder mit der Namensbezeichnung und tatsächlich stand ‚Grande Amore' an zwei der roten Rosenbüsche. Alex brach eine Blüte ab und stellte sie in eine Vase auf den Küchentisch.

Etwas verspätet, in einem bunten Sommerkleid, die Jacke um die Schultern gelegt, die schwere Orchideenschale im Arm, stürzte sich Alex in das bunte Geburtstagsgetümmel. Brittas und Bernds Garten war eine Augenweide. Schmale Holzstege schlängelten sich zwischen Ton in Ton farblich abgestimmten Blumenbeeten und üppig blühenden Rabatten. Ihre Freundin liebte alles, was rankte: wunderschöne Kletterrosen, Clematis, Wein und andere sich hoch schlängelnde Pflanzen an Rankgittern. Wände und Mauern gaben dem Anwesen einen romantischen Touch. Die blau-weiß blühende Clematis, die sich an einer Pergola über die Terrasse legte, spendete in der noch sehr warmen Abendsonne angenehmen Schatten. Darunter wartete eine liebevoll gedeckte Sommertafel auf ihre Gäste. Britta empfing sie in einem verführerischen, seidenen Hosenanzug, die blonden Haare nach oben gesteckt. „Wow, siehst du toll aus!" Alex überreichte ihr die Schale und gratulierte ihr herzlichst zum Geburtstag. „Du siehst gar nicht aus wie zweiundvierz..."

„Untersteh dich!", fiel ihr Britta ins Wort, etwas leiser raunte sie Alex ins Ohr. „Offiziell feiere ich heute meinen 39. Geburtstag."

Alex lachte. „Oh, da bist du ja plötzlich jünger als ich, gratuliere." Jetzt musste auch Britta lachen. Sie nahm ihre Freundin am Arm. „Komm, ich stell dir alle schnell vor."

Die Gäste hatten sich bereits zum Aperitif um die zwei Stehtische, die in weiße Hussen gehüllt waren, eingefunden. Die Stimmung war schon recht aufgelockert. Die Männer standen jeder mit einem Bierglas in der Hand sich unterhaltend im Halbkreis, während die Frauen sich mit Sektflöten zuprosteten. Alex und Britta traten in die Runde und Alex begrüßte alle mit Handschlag, während Britta sie vorstellte. „Das ist meine beste Freundin und Nachbarin, Alex. Ihr Partner ist leider auf Geschäftsreise." Sie deutete als erstes auf ein sehr fein gekleidetes, älteres Ehepaar. „Na, die Beiden kennst du ja bereits, unsere Nachbarn von gegenüber, Dr. Hannes Brandstetter, Urologe und Rosenzüchter und seine Frau Elisabeth, nach ihr wurde eine wunderschöne lachsfarbene Rose benannt. Da kann man schon neidisch werden."

Ein schlanker Mann mit hagerem Gesicht und ergrautem, nach hinten gekämmtem Haar gab Alex lachend die Hand. „Schön, dass wir uns mal wieder sehen, Alex. Ich bin halt immer in Eile und da reicht es fast immer nur für ein kurzes Hallo von der anderen Seite. Aber ich habe meiner Bethi versprochen, etwas kürzer zu treten."

„Na das glaube ich aber erst, wenn es so weit ist", fiel ihm seine Frau, eine zierliche Person mit aufgestecktem, blondem Haar, ins Wort. „Das verspricht er mir bereits seit zwei Jahren." Ihre blauen Augen funkelten ihn skeptisch an.

„Hallo, Beth, freue mich auch, euch mal wieder zu sehen. Sei nicht so hart zu ihm", lachte Alex ihr zu.

Brittas Busenfreundin Sieglinde Sperrling, eine große, kräftige Frau, fiel Alex gleich um den Hals. „Toll, dass wir uns mal wiedersehen, es gibt so viel zu erzählen. Es ist ja so viel passiert, und zwar nicht nur bei mir." Sie schaute Alex erwartungsvoll an. Da sie nicht sofort reagierte, legte Sieglinde nach. „Na, dein neuer Partner, den kenne ich ja noch gar nicht. Das musst du mir unbedingt erzählen, wie ihr euch kennengelernt habt. Britta hat mir schon viel von ihm berichtet." Sie strich vielsagend durch ihre voluminöse Lockenpracht. *Oh, bitte nicht*, dachte Alex. Sieglinde konnte reden ohne Punkt und Komma und war verdammt neugierig. Sie sah Britta etwas vorwurfsvoll an. Diese zuckte mit der Schulter und lenkte ihre Aufmerksamkeit auf den nächsten Herrn, einen in weißen Hosen und pinkfarbenem Poloshirt gekleideten Endvierziger. Seine blondgefärbte Frisur wirkte auf Alex etwas unnatürlich, er versuchte mit dem Seitenhaar seine sehr hohe Stirn zu verdecken. Eine dicke goldene Gliederkette funkelte im Abendlicht unter der offenen Knopfleiste seines Shirts hindurch, auch die protzige, goldene Armbanduhr und den großen Siegelring konnte man kaum übersehen. Sieglinde schmiegte sich an seine Schulter. „Auch bei mir hat sich einiges getan. Dietmar ist in mein Leben getreten. Das ist eine sehr glückliche Fügung. Er ist Hairstylist." Sie strich sich erneut durch ihre blonde Lockenpracht. „Er besitzt zwei Geschäfte in Erfurt und eins in Weimar. Maestro ... hast du bestimmt schon gehört. Der Promi-Frisör!" Alex nickte und gab Dietmar die Hand. Der nahm sie und machte keine Anstalten, sie wieder loszulassen. „Freut mich, dich kennenzulernen, Alex. Ich habe gehört, du arbeitest bei der Kripo. Das finde ich wunderbar. Ich liebe Kriminalgeschichten. Ich verschlinge sie regelrecht."

„Ja, das ist auch interessant, aber ich darf leider nicht über meine Fälle sprechen." Sie zog ihre Hand zurück und wandte sich dem letzten Herrn in der Runde zu. „Das ist Enno, Bernds bester Freund, schon seit der Schule kennen die zwei sich", stellte Britta ihn vor. Ein großer, kräftiger Mann, etwa Mitte 40, durchaus attraktiv, stellte sein Glas auf den Tisch. Die dunklen Augen in seinem sonnengebräunten Gesicht beobachteten Alex, seit sie den Garten betreten hatte. Durch den modernen Kurzhaarschnitt, den gepflegten Bart, sowie sein sportliches Outfit wirkte er absolut anziehend. Er begrüßte Alex freundlich.

„Was? Du bist mit Bernd schon seit der Schulzeit befreundet? Ich habe dich noch nie hier gesehen", wunderte sich Alex.

„Dabei steht sein Haus zwei Straßen weiter", warf Britta ein. Enno lächelte. „Na ja, ich treffe mich mit Bernd meistens in der Kneipe oder bei mir zu Hause, da sind wir ungestört."

Britta nickte. „Das kann ich bestätigen. Sie haben Angst, dass ich ihre Männergespräche belausche." Kichernd drehte sie sich Alex zu. „Kannst du mir schnell beim Abendbrot helfen. Bernd und Gregor stehen am Grill, die sind bestimmt gleich fertig."

„Mach ich doch gern. Ich möchte die zwei nur schnell begrüßen." Alex schlenderte zu den beiden Männern, die entspannt mit einer Flasche Bier in der Hand das Grillgut wendeten.

„Hallo, ihr zwei." Sie drückte erst den gemütlichen Bernd mit seinem dicken Bierbauch und dem freundlichen Lächeln unter dem kleinen Schnauzer und dann den großen Gregor mit seiner wilden, schwarzen Lockenfrisur. Bernd klopfte ihr auf die Schulter. „Ich dachte, du bringst uns Dominik mit, aber Britta hat erzählt, er sei bereits in Sydney. Er kommt ganz schön rum. Gestern noch in Wien und heute in Australien." Alex nickte. „Die Kinder und ich fliegen in drei Wochen auch hin. Ich freu mich schon auf unseren Urlaub." Sie schaute zu Gregor auf. „Ach übrigens, Gregor, vielen Dank für die Reparatur meines Rasenmähers, der läuft jetzt wieder wie am Schnürchen. Ich war schon genervt. Ich dachte, ich muss mir einen Neuen kaufen. Ich habe doch von den Dingern keine Ahnung."

„Gern geschehen", winkte Gregor ab.

„Was zaubert ihr denn Leckeres?", wollte Alex wissen. Aber noch ehe sie einen Blick auf das Grillgut werfen konnte, schloss Bernd schnell den Deckel seines großen Smokers. „Das wird noch nicht verraten."

„Na gut, dann werfe ich erst einmal einen Blick auf das Beiwerk, das deine Frau gezaubert hat. Bis dann!"

Britta wirbelte bereits in ihrer Küche hin und her, das Salatbüfett war grandios.

„Ach, Alex kannst du mir schnell noch die Käseplatte arrangieren, ich habe dir schon alles hingelegt."

„Ok, mache ich gern." Sie begann die Platte mit unterschiedlichen Käsesorten und Obst zu bestücken. Vom Küchenfenster konnte sie draußen die Gäste beobachten. „Wieso trifft sich denn Enno mit Bernd nur bei sich und in der Kneipe?"

Britta rührte in der Kräuterbutter und füllte sie dann in ein hübsches Schälchen um. „Na, was denkst du denn, da sind die beiden unter sich und keiner hört zu."

„Und was ist mit Ennos Frau?", wollte Alex wissen. Britta winkte ab. „Er ist seit drei Jahren geschieden. Kurz danach hat er die schöne Tamara kennengelernt, eine Polin, die ganz große Liebe. Doch nach einem Jahr ist sie mit ihrem Tennistrainer durchgebrannt. Sie war von heute auf morgen spurlos verschwunden, Koffer, Gold und Geld, alles weg. Enno hat nie wieder etwas von ihr gehört. Ich fand sie eh zu jung für ihn. Er wollte sie sogar heiraten, der Termin stand schon fest."

„Aber er ist doch ein attraktiver Mann", stellte Alex fest. „Der findet doch sicher wieder eine Frau."

Britta stellte das schmutzige Geschirr in den Spüler. „Sicher gab es ein paar Versuche, aber nichts Festes. Bernd erzählt mir nicht viel, deshalb treffen sie sich auch in der Kneipe."

Alex schaute aus dem Fenster. „Was hat denn Sieglinde wieder für einen Typen angeschleppt, den komischen Frisör, kennst du den?"

Britta stellte sich neben sie und sah ebenfalls auf ihre Partygäste. „Was, den Schmierlappen? Den habe ich heute auch das erste Mal gesehen. Bei Sieglindes ganzen Kerlen weiß ich schon nach zwei Minuten, dass der wieder ein Schuss in den Ofen ist. Der Prozess dauert bei Sieglinde dann mehrere Monate. Sie lässt sich da auch nichts sagen. Kannste dich noch an den Icke erinnern, an den blöden Berliner, der alles besser wusste, egal, was nur irgendjemand sagte?"

„Au ja, das war ein Idiot, der hat damals Michael fast zur Weißglut gebracht", lachte Alex. „Oder der Heiratsschwindler, der war zu schön, um wahr zu sein. Gegen den haben noch meine Kollegen ermittelt. Ich glaube, der ist dann anderthalb Jahre in den Knast gegangen. Warum sucht sich Sieglinde nicht jemand Solideres? Zum Beispiel Gregor, der ist doch ein großer, gutaussehender Mann, er hat eine gut funktionierende Schlosserei mit über zehn Mitarbeitern, hat goldene Hände, ist gutmütig und ein ruhiger Typ. Was will sie mehr?"

Britta schaute anerkennend auf Alex' Käseplatte. „Die ist dir gut gelungen", stellte sie fest. Dann räumte sie die leeren Käsepackungen in den Müll.

„Weißt du Alex, ich glaube, das hat sie schon versucht. Aber Gregor wollte nicht. Die mollige, aufgedrehte Sieglinde ist einfach nicht sein Typ. Damals seine Frau war eine junge, attraktive, schlanke Frau, ich glaube, er trauert ihr immer noch nach. Hast du Maria gekannt?"

„Nein". Alex schüttelte den Kopf. „Ich habe sie von Weitem vielleicht zwei-, dreimal gesehen, wir haben uns gegrüßt, das war alles. Sie kam doch aus Bayern? Woran ist sie damals eigentlich gestorben?"

Britta schnitt die aufgebackenen Baguettes in Scheiben. „Er hatte sie im Urlaub in Bayern kennengelernt, Liebe auf den ersten Blick. Sie ist ihm gefolgt und nach drei Monaten haben sie geheiratet. Nach einem knappen Jahr habe ich sie schon nicht mehr gesehen. Bauchspeicheldrüsenkrebs. Sie lag dann wohl nur noch im Krankenhaus. Gregor hat wie ein Irrer im Netz recherchiert und in den USA eine Spezialklinik gefunden, die eine sehr teure Therapie anbot, den Krebs zu heilen. Er hat damals alles zu Geld gemacht und ist mit ihr dahingeflogen. Sie bekam die Therapie, aber jede Hilfe kam zu spät. Sie ist noch in Boston gestorben und sie wünschte eine Seebestattung. Traurig sowas."

„Ja, sehr. Kein Wunder, dass er das noch nicht überwunden hat. Kann ich dir eigentlich noch etwas helfen?"

Britta schüttelte mit dem Kopf. „Es ist jetzt alles fertig, wir stellen alles auf den großen Gartentisch, der ist schon gedeckt und dekoriert. Sag mal, kannst du dich noch an die Rosenparty bei den Brandstetters erinnern, als er nach seiner Elisabeth die Rose benannte, an den komischen Rosenchampagner?"

„Ja, der roch schon so komisch, ich habe ihn dann immer heimlich weggeschüttet, aber die Rosentorte schmeckte lecker", erinnerte sich Alex.

Britta drückte ihr zwei Schüsseln in die Hand. „Aber die seltsamen Horsd`oeuvre aus Rosencreme, ich glaube, die sind alle nach und nach in der Tonne gelandet", amüsierte sie sich. „Ja, ich hatte auch nur eins gegessen und den Rest in der Mülltonne entsorgt, die waren fürchterlich", kicherte Alex und half ihrer Freundin beim Tischdecken.

Das Essen schmeckte köstlich, Britta hatte sich mit ihren Salaten selbst übertroffen, auch Bernd konnte mit seinen leckeren Bratspezialitäten punkten. Man konnte die Stimmung am Tisch als anregend bezeichnen, denn die Einbrüche der letzten Wochen in ihrem Wohnviertel standen im Mittelpunkt der Unterhaltung.

Alex erfuhr, dass der Figaro, der gleich um die Ecke wohnte, einer der ersten Betroffenen war, dem die Einbrecher die Villa ausgeräumt hatten. Geld, Schmuck und Kunstwerke: alles weg. Die Versicherung kam zum größten Teil für den Schaden auf.

„Bei mir kommt keiner rein, dafür habe ich gesorgt", sagte Enno und aß unbeeindruckt weiter. Alex musterte ihr Gegenüber. Sie spürte, dass er sie laufend beobachtete. „Wieso, Enno, lauerst du den Tätern auf?"

„Das muss ich nicht", sprach er lächelnd zu Alex. „Meine Anlage meldet mir alles auf mein Smartphone."

Sieglinde und Dietmar wollten von Alex wissen, was die Polizei endlich gegen die Einbrüche unternahm. „Tut mir leid, das ist leider nicht meine Abteilung. Ich bin bei der Mordkommission", entschuldigte sich Alex. Obwohl sie bereits alle Akten über die Einbrüche gelesen hatte, wollte sie hier am Tisch nichts preisgeben.

Britta beugte sich vor. „Na, ihr habt hier eine waschechte Kriminalhauptkommissarin am Tisch sitzen, sie holt sich die ganz schweren Jungs." Erstaunen und anerkennende Worte folgten auf Brittas Enthüllung.

„Da stand doch vor kurzem etwas in der Zeitung mit diesem Rattenfänger, wie hieß denn der Ort, ich glaube das war in der Nähe von Tambach-Dietharz. War das nicht dein Fall?" Sieglinde schaute Alex erwartungsvoll an, auch die anderen richteten ihre Blicke auf sie. Alex fühlte sich geschmeichelt und nickte. „Ja, das war eine schlimme Geschichte, allerdings löse ich solche Fälle nicht allein, da steckt ein ganzes Team dahinter. Aber ich möchte jetzt bitte nicht über meine Arbeit sprechen." Alex dachte an den morgigen Pressekonferenztermin, der den Tod der beiden Männer der Öffentlichkeit preisgeben würde. Zum Glück stand heute noch nichts über die Steigerwaldtoten in der Zeitung.

„Können wir mal das Thema wechseln?" Sie zeigte auf den Strauß, der vor ihr auf dem Tisch stand. „Ich bewundere schon den ganzen Abend diesen Rosenstrauß. Ist der aus eurem Garten, Hannes?" Alex erkannte in der Vase rote Rosen der Sorte ‚Grande Amore'.

Doch der Doktor schüttelte mit dem Kopf. „Nein, wir haben Britta einen Stock unserer Neuzüchtung ‚Elisabeth' geschenkt."

„Die Rosen sind von mir", raunte ihr Gegenüber ihr zu. Enno setzte das Glas Whisky ab und schaute sie neugierig an.

„Sind die gekauft oder aus deinem Garten?", wollte Alex wissen.

„Die wachsen in meinem Garten", antwortete er ihr, ohne eine Miene zu verziehen. „Das ist so ein bisschen mein Hobby."

Bernd beugte sich nach vorn. „Enno hat einen wunderschönen Rosengarten, der kann sich mit Hannes seinem messen, solltest du dir unbedingt einmal anschauen." „Oh ja", nickte Alex und dachte sich: *Das passiert wahrscheinlich schneller als ihr denkt.* „Sagt mal, haben denn Rosen eine bestimmte Bedeutung?"

Hannes meldete sich. „In der Welt der griechischen Sagen, und auch heute noch, spielt besonders die Farbgebung eine große Rolle, zum Beispiel wurden weiße Rosen zum Symbol für Reinheit und Unschuld, hingegen rote Rosen zum Symbol der Leidenschaft und Begierde."

Alex zeigte auf die rote Rose im Strauß. „Na zum Beispiel diese hier, ‚Grande Amore', habe ich auch in meinem Beet. Ist sie ein Symbol der Liebe?"

Enno beugte sich nach vorn und sah Alex tief in die Augen. „Genau, der Liebe und der Leidenschaft und man kann auch mit einer roten Rose um Verzeihung bitten."

Alex starrte ihn an. Das war es! Der Mörder hatte seinen Opfern eine rote Rose in die Hand gelegt, um sie um Verzeihung zu bitten. Dieser Enno, wusste er mehr? Er passte ins Täterprofil. Der einsame Wolf, der sein Revier verteidigte. Alex ließ ihn nicht aus den Augen. Konnte er der Mann sein, den sie suchte? Sie würde ihn morgen als Ersten unter die Lupe nehmen lassen.

Die Party nahm einen feucht fröhlichen Verlauf. Nach Einbruch der Dunkelheit saßen alle um einen großen Feuerkorb, während Gregor mit seiner Gitarre ein paar alte Songs zum Besten gab und alle mitsangen.

Alex beugte sich zu ihrer Freundin hinüber. „Sag mal Britta, da die Kinder nicht da sind, möchte ich morgen früh, so gegen halb 7 laufen gehen. Kommst du mit? Du trainierst doch für den Firmenmarathon?"

Britta verzog das Gesicht. „Das würde ich gern, aber es tut mir leid, ich habe ausgerechnet morgen früh einen Arzttermin."

„Macht nichts, dann drehe ich allein meine Runde." Alex lehnte sich zurück und lauschte den Gitarrenklängen und Gregors angenehm tiefen Stimme.

Gegen 23 Uhr verabschiedete sich Alex, schließlich musste sie am nächsten Tag wieder fit im Büro erscheinen. Als sie das Wohnzimmer betrat und den Computer auf dem Esstisch überprüfte, sah sie, dass Dominik versucht hatte, sie zu erreichen. Sie schaute auf die Uhr. In Sydney wäre es gerade halb 11 Uhr vormittags. Alex setzte sich an den Tisch und versuchte Dominik anzuskypen. Schon der erste Versuch glückte und etwas verschlafen erschien Dominik am Bildschirm.

„Habe ich dich aus dem Bett geholt", grinste Alex. Dominik fuhr sich mit der Hand durch sein halblanges Haar. „Halb so schlimm, ich kämpfe noch gegen meinen Jetlag. Wo kommst du eigentlich her?"

„Ich komme gerade von Brittas Geburtstagsfeier. Ich soll dich von den Beiden grüßen. Bernd hat dich schon vermisst", kicherte Alex.

Dominik kniff die Augen etwas zusammen und runzelte die Stirn. „Es sieht so aus, als gab es viel zu trinken, geht es dir gut?"

Alex musste wieder lachen. „Ja, alles in Ordnung, es war ein feucht fröhlicher Abend und eine illustre Runde. Auf jeden Fall kam keine Langeweile auf."

„Wie geht es den Kindern?" erkundigte sich Dominik.

„Na, die Jungs sind die Woche noch im Ferienlager und Lisa übernachtet bei Felix. Ja, ich weiß, frag nicht, aber ich hatte die ewige Diskussion satt und Felix und seine Familie sind sehr nett. Am Wochenende fahren Lisa und ich nach Zella-Mehlis."

Alex verkniff sich, Dominik über den wahren Grund zu informieren, warum sie Lisa die Erlaubnis gegeben hatte, bei ihrem Freund zu übernachten. Ihren nächtlichen Besucher verschwieg sie gleich ganz. Sie wollte ihn nicht beunruhigen. „Wann geht es denn bei dir los?", wollte sie wissen.

„Oh, 12 Uhr holt mich David ab und wir schauen uns die Ausstellungshallen an. Ich hoffe, dass alle Objekte die Überfahrt gut überstanden haben."

David, Dominiks Agent und Freund, konnte man als sehr feinen und wohlerzogenen Menschen bezeichnen, zuvorkommend und stets korrekt gekleidet. Seine Homosexualität ließ er sich nie anmerken. Alex mochte ihn sehr. „Grüß David von mir."

„Mach ich", lächelte er, dann wurde seine Miene ernst. „Ich vermisse dich jetzt schon. Ich kann es kaum erwarten, bis ihr kommt."

„Ich freue mich auch auf den Urlaub. Ach übrigens, hast du den Artikel über dich in der ‚Thüringer Allgemeinen' gelesen? Immerhin eine halbe Seite und er ist gut geschrieben."

„Ja, der Redakteur hat ihn mir zugemailt. Ich finde ihn auch gut, nur das Bild hätte er sich sparen können. Er möchte noch einen zweiten Teil nach der Eröffnung machen.

„Mir gefällt das Bild. Ich werde es mir ausschneiden und übers Bett hängen." Sie kippte den Kopf etwas zur Seite und grinste ihn an.

Dominik runzelte die Stirn. „Du siehst müde aus, ich würde sagen, bei dir ist jetzt Schlafenszeit. Ich wünsche dir eine gute Nacht."

„Und ich dir einen schönen Tag." Mit einem Handkuss verabschiedete sich Alex. Sie blieb noch einen Augenblick vor dem Computer sitzen und fühlte sich beschwingt und glücklich. Sie liebte diesen Mann.

Alex schaute auf die Uhr. Schon gleich Mitternacht, sie musste schleunigst ins Bett. Sie klappte den Computer zu, kontrollierte die verschlossene Haustür und lief zur Terrassentür, um die Verriegelung zu überprüfen. Erschrocken blieb sie wie angewurzelt stehen. In der Dunkelheit, einen Meter vor der Tür, stand eine große, dunkle, männliche Gestalt, die Kapuze weit ins Gesicht gezogen, und schien sie anzustarren. Instinktiv fasste Alex an den Türgriff, die Tür war fest verschlossen. Wieso ging der Bewegungsmelder nicht an? Wie lange stand der Typ schon da draußen und beobachtete Alex? Adrenalin schoss ihr ins Blut. Sie dachte an ihre Waffe, die befand sich noch in ihrer Tasche auf dem Stuhl. Sie hatte heute ihre Pistole nicht im Büro gelassen und auch nicht eingeschlossen.

Plötzlich drehte sich die Gestalt um und verschwand im hinteren Teil des Gartens. Der Bewegungsmelder schaltete auf der Terrasse das Licht an und Alex sprintete zum Tisch, ergriff die Waffe in ihrer Tasche, eilte zur Terrassentür zurück und öffnete sie langsam. Ihr Herz klopfte bis zum Hals. Sie trat vorsichtig heraus und lauschte in die Dunkelheit. Es herrsche Totenstille, nicht mal ein Vogel sang. Mit der Waffe in der Hand lief Alex ums Haus und kontrollierte den Garten, aber die Gestalt blieb verschwunden. Sie verriegelte die Tür und schaute in den dunklen Garten. Erschöpft legte sie die Stirn gegen das kalte Fensterglas. Sie liebte ihr Zuhause, ein modernes Familienhaus im Bauhausstil auf einem idyllischen Grundstück mit altem Baumbestand. Es wurde ihr zum Glück bei der Scheidung zugesprochen, was ihr Exmann Michael, ein erfolgreicher Banker, erstaunlicherweise sehr gelassen aufnahm. Damals hatten beide viel Herzblut in den Bau ihres Hauses gesteckt. Ein klarer, schnörkelloser Grundriss mit einem offenen Wohn- und Essbereich sowie großen Terrassentüren, durch die man aus jedem Teil des Hauses in den Garten und auf die große Terrasse gelangte. Im unteren Bereich befanden sich noch ein Gästezimmer mit Duschbad und der Hauswirtschaftsraum. Eine moderne, offene Treppe führt ins Obergeschoss. Hier war die Wohnfläche in eine kleine Galerie, ein Schlafzimmer, drei Kinderzimmer und in ein Familienbad aufgeteilt. Michael mochte eine schlichte und funktionale Einrichtung, aber Alex liebte warme und gemütliche Möbel, Farben und Wohnaccessoires. Sie hatte sich mit ihren Vorstellungen meistens durchgesetzt. Doch heute empfand sie die großen Glastüren fast als Bedrohung, ein Sichtfenster von außen. Sie ertappte sich dabei, immer wieder an den Türen vorbeizugehen und zu schauen, ob sie verriegelt waren. Sie liebte den Blick in den Garten. Aber jetzt ließ sie die langen Jalousien nach unten fahren.

Was wollte der Typ von ihr? Was sollte sie jetzt tun? Die Lage wurde immer bedrohlicher. Sie würde morgen die Kollegen informieren. In der Nacht konnte Alex schlecht schlafen, wilde Träume plagten sie und jedes kleine Geräusch im Haus ließ sie aufschrecken. Die Waffe lag griffbereit auf ihrem Nachtschränkchen.

Kapitel 6

Das Klingeln des Weckers erwischte Alex im Tiefschlaf. Sie fuhr hoch und tippte den Wecker aus. Kurz nach 6 Uhr. Sie blieb einige Augenblicke im Bett sitzen und versuchte, ihre Sinne in die Wirklichkeit zurückzuführen. Die Sonne war bereits aufgegangen, frische Luft strömte durch das offene Fenster. Heute würde wieder so ein heißer Tag werden, wie schon an den vergangenen Tagen. Für einen kurzen Moment zweifelte sie an ihrem Vorhaben, zu dieser frühen Stunde laufen zu gehen. Aber sie mochte den frühen Morgen, die angenehme sommerliche Kühle, das Zwitschern der Vögel im Wald und das langsame Erwachen der Stadt. Sie schwang sich aus dem Bett, erfrischte sich im Bad und zog ihre Laufsachen an.

Im Wohnzimmer blieb Alex vor der großen Terrassentür stehen und ließ die Jalousien nach oben fahren. Sie musste das ungute Gefühl ablegen, aus der Dunkelheit beobachtet zu werden. Wer war dieser Mensch, der sie nachts beobachtet hatte? Alex nahm sich das Glas Orangensaft vom Tisch und trat auf die Terrasse. Die Morgensonne schien bereits durch die Bäume. Zwei Kohlmeisen balzten über die Wiese. Der Garten wirkte friedlich und vertraut. Vielleicht reagierte sie auch über, ließ sich von so einem Idioten einschüchtern. Und was würden die Kollegen sagen, wenn sie sich als gestandene Hauptkommissarin nicht einmal einen Stalker vom Hals halten konnte? Sie musste unbedingt mit Otto Schuster sprechen, vielleicht könnte er eine versteckte Kamera anbringen, um denjenigen zu überführen. Sie hielt für einen Augenblick inne und überlegte, heute vielleicht nicht Joggen zu gehen. Nein, sie wollte sich nicht nötigen lassen, wie ein verängstigtes Kaninchen im Bau zu sitzen und abzuwarten. Ihr war noch nie aufgefallen, dass sie tagsüber jemand beobachtete oder sie sogar verfolgte. Alex nahm trotzig ihr Handy und steckte es in ihr Bodybag. Nein, von so einem Typen würde sie sich nicht einschüchtern lassen. Auf Kopfhörer und die Musik verzichtete sie – sie brauchte all ihre Sinne – dann verließ sie das Haus. Zügig joggte sie durch die Rankestraße bis zur Arnstädter Chaussee und bog den Waldweg entlang zum „Waldkasino" ab. Die Gaststätte wirkte noch verwaist, zu dieser frühen Stunde schien hier noch kein Mensch unterwegs zu sein. Die Morgensonne blitzte durch die Bäume und ließ den letzten Dunst der Nacht aufsteigen. Die frische Waldluft tat Alex gut. Um ihr erhöhtes Lauftempo länger durchzuhalten, achtete sie auf eine gleichmäßige Atmung. Sie nahm das leise Rauschen des Waldes und das Vogelgezwitscher wahr. Ihr gleichmäßiger Schritt gab den Takt an. Doch dann hörte sie Schritte. Sie drehte sich kurz um, um den Läufer hinter sich zu lokalisieren. Aber die lang gezogene Biegung des Waldweges und das dichte Buschwerk verhinderten die Sicht auf ihren Verfolger. Alex erhöhte das Tempo. Die Schritte hinter ihr wurden ebenfalls schneller und kamen näher. Erneut wandte sie sich kurz nach hinten, um einen Blick auf den Jogger zu werfen. Dieses ungute Gefühl machte sich wieder in ihr breit. Gleich würde sie den Indianerspielplatz erreichen, natürlich konnte sie zu diesem frühen Zeitpunkt noch keine Spaziergänger oder Spielplatzbesucher erwarten. Sie drehte sich erneut um. Und dann sah sie ihn. Groß, kräftig im schwarzen Jogginganzug, die Kapuze weit ins Gesicht gezogen: der Typ von gestern Abend. Sie spürte, dass er sie im Visier hatte. Panik stieg in Alex auf. Noch eine Biegung und sie hatte den Spielplatz erreicht. Was sollte sie jetzt tun? Sie tastete nach ihrem kleinen Bodybag, in dem sie immer eine Trinkflasche verstaute, glitt mit den Fingern am Henkel entlang, spürte die kleine Außentasche mit dem Pfefferspray und zog es heraus. Sie würde sich jetzt an eines der Kletterhäuser stellen und ihn frontal erwarten. Wenn er sie von hinten angreifen würde, hätte sie keine Chance. Adrenalin schoss ihr ins Blut, atemlos stand sie mit dem Rücken an der Holzwand des Spielhauses, das Spray fest umklammert und starrte auf den Weg, den sie eben gekommen war. Ihr Herz klopfte, sie zitterte am ganzen Körper. Doch niemand bog auf den Platz. Ängstlich beobachtete Alex die Umgebung. Wo war der Kerl? Sie fühlte, dass er sie belauerte. Sie musste zur Hauptstraße zurück, erst da wäre sie sicher.

Mit einem Ruck löste sie sich von der Holzwand und nahm den kürzesten Weg zur Arnstädter Chaussee. Sie rannte, als wäre der Teufel hinter ihr her. Obwohl ihre Lungen brannten, verlangsamte sie nicht ihren Lauf. Sie schaute nach hinten, aber niemand folgte ihr. Der Verkehrslärm kam langsam näher und Alex erreichte völlig erschöpft die Hauptverkehrsstraße. Panisch warf sie einen Blick zurück, aber niemand war zu sehen. Völlig ausgelaugt, die Hände auf ihre Knie gestützt, pumpte sie sich Luft in die Lungen. Was wollte dieser Typ von ihr? Wohin war er plötzlich verschwunden?

Langsam beruhigte sich Alex, doch dann vernahm sie dieses tuckernde Geräusch, dass sie schon einmal gehört hatte und das jetzt näher kam. Sie stellte sich auf und sah links der Fahrbahn entgegen. Der Berufsverkehr hatte bereits eingesetzt. Zwischen den Autos konnte sie ihn sehen: den Motorradfahrer auf seiner alten schwarzen Maschine, mit Chopper Helm, 70er-Jahre-Sonnenbrille, ein schwarzes Halstuch bedeckte seine untere Gesichtshälfte, selbst jetzt konnte sie das raue Leder der Lederjacke unter ihren Fingern wieder spüren. Nur eins war anders, er trug eine schwarze Jogginghose. Er fuhr an ihr vorbei und warf einen Blick zu ihr rüber. Alex rannte am Straßenrand ein paar Meter hinter ihm her, um das Kennzeichen zu erfassen, aber er schlängelte sich geschickt durch den Verkehr und die nachfolgenden Autos verdeckten ihn völlig.

Langsam lief Alex nach Hause und versuchte, einen klaren Gedanken zu fassen. Mist, dass sie das Kennzeichen nicht sehen konnte. Wahrscheinlich war es sowieso gefälscht. Was wollte dieser Kerl von ihr? Wenn er ihr Angst machen wollte, war es ihm ganz gut gelungen. Sie brauchte Hilfe. Sofort.

Alex hatte ihre Mitarbeiter zum Meeting bestellt. Als sie das große Büro betrat, zog ein Duft von Cafeteria durch den Raum. Auf ihrem Platz stand eine große Tasse frisch zubereiteter Kaffee und in der Mitte des Tisches ein Teller mit knusprigen Croissants, an denen sich Matze schon kräftig bediente.

Alex setzte sich, legte die Mappe ab, nickte Regina dankbar zu und nahm einen großen Schluck des köstlichen, schwarzen Getränks. „Oh, tut das gut! Regina, du bist die Beste."

Regina sah Alex über ihre Lesebrille hinweg skeptisch an. „Geht es dir gut? Du siehst irgendwie müde aus."

Alex rieb sich die Schläfen. „Ich schlafe wirklich schlecht, ich werde seit Tagen verfolgt. Er steht nachts in meinem Garten, beobachtet mich durch die Terrassentüren und vorhin beim Joggen im Steiger bin ich um mein Leben gerannt, weil er mitten im Wald hinter mir auftauchte. Vor zwei Tagen sind Lisa und ich nachts mit Baseballschlägern durch das Haus gelaufen, weil Gepolter uns geweckt hat. Obwohl ich immer meine Runde vor dem Schlafengehen mache, damit ja alle Türen verschlossen sind, stand eine Terrassentür bis hinten auf, die schwere Holzstatue lag auf dem Boden und der Schlüssel steckte nicht im Schloss. Ich weiß nicht, wo er herkommt und wer er ist. Das macht mir Angst. Ich habe Lisa erst einmal zu ihrem Freund geschickt. Der Typ fährt ein altes Motorrad. Bei meinem Streit mit Bauer auf dem Parkplatz bin ich fast in sein Bike gelaufen und vorhin am Steiger nach dem Joggen habe ich ihn wieder gesehen, er fuhr an mir vorbei."

Es herrschte ein paar Augenblicke betroffenes Schweigen. Matze war ein Stück Croissant aus dem Mund gefallen, Antonia stellte polternd ihre Kaffeetasse auf den Tisch. Regina sah sie fassungslos an. „Und das erzählst du uns erst jetzt?"

„Du brauchst unbedingt Schutz", meldete sich Antonia Schellenberger, die neben ihr saß. Matze nickte und Regina fügte besorgt hinzu: „Am besten ist, wir informieren Bergmann, dem traue ich am ehesten zu, dir Schutz zu organisieren, außerdem hat er auch Entscheidungskompetenz."

Alex schaute sie entgeistert an. „Na, der wäre wohl der letzte, an den ich mich wenden würde. Kollege Schuster hat mir bereits seine Hilfe angeboten. Er hat schon Schuhabdrücke in meinem Garten abgenommen. Ich habe ja geglaubt, ich werde wegen eines Einbruches ausspioniert, aber die Abdrücke sind Größe 46. Der Typ ist fast 1,90 groß, das macht mir ja solche Angst, den kann ich nicht einfach so weg kicken."

Regina hob die Hände. „Na, wenn du meinst, aber wir könnten wenigstens eine Streife vor dein Haus stellen." Alex reagierte unsicher. „Ja, das würde mich schon beruhigen, aber ob das was nützt? Der Kerl kommt über die Gärten, ich habe schon an eine versteckte Kamera gedacht. Ich werde Kollege Schuster gleich informieren." Regina ließ sich nicht beirren. „Ich werde mich um deine Überwachung kümmern. Du darfst das nicht auf die leichte Schulter nehmen, außerdem bist du im Moment alleine zu Hause, das weiß er und nutzt die Gelegenheit."

Alex gab sich geschlagen und war den Dreien insgeheim dankbar für ihre Fürsorge. „Ich danke euch, aber kommen wir jetzt zum Fall. Matze, was haben wir?"

Matze schob sich das letzte Stück Gebäck in den Mund und ließ wie ein Virtuose seine Finger über die Tastatur seines Laptops gleiten. „Wir haben zwei Einbrecher, die bis vor drei Wochen in Alex' Wohngebiet in fünf Villen eingestiegen sind. Es handelt sich zum einen um Ronny Neubucher, 28. Sein Vater kommt heute noch zum DNA-Abgleich, aber das ist nur noch Formsache. Der zweite im Bunde ist Enrico Kleinschmidt, 22. Vermutlich wurden sie bei ihrem letzten Einbruch getötet. Das Auto von Neubucher, ein Renault Trafic wurde noch in der Tatnacht auf einem Lidl-Parkplatz abgestellt und wird zurzeit in der KTU untersucht. Beide sind sehr professionell im Steigerwald vergraben worden. Eine Wildschweinrotte hat die Leichen wieder frei gelegt, samt Einbruchwerkzeug. Das Diebesgut konnte in der Wohnung von Ronny Neubucher und in einer Garage seiner Eltern sichergestellt werden. Die Eltern wussten nichts von den kriminellen Aktivitäten ihrer Sprösslinge."

Antonia beugte sich etwas nach vorn. „Übrigens die Freundin von Enrico war heute Morgen schon da. Sie hat mir glaubhaft versichert, dass er und sein Freund einen Einbruch geplant hatten, sie aber das letzte Ziel nicht kannte."

Regina fügte hinzu: „Die KTU hat auch in dem Haus keinen Hinweis gefunden, der uns verraten könnte, wo die Beiden einsteigen wollten, selbst auf dem ausgedruckten Kartenmaterial, war nichts eingezeichnet. Vielleicht hatten sie die entscheidende Karte bei ihrem Einbruch mit dabei."

„Ein KTU-Mitarbeiter hat mir den Computer und die zwei Smartphones aus der Wohnung gebracht", berichtete Matze ohne hochzuschauen. „ Die schaue ich mir gleich an."

Alex rieb nachdenklich ihr Kinn. „Ich bin das Wohngebiet abgefahren und habe mir die Einbruchshäuser angeschaut. Das Erscheinungsbild hebt sich schon von den Häusern in der Umgebung ab. Alle Villen sind prachtvoll und luxuriös. Sie strahlen einen gewissen Wohlstand aus, umgeben von schönen Gartenanlagen und großen, teuren Autos davor. Man sieht von außen schon, dass es da etwas zu holen gibt.

Die Hausinhaber wurden ausspioniert. Die Einbrüche fanden alle in den frühen Morgenstunden statt, wenn die Bewohner nicht zu Hause waren. Die Alarmanlagen wurden manipuliert. Schuster und sein Team haben die Firmen, die die Anlagen eingebaut haben, ihre Mitarbeiter und ehemalige Mitarbeiter überprüft, aber nichts gefunden. Neubucher arbeitete früher in einer Sicherheitsfirma, aber die hatte nichts mit den Einbruchhäusern zu tun. Dort ist er wegen Unregelmäßigkeiten vor einem Jahr gekündigt worden. Er kannte sich also mit Alarmanlagen aus." Alex verschränkte die Arme. „Uns wird nichts Anderes übrigbleiben. Wir müssen das Wohngebiet abfahren und ähnliche Objekte kontrollieren. Das wird ein Heidenspaß, wenn ich mit meinen Kollegen bei meinen Nachbarn einmarschiere und herumspioniere." Alex verdrehte die Augen. „Das macht mich sicher sehr beliebt in der Gegend und es wohnen in den Villen keine Nonames, da müssen wir sehr diplomatisch vorgehen."

Sie fingerte aus ihrer Hosentasche einen Zettel, strich ihn glatt und legte ihn Matze hin. „Ich hätte da schon einen Kandidaten, einen gewissen Enno Seebacher, Typ: einsamer Wolf. Ich bin heute an seinem Haus vorbeigefahren, es passt ins Beuteschema, allerdings alles voll überwacht, jede Bewegung kann er auf dem Handy nachvollziehen. Vielleicht sind die Einbrecher in seine Falle getappt. Er besitzt einen großen Rosengarten, mit unser aller Lieblingsblume ‚Grande Amore'. Schau mal, was du über den herausfinden kannst."

Regina meldete sich. „Wir müssen gleich zur Feierstunde." Alex schaute sie erstaunt an. „Was für eine Feierstunde?" Regina hob die Augenbrauen. „Die Gedenkstunde für Bauer. Die Sekretärin, Frau Becker, hat es organisiert. Dr. Perlinger möchte eine Rede halten." Sie schaute auf die Wanduhr. „In einer Viertelstunde im großen Konferenzsaal. Er war schließlich unser Chef." „Ach ja, die Feier", erwiderte Alex unschlüssig, sie hatte den Termin völlig vergessen. „Okay, dann brechen wir das hier ab und sehen uns gleich im großen Saal."

Der Konferenzsaal füllte sich langsam. Aus allen Bereichen des Präsidiums kamen die Kollegen, um sich von Bauer zu verabschieden. Alex nahm an, dass die meisten aus Anstand die Feier besuchten, weniger, weil sie diesen Mann so verehrt und geachtet hatten. Die Stühle waren wie in einem Theater in mehreren Reihen aneinandergestellt. In der ersten Reihe saßen Bauers Witwe und die Tochter. Dr. Perlinger sprach leise auf sie ein. Ein Bild von Bauer mit schwarzer Schleife und ein großes Blumenbouquet mit weißen Lilien standen auf einem kleinen Podest. Sogar eine Cellistin wartete auf ihren Einsatz.

Alex saß neben Ralf Tonhauser. Heute sah sie ihn das erste Mal ohne seine rote Kappe, die er aus Pietät in der Hand trug und musste lächeln, denn die Mütze hatte bis jetzt gekonnt die sehr großen Geheimratsecken versteckt. Er wirkte dadurch viel älter. Alex wandte sich an ihn. „Komisch, da hat er nun endlich die Karriereleiter erklommen und dann macht so ein Unfall alles zunichte."

Der Kollege schaute sie unverhohlen an. „Ich bin mir jetzt sicher, dass es sich nicht um einen Unfall handelt." „Was?" Alex starrte ihn an. „Wieso?"

Nach einem Augenblick des Schweigens lehnte er sich zu Alex und flüsterte ihr förmlich ins Ohr: „Wir haben schwarze Lackspuren vorn an seinem Rennrad gefunden. Er ist von der Straße gestoßen worden und das bei der hohen Geschwindigkeit. Das hätte keiner überlebt."

Aufgeregt beugte sich Alex zu ihm hin. „Etwa von einem Auto?" Er schüttelte den Kopf. „Nein, wir haben den Lack analysiert, er wird hauptsächlich zur Restaurierung alter Motorräder verwendet." Verblüfft schaute Alex ihn an. „Für alte Motorräder?" Sie lehnte sich in ihrem Sitz zurück und fing an zu grübeln. Von der Feier und den Reden bekam Alex nichts mehr mit.

Ein altes Motorrad ... Sie dachte an den Streit mit Bauer. Hatte ihr Stalker etwas mit Bauers Tod zu tun? Was lief hier eigentlich ab? Oder handelte es sich um ganz unterschiedliche Ereignisse, mit einer zufälligen Übereinstimmung? Aber Alex glaubte nicht an Zufälle. Sie musste Bergmann informieren. Wenn sein Ermittlerteam dem Biker auf die Spur käme, vielleicht wäre dann auch ihr Problem gelöst?

Ohne ein Wort zu ihren Kollegen verließ Alex nach der Feier den Saal.

In dem Großraumbüro des K1 roch es nach Kaffee, einige Kollegen waren bereits an ihre Arbeitsplätze zurückgekehrt. Sie sah sich kurz um und erkannte zwei junge Männer, die damals, während ihres Streits mit Bauer, aus dem Fenster geschaut hatten. Sie lief auf sie zu. „Hallo, ich hätte von euch gern eine Auskunft. Ihr habt doch am Fenster gehangen, als ich mich mit Bauer gestritten habe?" Beide fühlten sich ertappt und drucksten herum.

„Es ist mir egal, ob ihr da gespannt habt oder nicht", sprach sie Alex genervt an. „Aber, ihr habt doch sicher noch das Motorrad gesehen, in das ich fast gelaufen bin. Es handelte sich um ein altes, restauriertes Bike." Sie wartete. Doch die Männer sahen sich nur an, zuckten mit den Schultern und schüttelten den Kopf. „Keine Ahnung."

Ein älterer Kollege mit schmalem Gesicht und grauem Haar hatte die Unterhaltung belauscht und warf ein: „Aber ich habe die Maschine gesehen. Ein schönes Exemplar. Ich hatte früher selbst mal so eine. Eine AWO 4255 Chopper, Erstzulassung 1956, 360er Hubraum." Er kam regelrecht ins Schwärmen. „Lederjacke und genau den gleichen Helm. Ich habe es geliebt."

„Ach, stattet uns die Konkurrenz mal einen Besuch ab?"
Alex fuhr herum. Hinter ihr hatte sich unbemerkt Berg-
mann aufgebaut. Breitbeinig, mit verschränkten Armen und
einem breiten Grinsen stand er herausfordernd da. „Ist es
Neugierde oder haben Sie einen sachdienlichen Hinweis,
Frau Kollegin?"

Alex drehte sich wieder zu dem älteren Beamten um.
„Und dieses Bike hat doch einen bestimmten Sound, so ein
Tuckern?"

„Ja, ja!", rief der Mann erfreut. „Dieser Sound ist legendär."

„Danke", nickte Alex ihm zu. „Das wollte ich nur wissen."
Dann drehte sie sich zu Bergmann um, trat nah an ihn heran. „Da haben Sie Ihren sachdienlichen Hinweis. Ihr sucht
doch ein altes Motorrad?" Bergmann blickte sie fragend an.
„Woher wissen Sie das?" Alex trat noch näher an ihn heran
und raunte ihm förmlich ins Ohr: „Ich bin die Chefin, ich
weiß alles." Sie ließ den verblüfften Kommissar zurück und
verließ den Raum.

Vor der Mittagspause versuchte Alex vergeblich Kommissar Schuster zu erreichen. Elke Sauerbrei, eine junge
Beamtin vom Einbruchsdezernat, konnte kaum die Bürotür öffnen. Hinter dem Stapel von Akten, den sie trug, war
sie kaum zu sehen. Erschöpft ließ sie den Stapel auf Alex'
Schreibtisch fallen. „Hallo, Frau Brückner, einen schönen
Gruß von Kommissar Schuster. Ich bringe Ihnen die Berichte von den Einbrüchen." Alex registrierte den Berg von
Mappen. „Wieso sind denn das so viele?"

Frau Sauerbrei lächelte sie mitleidig an. „Jeder Ordner
handelt einen der Einbrüche ab, da steckt schon viel Arbeit
drin." Alex stöhnte. „Das fehlt mir gerade noch." Sie hielt
die junge Polizistin zurück. „Ich müsste Kommissar Schuster sprechen, ich konnte ihn noch nicht erreichen."

„Oh, da haben Sie Pech, er hat heute einen halben Tag
Urlaub genommen, weil seine kleine Tochter ihre Ballettauf-

führung hat und morgen ist er den ganzen Tag bei Gericht, der Hartmann-Fall", berichtete die junge Frau. Alex überlegte kurz. „Na gut, da kann man nichts machen. Vielen Dank für die Berichte."

Nachdem die Kollegin das Büro verlassen hatte, stützte Alex den Kopf in ihre Hände und rieb sich die Schläfen. Was sollte sie jetzt tun. Soweit zu dem Spruch: „Ich bin immer erreichbar für Sie." Und Bergmann wäre der Letzte, an den sie sich wenden würde. Sollte sie Reginas Vorschlag annehmen und zwei Beamte vor ihrem Haus postieren lassen? Das würde sie beruhigen und ihr etwas Zeit verschaffen. Sie gab Regina Bescheid, sie sollte eine Streife für sie organisieren.

Widerwillig nahm sie die erste Akte vom Stapel und arbeitete sich durch das Geschehen.

Die Uhr zeigte bereits nach 22 Uhr. Alex hatte, bis auf ein Telefonat mit Lisa und ein paar kurze Skype-Nachrichten mit Dominik, durchgearbeitet. Jetzt wollte sie nur noch ins Bett und gab den Kollegen der Streife Bescheid, dass sie nach Hause fahren würde. Auf dem Parkplatz winkte sie den Beamten im Streifenwagen kurz zu. Obwohl es ihr irgendwie unangenehm war, von den Kollegen überwacht zu werden, beruhigte es sie ungemein, die Streife vor ihrem Haus zu wissen. Sie brachte den Kollegen noch alkoholfreies Bier und ein paar Sandwiches nach draußen. Obwohl sie noch lange wach lag und über den Fall nachgrübelte, konnte sie das erste Mal seit Langem wieder beruhigt durchschlafen.

Kapitel 7

Der Wecker klingelte früh am Morgen und riss Alex aus einem schlechten Traum. Verschwitzt lief sie ins Bad. In der Nacht hatte es sich kaum abgekühlt und der Wetterfrosch im Radio kündigte die nächste große Hitzewelle an. Nach einer erfrischenden Dusche brachte sie den Kollegen vor ihrem Haus einen frischen Kaffee, bedankte sich bei ihnen und schickte sie zurück zur Dienststelle.

Dann rief sie Toni an. „Ich hol' dich gleich vom Präsidium ab. Wir müssen noch mal zum Steiger, die Gräber anschauen."

Während der Fahrt erklärte sie Toni: „Ich habe noch mal darüber nachgedacht. Wieso hat er die zwei schweren toten Männer da unten begraben, wo er mit dem Auto schlecht hinkommt? Er musste die Leichen so viele Meter weit schleppen. Das schauen wir uns noch einmal an."

„Naja, die Wiese ist von nirgendwo einsehbar. Da konnte er ungestört sein Werk verrichten. Aber warum hat er sie nicht im Wald vergraben?", grübelte Toni neben ihr. Alex sah sie kurz lächelnd an. „Hast du schon mal im Wald ein Loch gebuddelt, geschweige denn zwei Gräber? Da kommst du nicht weit, alles voller Wurzeln."

Sie parkten den Wagen wieder am Wiesenrand vor dem kleinen Bach und liefen die Wiese nach oben zu der mit Band abgesperrten Grabstätte. Ein leichter Morgenwind erleichterte ihnen den Aufstieg. Toni schnaufte. „Das wird heute wieder ein heißer Tag werden." „Ja, deshalb wollte ich gleich früh hier rauf", entgegnete Alex. Sie blieben vor dem rot-weißen Absperrband stehen und schauten auf die halb zugeschütteten Gruben. Alex sah zum Auto zurück. „Na, von da unten wird er sie nicht hochgeschleppt haben."

Nachdenklich lief sie um die Gräber herum und verschwand plötzlich im Dickicht des Waldes auf einem kleinen Pfad. Toni folgte ihr neugierig. Nach ungefähr zwanzig Metern bückte sich Alex und untersuchte den Boden. „Schau mal, das waren doch mal Fahrspuren." Sie richtete sich auf. „Also ich vermute, er ist bis hierher gefahren, um sich seines Ballasts zu entledigen." Mit großen Schritten lief sie die Spur, die nach oben führte, entlang. Toni konnte Alex kaum folgen, dichtes Gestrüpp ragte auf die fast zugewachsene Route. Brennnesseln und Brombeersträucher strichen um ihre nackten Beine. Toni fluchte vor sich hin. Auf der Kuppel des Hügels blieb Alex stehen und schaute sich um. Hier standen die Kiefern so eng, dass kaum Sonnenlicht auf den Waldboden fiel.

Nach etwa 50 Metern endete der zweispurige Pfad auf einem breiteren, befestigten Waldweg. „Von hier ist er also gekommen, da brauchte er aber ein geländegängiges Fahrzeug", grübelte Alex. „Wir gehen zurück zur Kuppe und schauen uns da mal um." Schweigend liefen sie nebeneinanderher. Toni gab ihrer Kollegin ein Zeichen und wandte sich nach links, um das Gelände zu erkunden. Alex fand rechts einen kleinen Pfad, der wieder zur Bergwiese führte. Verwundert blieb sie schon nach ein paar Metern am Wiesenrand stehen und blickte zurück. Wieso hatte er nicht hier die Leichen vergraben? Sie schätzte nicht mal sechs Meter bis zum Weg. Eine kleine Wolke am Himmel gab die Sonne frei. Alex zog die Sonnenbrille, die sie sich ins Haar gesteckt hatte, auf die Nase zurück und sah sich um.

Geradeaus endete die gegenüber liegende Waldzunge und gab den Blick auf Wiesen, Felder und ein kleines, romantisches Dorf frei. *Was für ein wunderschönes Fleckchen Erde*, dachte sie. Hier wäre ein toller Picknickplatz, wenn der Ort nicht als Leichenablageplatz benutzt worden wäre. Alex sah nach unten auf die zwei Gräber, lief ein paar Schritte auf einen großen Stein zu, der am Wiesenrand lag. Sie setzte sich auf den Felsblock und schüttete ein paar Steinchen aus ihren leichten Sportschuhen. Dann sah sie das plötzliche Blinken. Erschrocken zog sie ihre linke Hand vom Stein zurück und sprang auf. Sie starrte auf den grauen Koloss. Mein Gott, was ist das? Beunruhigt rief sie laut nach Toni, die verschwitzt nach einer Weile aus dem Dickicht geprescht kam. „Was ist passiert?", rief sie atemlos und blieb wenige Meter vor Alex stehen. Die lief ihr ein paar Schritte entgegen, nahm sie am Arm und zog sie vor den Stein. Toni sah sie fragend an: „Und nun?" „Warte, gleich kommt es, guck auf den Stein", tat Alex geheimnisvoll und blickte zum Himmel, eine kleine Wolke hatte sich vor die Sonne geschoben und gab sie gleich wieder frei. Der Schatten der Wolke rann über die Bergwiese nach oben, dann brach die Sonne durch und Toni entschlüpfte ein Laut der Verwunderung. Unter den Strahlen fing der Stein an zu funkeln, als wäre er mit tausenden Diamanten besetzt. Toni ging näher an ihn heran und fuhr mit der Hand über die Oberfläche. „Was ist das? Das hat ja die Form eines Herzens." „Glimmer", erwiderte Alex und trat neben sie. „Das ist ein Granitblock mit einem besonders großen Anteil an Glimmer und weil jemand die matte, verwitterte Oberfläche angeschliffen hat, glitzert es in der Sonne."

„Da hat sich aber einer viel Mühe gegeben. Was für ein toller Liebesbeweis. Woher kennst du dich mit Gestein aus?", wandte sich Toni an Alex. „Ich habe zwei Halbwüchsige zu Hause, die ohne Ende Steine sammeln. Und den Satz: ‚Feldspat, Quarz und Glimmer, die drei vergess' ich nimmer', kenne ich nun auch schon auswendig. Das sind die Bestandteile von Granit. Ich frage mich nur, wie das Ding hierher kommt?"

Alex bückte sich, hob einen verwelkten Stängel auf und betrachtete die vertrocknete schwarze Blüte näher. „Weißt du, was das hier ist? Eine vertrocknete Rose." Beide starrten den großen, dunklen Stein einen Augenblick schweigend an, dessen eingeschliffenes Herz in der Sonne funkelte. Toni fand als erste die Worte wieder. „Dann ist das hier wohl so etwas wie ein Gedenkstein?" „Oder ein Grabstein", vervollständigte Alex. Toni nickte und entnahm einen Asservatenbeutel aus ihrer kleinen Umhängetasche, öffnete ihn und hielt ihn ihrer Kollegin hin. Alex steckte den verdorrten Stängel in die Tüte. „Den bringen wir gleich zu Frau Michaelis, sie hat die letzten Rosen auch schon analysiert", bestimmte Alex. „Dann müssen die Kollegen her, die von der KTU und natürlich auch die mit den Leichenspürhunden."

Toni nickte. „Und, wenn sie fündig werden, kann auch Doc Brown sein Wochenende nach hinten verschieben. Und das am Freitag. Die Kollegen werden uns lieben."

Zwei Stunden später war von der idyllischen Ruhe auf der Bergwiese nichts mehr zu spüren. Die Sonne brannte unermüdlich vom Himmel, während die Kollegen der KTU in ihren weißen Einweg Overalls mehrere Pavillons am oberen Ende der Wiese aufstellten.

Die zwei Hundeführer liefen mit den Spürhunden noch einmal das gesamte Gelände ab. Wie Alex vermutet hatte, schlugen die Tiere vor dem Stein an. Nach einer weiteren Stunde trat Ralf Tonhauser an die Kommissarinnen heran. „Wer hätte gedacht, dass wir hier oben auch nochmal fündig werden. Auf jeden Fall haben wir etwas gefunden. Wenn Sie mal schauen wollen?"

Alex beendete schnell ihr Telefonat mit ihrer Mutter, der sie leider mitteilen musste, erst morgen in Zella-Mehlis einzutreffen. Sie folgte Toni und dem KTU-Chef. Er zeigte mit seiner Hand auf den größten Pavillon, unter dem zwei seiner Mitarbeiter vorsichtig versuchten das Grab auszuheben. Mit einem Pinsel legte der Kollege den Schädel eines Menschen frei, während seine Kollegin behutsam den Becken-knochen und die unteren Extremitäten von Erde befreite.

„Ich habe es befürchtet. Können sie schon irgendetwas sagen?" Alex sah den KTU-Chef fragend an. Tonhauser zuckte mit den Schultern. „Hier liegt nur eine Person begraben, aber die schon etwas längere Zeit. Da muss jetzt der Forensiker ran."

Er wandte sich an einen seiner Mitarbeiter: „Wo bleibt eigentlich die Gerichtsmedizin?"

„Ist schon informiert", beeilte sich der Mann, der mit dem Praktikanten einen großen sargähnlichen Behälter neben dem Pavillon abstellte.

Fahrgeräusche und ein paar kurze Gesprächsfetzen, dann stürmte der Gerichtsmediziner im weißen Kittel und mit fliegendem, weißem Haar auf die Waldwiese. Seine große schwarze Tasche stellte er neben das geöffnete Grab, nickte Alex kurz zu und wandte sich an die zwei Kollegen, die die Knochen des Skeletts bereits bis zur Hälfte ausgegraben hatten. „Gute Arbeit Kollegen, da waren Sie ja schon recht fleißig, aber jetzt übernehme ich, bevor Sie mir noch wichtige Beweise zerstören."

„Geht schon in Ordnung", beschwichtigte Tonhauser sein Team. „Lasst den Mann seine Arbeit tun." Er wandte sich an Dr. Wolter. „Ich dachte, Sie sind schon im Urlaub, Doc?"

„Den habe ich um eine Woche verschoben", winkte der Arzt ab und deutete mit dem Kopf auf Alex. „Seit unsere Kollegin Brückner wieder in Amt und Würden ist, ist unsere Abteilung mit Arbeit gut versorgt."

„Tut mir leid, Doc, aber es liegt leider nicht an mir, dass jemand diese herrliche Waldwiese als Friedhof missbraucht hat."

Ehe Alex noch etwas sagen konnte, trat Carmen Michaelis auf die Lichtung und schleppte zwei schwere Metallkoffer herbei. Toni sprang ihr zur Seite und nahm ihr einen Koffer ab.

Die Assistentin sah Alex etwas vorwurfsvoll an. „Warum immer bei so einer Hitze?" Sie wischte sich mit dem Taschentuch den Schweiß von der Stirn. Alex zuckte mit den Schultern. „Ich kann es leider nicht ändern, aber für die Arbeit im kühlen Büro hätte ich da noch etwas zum Analysieren."

Sie drückte ihr die Asservatentüte mit der vertrockneten Blume in die Hand. Carmen Michaelis schaute sich den Beutel näher an, dann Alex. „Was, noch eine Rose?" Sie zeigte auf das Grab. „Etwa von hier?"

„Nein." Alex deutete mit ihrer Hand auf den Stein. „Sie lag davor." Alle schauten erstaunt auf den Stein. Die eben hervortretende Sonne ließ das Herz wieder wie tausende Diamanten funkeln. „Wow, so etwas habe ich noch nicht gesehen. Ist das eingeschliffen?", fragte sie neugierig und trat auf den Granitblock zu, um ihn vorsichtig mit der Hand zu berühren.

Selbst der Doc trat näher an den Stein heran, um ihn zu begutachten. Dann wandte er sich an Tonhauser, der neben Alex stand. „Glimmer im Granit, stimmt's?" Der nickte dem Arzt zustimmend zu, bevor er Alex anschaute. „Der Granitblock gehört nicht hierher. Das Gestein hier am Steiger sind Stufen der Germanischen Trias, das sind Einheiten von Buntsandstein, Muschelkalk und Keuper. Granit gehört nicht dazu."

Alex schaute ihn verwundert an. „Sie meinen, jemand hat das riesige Ding hierhergeschleppt?" Ihr Kollege zuckte mit den Schultern. „Kann ich noch nicht sagen, aber wir schauen uns den Block genauer an."

Die Nachmittagshitze erschwerte die Arbeit der Kollegen. Alex lief der Schweiß die Schläfen herunter, obwohl sie nur ungeduldig im Schatten eines der Pavillons auf die erste Einschätzung des Forensikers wartete. Toni und die Hundestaffel hatte sie bereits nach Hause geschickt. Doch Doc Brown wollte sich noch nicht festlegen. Das Einzige, was er preisgab: Es handelte sich um eine weibliche Leiche, die bereits vor einigen Jahren hier begraben worden war.

Am späten Nachmittag kehrte Alex zurück ins Büro. Da sie die Untersuchungsergebnisse erst Anfang der kommenden Woche erwartete, beschloss sie, für heute Schluss zu machen. Die Kollegen der Streife bat sie, ihre Überwachung in einem neutralen Fahrzeug zu übernehmen. Sie wollte ihre Tochter nicht beunruhigen. Alex schaute auf die Uhr und beeilte sich, denn Lisa sollte nicht allein zu Hause sein.

Am Abend zogen dunkle Wolken auf, heftige Windböen fegten über die trockenen Straßen und Gärten. Das Wetterleuchten in der Ferne kündigte Gewitter und den lang ersehnten Regen an, doch als sich Alex schlafen legte, funkelten bereits die Sterne wieder am Himmel. *Mist*, dachte sie. Wenn es nicht regnete, müsste sie morgen früh noch schnell den Garten gießen. Außerdem hatte Lisa die Beamten im Auto vor dem Haus bemerkt und Alex blieb nichts anderes übrig, als ihr die Situation zu erklären und sie zu bitten, diese Tatsache für sich zu behalten, vor allem den Großeltern und ihren Brüdern gegenüber. Alex freute sich auf das Wochenende bei ihren Eltern und auf die Zwillinge. Da konnte sie wenigstens mal zwei Tage abschalten.

Nun lag sie in ihrem Bett, die Arme hinter dem Kopf verschränkt und starrte an die Decke. Der Fall ließ sie nicht los. Nun auch noch die tote Frau. Wie passte sie ins Bild? Ihr Täter mordete also in Serie. Sie war bisher davon ausgegangen, dass der Verdächtige vielleicht aus Angst oder Notwehr bei dem Einbruch gehandelt hatte, aber diese Tote warf jetzt ein ganz anderes Bild auf die Geschehnisse. Und Bauer … wieso hatte ihn jemand aus dem Weg geräumt? Alex konnte keinen klaren Gedanken mehr fassen. Erschöpft schlummerte sie in den Schlaf.

Lisa stand hinter ihrer Mutter, die das letzte Geschirr in den Geschirrspüler räumte. „Mama, ich bin jetzt fertig. Von mir aus können wir los." Alex schaute ihre Tochter verwundert an. „Was willst du denn mit der riesigen Tasche? Wir fahren doch bloß zwei Tage zu Oma und Opa." Lisa schüttelte den Kopf. „Ich habe schon mit Oma gesprochen. Ich kann die ganze Woche bleiben. Sie will mit den Jungs ins Schwimmbad, da kann ich doch mit." „Ja, schon", wunderte sich Alex. „Und, was ist mit Felix? Habt ihr euch gestritten?" Lisa schüttelte den Kopf. „Nein, der will mit seinen Kumpels noch einmal eine Woche Zelten fahren. Da habe ich keine Lust drauf, das ist so ein Jungs-Ding."

„Okay, ich packe schnell noch meine Tasche zusammen und dann können wir los", sprach Alex und sprintete die Treppe hinauf. Sie stand vor ihrem Schrank, aber irgendetwas stimmte damit nicht. Er erschien ihr so anders. Einige Kleiderbügel hingen leer auf der Stange. Was fehlte denn? Auf jeden Fall das rote Kleid und ihr Lieblingskleid mit den Dschungelmotiven. Sie suchte im Schrank nach den Sachen. Vielleicht waren sie vom Bügel gerutscht? Doch sie konnte sie nicht finden. Wütend lief Alex zur Treppe. „Lisa, habt ihr schon wieder meine Kleider anprobiert?"

„Ich zieh' doch nicht deine Sachen an", empörte sich Lisa. „Können wir denn jetzt endlich los?"

Ach, dachte Alex, *ich habe doch bereits eine Tüte für die Reinigung fertig im Hauswirtschaftraum stehen. Wahrscheinlich stecken auch die Kleider schon mit in dem Beutel*. Eilig packte sie ein paar Sachen für das Wochenende zusammen und gab der Streife Bescheid, dass sie sie nicht mehr benötigte.

Auf der Fahrt nach Zella-Mehlis hatte sich Lisa auf die Rückbank gesetzt, um in aller Ruhe Musik auf ihrem Handy zu hören. Alex ließ den MDR im Autoradio laufen und versuchte sich zu entspannen. Der Verkehr quälte sich durch Erfurt. An der letzten Ampel musste sie plötzlich voll auf die Bremsen steigen, um ihren Vordermann nicht zu touchieren. Lisa schrie auf, während ihre Sachen von der Rückbank rutschten. „Hast du dich verletzt?", erschrocken drehte sich Alex um.

„Nein", keuchte Lisa und nahm ihre Ohrstöpsel aus den Ohren.

„Tut mir leid, der vor mir hat eine Vollbremsung gemacht." Alex blickte aus dem Rückfenster und zuckte zusammen, als sie den großen, schwarzen Jeep fast in ihrem Kofferraum stehen sah. *Das war knapp. So ein Idiot! Geht plötzlich voll auf die Bremsen. Das wäre es ja wieder gewesen*, dachte Alex und hob die Hand als versöhnliche Geste zum Hintermann. Es wurde Grün und langsam setzte sich die Autoschlange in Bewegung.

Der Verkehr auf der A71 hielt sich in Grenzen. Alex schaltete den Tempomat ein und freute sich auf eine entspannte Fahrt, wenn da nicht der schwarze Jeep hinter ihr gewesen wäre, der ihr fast auf der Pelle hing. Sollte sie noch einmal so eine Vollbremsung hinlegen müssen, würde er es dieses Mal bei dem Abstand und dem Tempo nicht schaffen, rechtzeitig anzuhalten und ihr voll ins Heck knallen. Hatte der Fahrer nicht mitbekommen, dass die Notbremsung an der Ampel nicht ihre Schuld gewesen war? Es machte sie nervös. Alex erhöhte die Geschwindigkeit, um ihn abzuhängen, aber er klebte förmlich an ihrer Stoßstange. Dann reduzierte sie auf hundert, doch auch der Jeep verringerte sein Tempo, dann auch noch den Abstand. Alex bekam Angst um Lisa, die da hinten völlig ahnungslos ihre Musik hörte. *So ein Idiot, fahr doch endlich vorbei!* In ihr machte sich wieder dieses beklemmende Gefühl bemerkbar. Sie verringerte auf neunzig km/h, dann auf achtzig, doch der SUV ließ nicht locker. Autos rasten an ihnen vorbei. Wenn sie jetzt allein im Wagen gewesen wäre, hätte sie das Blaulicht auf das Dach geknallt, die Sirene angemacht und diesen Mistkerl dahinten zum Anhalten gezwungen und mit vorgehaltener Waffe zum Aussteigen. Doch ihre Pistole lag zu Hause im Safe und hinter ihr saß Lisa völlig ahnungslos. Wie konnte sie ihn nur abschütteln?

Ein Schild zeigte die nächste Raststätte „Thüringer Wald" in fünf Kilometern an. Alex gab Gas. Ihr Verfolger fuhr trotz der hohen Geschwindigkeit sehr dicht auf. So blieb ihr keine Möglichkeit, einen Blick auf sein Nummernschild zu werfen. Durch die Sonnenreflektion auf der Frontscheibe des Jeeps konnte sie den Fahrer nicht erkennen. Kurz vor der Abfahrt checkte Alex noch einmal die Umgebung: weit und breit konnte sie kein weiteres Fahrzeug ausmachen. Blitzartig lenkte sie den Wagen auf die linke Seite und bremste sofort ab. Der Jeepfahrer, von dem Manöver völlig überrascht, zog an ihr vorbei. Nach einem kurzen Rückblick lenkte Alex ihren Wagen im letzten Augenblick wieder rechts in die Ausfahrt und musste stark abbremsen. Lisa schrie hinter ihr auf. „Mann, Mama! Wie fährst du denn heute? Jetzt ist mir wieder alles runtergerutscht."

„Tut mir leid, Schatz, aber ich muss mal auf Toilette", entschuldigte sich Alex.

Die kurze Pause nutzte sie, um Lisa zu bitten, auf dem Beifahrersitz Platz zu nehmen. „Da können wir uns besser unterhalten."

Nach einer angenehm ruhigen Fahrt erreichten sie den acht Kilometer langen Rennsteigtunnel vor Zella-Mehlis. Lisa steckte sich wieder die Ohrstöpsel in die Ohren und summte leise vor sich hin. Alex rief über die Freisprechanlage ihre Mutter an. „Hey Mama, wir sind gleich da, wir sind schon im Tunnel, setz den Kaffee an, bis gleich", lachte Alex. Doch das Lachen verging ihr sofort, als sie in den Rückspiegel sah. Der schwarze Jeep kam immer näher, so nah, dass seine Scheinwerfer den Innenraum des BMWs regelrecht erleuchteten. Lisa drehte sich verwundert um. „Was ist denn das für ein Blödmann da hinten, hier darf man doch nur achtzig fahren."

„Ja, Lisa, das scheint ein ganz Schlauer zu sein", sprach Alex und stellte den Nachtmodus am Spiegel ein, um nicht geblendet zu werden. Zum Glück wandte sich Lisa wieder ihrem Handy zu.

Alex lief ein Schauer über den Rücken. Wo kam er plötzlich her? Sie hatte ihn nicht überholt. Die einzige Abfahrt, die es vor dem Tunnel noch gab, war Gräfenroda. Hatte er da auf sie gelauert?

Gleich nach dem Tunnel fuhr Alex die Ausfahrt nach Zella-Mehlis ab. Der SUV hing an ihrem Wagen wie eine Zecke. Nach dem Kreisverkehr dachte Alex nach, wie sie ihren Verfolger abschütteln könnte. Sie wollte ihn nicht noch vor das Haus ihrer Eltern führen. In den kleinen verwinkelten Gassen von Zella konnte sie im Schatten der Häuser den Fahrer für einen Augenblick sehen. Er schien groß, hatte das Schild von einem Basecap tief ins Gesicht gezogen und eine Sonnenbrille auf. Sie erkannte ihn nicht, doch hier gelang es ihr endlich, ihren Stalker abzuhängen. Erleichtert fuhr sie in die „Siedlung". Die Zwillinge standen schon am Zaun vor dem Haus ihrer Eltern und winkten ihr aufgeregt zu. Alex stellte den BMW in die offenstehende Garage, schloss das Tor und nötigte ihre Familie, schnell wieder im Haus zu verschwinden.

Hier fiel die Begrüßung allerdings sehr herzlich aus. Ihre Mutter drückte ihr danach gleich einen Pott Kaffee in die Hand. Die Zwillinge redeten unaufhörlich auf Alex ein, um ihr die aufregenden Abenteuergeschichten aus dem Feriencamp zu erzählen. Doch Oma Annette schnappte sich beide, „Jetzt lasst ihr eure Mutter erst mal ankommen, das könnt ihr alles später noch erzählen", und schickte sie zurück in den Garten.

Ihr Vater Georg trat in die Küche und umarmte seine Tochter. „Du warst lange nicht hier", brummte er vorwurfsvoll, dann musterte er Alex. „Du siehst sehr abgespannt aus, schläfst du nicht richtig?"

„Naja, ich habe gerade ein wenig Stress auf Arbeit. Zum Glück sind es nur noch drei Wochen bis zum Urlaub."

Nachsichtig legte er seine Hand auf Alex' Schulter. „Gut, dass du da bist. Da ruhst du dich das Wochenende bei uns ein wenig aus. Was macht eigentlich dein Dominik?"

„Oh, er hat morgen seinen großen Tag, Ausstellungseröffnung. Da bin ich auch ganz schön gespannt. Wir skypen jeden Abend."

Ihr Vater nickte anerkennend und freute sich über den neuen Mann an Alex' Seite.

Mutter Annette schloss genervt das Fenster. „Dieser Idiot, der sägt bestimmt wieder bis zum Mittag. Ich kann das nicht mehr hören." Alex nahm einen Schluck Kaffee. „Wen meinst du? Euren Nachbarn, den Führmann?" Vater Georg winkte ab. „Die anderen zwei Nachbarn, rechts die Hollands und daneben die Müllers, haben gestern ein Urteil erreicht. Er darf nur noch dreimal die Woche zwei Stunden sägen, oder überhaupt Krach machen, darunter samstags von 10 bis 12 Uhr. Das nutzt er natürlich voll aus. Gestern hat er erst wieder eine große Fuhre Holz bekommen. Ich weiß gar nicht, was der mit dem vielen Brennstoff machen will, das kann er im Leben nicht verheizen. Sein ganzes Grundstück ist voller Holzstapel. Das ist doch schon krankhaft."

Alex schaute ihre Eltern an. „Und, was ist mit der Anzeige gegen euch, wegen des Grenzsteines?"

Ihre Mutter stellte schon die Teller fürs Mittagessen heraus. „Ja, er hat Georg angezeigt, den Grenzstein an der Grundstücksgrenze entfernt zu haben, deshalb wäre seine Einfahrt zu eng. Der Polizeibeamte, der der Sache nachgehen musste, raunte mir noch zu, dass es bereits Führmanns

36. Anzeige gegen seine Nachbarn sei. Der Polizist wirkte sehr ungehalten."

Vater Georg stellte sich vor seine Tochter und grinste. „Aber jetzt habe ich diesen Mistkerl in der Hand. Ich habe einen Vermesser kommen lassen, der dann feststellte, dass der Grenzpunkt sich über 80 Zentimeter in seiner Einfahrt befindet. Das heißt, wenn ich meine Grundstücksgrenze voll in Anspruch nehmen würde, käme er nicht mal mehr mit seinem Wagen auf sein Grundstück." Georg Brückner lachte laut auf. „Führmann ist jetzt die Freundlichkeit in Person und grüßt uns immer ganz lieb."

Alex schüttelte den Kopf. „Mein Gott, schon 36 Anzeigen, der Mann kann sich wohl selbst nicht leiden."

Angenehmer Duft stieg ihr in die Nase. „Es riecht gut, was gibt es denn Schönes?" „Ich habe eine große Nudelpfanne gemacht. Das haben sich die Jungs gewünscht." Ihre Mutter schaute auf die Uhr. „In 20 Minuten muss dieser Idiot aufhören zu sägen, da können wir dann auch auf der Terrasse essen."

„Oh, da freue ich mich drauf. Ich schau mal nach den Kindern." Alex nahm ihre Tasse und begleitete ihren Vater in den Garten.

Lisa und die Zwillinge tollten vergnügt in dem kleinen, aufgeblasenen Pool, den ihr Opa für die Sommerferien noch besorgt hatte, herum. Die Kinder schien der Sägelärm nicht zu stören. Der Garten ähnelte mehr einem Indianercamp. Eine rote Picknickdecke lag vor dem bunten Tipi, auf der sich alle möglichen Spiele stapelten. Die große Scheibe für Pfeil und Bogen hatte ihr Vater an einer Art Marterpfahl vor der Garagenwand befestigt.

„Na, Papa, halten dich die Jungs auf Trab?", wollte Alex wissen. Noch bevor ihr Vater antworten konnte, hörten sie einen markerschütternden Schrei. Die Säge heulte kurz auf und verstummte urplötzlich. Die Kinder hielten mit ihrem Geschrei inne und es herrschte Totenstille.

Georg Wagner und seine Tochter sahen sich erschrocken an.

„Da ist etwas passiert", vermutete Alex und alle lauschten in die Stille. Selbst die Vögel stellten ihr Gezwitscher für einen Augenblick ein. Ein quälendes Stöhnen erreichte ihr angestrengtes Lauschen. Wie auf Kommando rannten Alex und ihr Vater los. Die Einfahrt des Nachbarn lag voller Holz, sodass sie sich regelrecht durchschlängeln mussten, um auf den Hof von Führmann zu gelangen. Wie angewurzelt blieben beide stehen. Das Bild, was sich ihnen bot, raubte Alex fast den Atem. Horst Führmann hing mit seinem ganzen Oberkörper auf dem großen Sägeblatt seiner schweren Standsäge. Seine Arme zuckten und reichlich Blut lief die Maschine herunter. Dr. Wagner sammelte sich als erster und stieß seine Tochter an. „Komm hilf mir mal, wir müssen ihn runter heben, er verblutet da drauf."

Beide hoben den Verletzten vorsichtig vom Sägeblatt, das tief in seinem Körper steckte. Ein Blutstrahl spritzte dem Arzt ins Gesicht. Er drückte seine Hand auf die aufgerissene Aorta, um den Blutsturz zu unterbinden. Sie legten den schwer Verwundeten auf die Steine seines Hofes. Alex konnte durch die riesige offene Wunde in der Bauchdecke die Gedärme des Mannes sehen und die vielen Verletzungen, die das Sägeblatt angerichtet hatte. Blut rann aus den Wunden und bildete ein Rinnsal im Hof. „Hol meine Tasche und Mutter soll die Kollegen informieren", schrie ihr Vater ihr förmlich zu, während er versuchte die Wunden zu stillen.

Alex rannte die Einfahrt zurück, doch bevor sie ihr Grundstück erreichte, fuhr der schwarze Jeep langsam an ihr vorbei. Sie erstarrte für einen Augenblick und sah dem Wagen nach. Zum Glück konnte sie in letzter Minute noch das Kennzeichen entziffern. Dann lief sie ins Haus, erklärte ihrer Mutter kurz die Situation, holte die Arzttasche aus dem Büro und rannte zurück zum Unfallort. Doch ihr Vater kniete ruhig neben Horst Führmann und schloss mit der Hand seine Augen. Alex blieb entsetzt stehen. Der Arzt schüttelte fast unmerklich den Kopf. „Ich konnte für ihn nichts mehr tun, die Verletzungen waren einfach zu schwer, er hatte keine Chance."

Einige Augenblicke saßen sie schweigend neben dem Toten. Alex betrachtete seine Wunden und sah dann auf die Maschine. „Man fällt nicht einfach so in die Säge. Was meinst du?" Sie sah ihren Vater an. „Papa, du bist voller Blut." Dann sah sie an sich herunter, ihre Hände rot vor Blut, so wie ihre Jeans und die Sommerbluse. „Nein", sprach ihr Vater, „man fällt nicht einfach so in eine Säge."

„Denkst du, einer deiner Nachbarn ist durchgedreht", gab Alex zu bedenken. Georg Wagner schaute seine Hände an. „Ich weiß es nicht, es gab so viel böses Blut in der Nachbarschaft."

Eine Bewegung ließ Alex aufschrecken. Langsam erhob sie sich, lief auf die zugewachsene Pergola zu und schaute hinein. In der Ecke saß Hiltrud Führmann und starrte sie an. An ihrem entsetzten Gesicht konnte Alex sehen, dass sie den Tod ihres Sohnes miterlebt hatte. „Frau Führmann, hallo, ich bin es, Alexandra Brückner, Ihre Nachbarin. Was ist mit Ihnen? Ist Ihnen etwas passiert?" Als sie keine Antwort bekam, setzte sich Alex neben die alte Frau. Sie wusste, dass die alte Dame in einem Pflegeheim lebte und sehr unter Demenz litt. „Haben Sie gesehen, Frau Führmann, was passiert ist?" Sie schaute Alex an und ihre Lippen bewegten sich lautlos. Alex nickte ihr aufmunternd zu. „Was ist geschehen?" Sie flüsterte: „Der Mann... ein schwarzer Mann... ein schwarzer Mann." „Sie haben einen Mann gesehen, Frau Führmann?" „Ein schwarzer Mann... ein schwarzer Mann." Alex erkannte, dass die Frau unter Schock stand. „Kommen Sie, ich bring Sie hier weg." Sie wischte das Blut von ihren Händen an der Hose ab und half der alten Dame aufzustehen, die völlig zittrig auf ihren Beinen stand. Alex hakte sie ein, drückte ihren Kopf zum Trost an ihre Schulter und streichelte über ihr struppiges Haar. So führte sie Führmanns Mutter vom Hof, damit diese nicht noch einen Blick auf ihren toten Sohn werfen musste. Ihr Vater blieb zurück und wartete auf den Notarzt und die Polizei.

Alex überließ die alte Dame ihrer Mutter. Als ehemalige Krankenschwester wusste diese genau, was zu tun war. „Kommen Sie Frau Führmann, jetzt setzen wir uns erst einmal in die Küche und ich mache Ihnen einen schönen Kakao." Dann wandte sie sich an ihre Tochter. „Ich rufe das Pflegeheim an, die sollen sie abholen. Führmann hat sie ab und zu mal am Wochenende zu sich geholt. Ich kann aber nicht verstehen, wieso er dann stundenlang sägt."

Während sich Alex im Bad wusch, hörte sie die Sirenen des Rettungswagens und beeilte sich, zum Unfallort zurückzukehren. Der Wagen der Notfallrettung und der des Notarztes standen vor Führmanns Einfahrt, gleichzeitig parkte ein Polizeifahrzeug in ihrer Einfahrt. Dr. Wagner sprach bereits mit dem Notarzt und den zwei Polizeibeamten. Alex lief zu ihnen und stellte sich vor. „Hauptkommissarin Brückner aus Erfurt, ich bin zu Besuch bei meinen Eltern. Mein Vater und ich haben ihn gefunden." Einer der jungen Polizisten sprach sie an. „Hauptkommissar Anders ist schon unterwegs, ich habe ihn sofort verständigt, als ich das hier gesehen habe." Er deutete mit dem Kopf zum Unfallort. Alex horchte auf. „Meinen sie etwa Thilo Anders?" Der junge Mann nickte. „Kennen Sie ihn?" Alex lächelte. „Oh, ja, wir haben zusammen unsere Grundausbildung absolviert."

Da es für den Arzt und die Sanitäter nichts mehr zu tun gab, verließen sie in ihren Fahrzeugen den Unfallort. Alex schickte ihren Vater ins Haus zurück, die Hitze machte ihm schwer zu schaffen. „Wasch dich erst einmal und ruh dich aus, ich mach das hier."

Wenig später trafen die Kollegen der Kriminalinspektion Meiningen ein. Hauptkommissar Anders und sein älterer Kollege Sägebrecht traten auf den Hof, um sich das Geschehene näher zu betrachten. Einer der jungen Polizeibeamten erklärte ihnen die Situation, dann deutete er auf Alex. „Frau Brückner ist die Nachbarin und hat mit ihrem Vater den Toten gefunden. Der Vater ist Arzt, aber er konnte nichts mehr für den Schwerverletzten tun. Übrigens ist sie eine Kollegin von Ihnen, Hauptkommissarin Brückner aus Erfurt." Die Männer schauten Alex verwundert an. Kollege Anders konnte sich ein Grinsen nicht verkneifen. „Alex?", rief er erstaunt. „Das gibt es doch nicht. Wie viele Jahre ist das schon her?" Alex gab ihm die Hand und zuckte lachend mit den Schultern. „17 oder 18 Jahre, ich weiß nicht genau." Thilo Anders hatte sich, bis auf ein paar Kilos mehr und den kurzen Haaren, all die Jahre kaum verändert. Er wirkte immer noch wie der jugendliche Draufgänger in seiner engen Jeans und dem knappen Shirt. Er verzog das Gesicht. „Und dann sehen wir uns ausgerechnet bei so einem Gemetzel wieder." Er wandte sich an seinen Kollegen. „Karl, wir brauchen die Gerichtsmedizin und die KTU hier." Karl Sägebrecht nahm sein Handy, lief ein paar Schritte zurück und telefonierte.

„Was machst du eigentlich hier?", wollte Thilo Anders von Alex wissen. „Meine Eltern wohnen im Nebenhaus, ich besuche sie das Wochenende. Vor knapp zwei Stunden bin ich hier mit meiner Tochter eingetroffen." Alex erzählte ihrem Kollegen von den Ereignissen der letzten Stunden, auch die Scherereien und die Streitigkeiten der Nachbarn ließ sie nicht unerwähnt. Der Kommissar schüttelte den Kopf. „So, er hat also die Nachbarn denunziert, na und wenn ich mir das Grundstück so ansehe, was wollte er mit dem ganzen Holz?" Er schaute Alex an. „Du glaubst nicht an einen Unfall?" Alex schüttelte den Kopf. „Mein Vater und ich haben ihn regelrecht von dem Sägeblatt hochgehoben, so fällt man doch nicht in eine Säge. Außerdem hat seine alte Mutter, die hinter der Pergola saß und alles mit ansehen musste, von einem schwarzen Mann gesprochen. Wenn das wahr wäre, konnte er nur über das Stück Mauer da vorn gekommen sein, wo noch kein Holz liegt. Wir sind nach dem Schrei gleich losgelaufen. Wäre er über die Einfahrt geflohen, hätten wir ihn gesehen."

Thilo Anders überlegte kurz. „Ich möchte mit der alten Frau sprechen."

„Die sitzt bei meiner Mutter in der Küche", erwiderte Alex. „Die Frau steht unter Schock und leidet an Demenz. Wenn du mit ihr sprechen willst, dann jetzt gleich. Wir haben schon dem Pflegeheim Bescheid gegeben, sie abzuholen. Jetzt kann sie sich vielleicht noch erinnern."

Doch die alte Frau Führmann sagte an diesem Tag kein Wort mehr.

Alex blieb am Nachmittag bei ihrer Familie. Sie bedauerte ihre Kollegen, die während der brütenden Hitze den Toten und seinen Hof untersuchen mussten. Kommissar Anders gab ihr das Versprechen, sie über die Ermittlungen auf dem Laufenden zu halten.

Obwohl eine bedrückte Stimmung unter den Erwachsenen herrschte, gaben sie sich alle Mühe, sich vor den Kindern nichts anmerken zu lassen. Ihr Vater zog sich in sein Zimmer zurück. Er hatte noch nie gut damit umgehen können, wenn er einen seiner Patienten an den Tod verlor.

Auch Alex hatte sich ein schattiges Plätzchen im Garten gesucht, um die eben erlebten Eindrücke zu verarbeiten.

Ihre Mutter trat zu ihr. „Geht es dir gut?"

„Ja, alles okay", beschwichtigte sie Alex.

„Ich geh mit den Kindern ins Haus. Möchtest du noch etwas essen?"

„Nein danke. Mir ist der Appetit vergangen. Ich brauche noch einen Moment für mich".

Eigentlich wollte sie hier bei ihren Eltern etwas zur Ruhe kommen. Wieso passierte ihr das alles? Sie kannte hier alle Nachbarn in unmittelbarer Umgebung und keinem würde sie diese Tat zutrauen, obwohl es viel Ärger mit Führmann gegeben hatte. Und dann dieser Stalker. Alex schloss für einen kurzen Moment die Augen und versuchte, sich den Fahrer des Jeeps, den sie nur einen Augenblick sehen konnte, ins Gedächtnis zurückzurufen. Er war groß, Basecap und Brille, aber sonst hatte sie nichts weiter erkennen können. Gab es einen Zusammenhang zwischen ihrem Verfolger und Führmann? Der schwarze Jeep, wem gehörte der Wagen? Sie nahm ihr Handy, rief bei den Kollegen in Erfurt an und bat um die Überprüfung des Jeep-Kennzeichens und um Rückruf.

Am späten Abend ließ sich Thilo Anders noch mal sehen. „So, wir sind drüben fertig und verschwinden jetzt. Der Tatort ist abgesperrt."

„Also doch ein Tatort, kein Unfall?" Alex fühlte sich in ihrer Vermutung bestätigt.

„Ja, unsere Gerichtsmedizinerin ließ keinen Zweifel und bestätigte Fremdverschulden. Außerdem haben wir auf der Mauer schwarze Fasern gefunden. Du kannst damit Recht haben, dass der Täter über die Mauer geflohen ist."

„Komm erst mal rein." Alex bat ihn in die Küche.

„Das war vielleicht 'ne Hitze da drüben." Er legte sein Handy auf den Tisch und setzte sich auf die Küchenbank. „Ich habe dir vorhin noch jemanden geschickt."

Alex stellte zwei Gläser hin und goss Wasser ein. „Ja, den Kevin von der Spusi. Er hat von uns Speichelproben genommen und ich habe ihm die Kleidung mitgegeben, die mein Vater und ich auf dem Grundstück von Führmann getragen haben."

Thilo Anders trank und stellte das leere Glas zurück auf den Tisch. „Du weißt ja, dass wir die Kleidung und DNA von deinem Vater und dir als Vergleichsmaterial benötigen, um Anhaftungen von euch auszuschließen. Ich würde gern deine Aussage jetzt noch aufnehmen."

„Okay, dann machen wir das gleich. Aber eine Bitte habe ich noch. Es wäre schön, wenn du meine Kinder da raushalten würdest. Ich bin froh, dass sie nichts weiter mitbekommen haben."

„Im Moment sehe ich keinen Grund, sie zu vernehmen." Thilo Anders schaltete die Aufnahme seines Handys ein, startete das Protokoll und ließ Alex über die Vorkommnisse der letzten Stunden berichten. Der Kommissar beendete die Aufnahme. „Das war's?"

„Nein", fuhr Alex in einem skeptischen Ton fort. „Ich würde dir gern noch etwas erzählen. Ich kann aber nicht einschätzen, ob das zu diesem Fall passt."

Gespannt sah Anders sie an und Alex begann, ihm die Situation zu erläutern. „Mir ist heute von Erfurt an ein schwarzer Jeep gefolgt und hat mich auf der Herfahrt arg bedrängt. Ich habe seit ein paar Tagen bei mir in Erfurt einen Stalker, meine Kollegen sind schon an ihm dran. Aber ich bin mir ziemlich sicher, dass er das vorhin im Auto war. Ich habe schon eine Kennzeichenabfrage gemacht."

„Kennst du den Typ?", fragte er. Als Alex den Kopf schüttelte, überlegte er einen Augenblick.

„Ein Stalker ist belastend, aber dass er aus Erfurt hierherfährt und einen Menschen umbringt, den hier alle hassen und mit dem viele Streit haben. Das kann ich jetzt nicht nachvollziehen. Wenn, dann ist er dir nachgefahren."

„Ja, du hast recht. Das hat anscheinend nichts miteinander zu tun", unsicher ließ Alex den Blick durch die Küche schweifen. „Aber es lässt mir keine Ruhe."

„Hast du ihn denn nochmal gesehen?" Alex verneinte und Anders versuchte die Situation einzuschätzen. „Da wir auch nichts ausschließen können, sage ich der Streife Bescheid. Sie sollen hier öfters nach dem Rechten sehen und die Augen nach dem schwarzen Jeep offenhalten."

„Danke, das würde mich schon beruhigen." Eine Weile herrschte Schweigen. Dann erhellte sich sein Gesicht und ein Lächeln umspielte seine Lippen. „Du hast dich kaum verändert, geht's dir gut in Erfurt?"

Alex wirkte verlegen. „Ja, ich habe dieses Jahr erst wieder meinen Dienst angetreten, war ein paar Jahre zu Hause wegen der Kinder. Nun bin ich frisch geschieden und komme ganz gut zurecht. Und du?"

„Ich bin immer noch Single, du weißt ja mit unserem Job, da hat halt noch nichts gepasst." Er grinste. „Sag mal, das Ding mit diesem Rattenfänger, war das dein Fall?"

Alex nickte und schenkte noch einmal Wasser nach. „Ja, aber mein jetziger Fall ist auch nicht ohne. Der Täter legt jedem Opfer eine rote Rose mit ins Grab."

„Was? Gleich mehrere Tote?" Er klang irritiert. „Etwa eine Serie?"

„Wahrscheinlich, ich hoffe, dass es nicht noch mehr werden. Wir tappen noch ziemlich im Dunkeln. Von den drei Toten im Steigerwald hast du sicher schon gehört."

„Ja", warf er ein, „das habe ich mitbekommen. Dieser Fall würde mich auch interessieren. Wir bleiben von nun an in Kontakt und wenn du Hilfe brauchst, ruf einfach an."

„Hältst du mich wegen Führmann auf dem Laufenden?", fragte Alex.

„Mach ich. Wir werden als erstes sein Umfeld überprüfen, vor allem die Nachbarn. Auch deine Eltern müssen noch eine Aussage machen."

„Ja, das wissen sie schon. Ich wünsche dir viel Erfolg bei deinem Fall." Sie gab ihm die Hand. „Ebenso." Er steckte sein Handy in die Hosentasche und lief zu seinem Wagen. Es war schon dunkel geworden. Alex überblickte noch einmal die Umgebung, bevor sie die Tür verschloss.

Der Sonntag verlief ruhig und alle versuchten, die Ereignisse des gestrigen Tages zu verdrängen. Schon am Vormittag zeigte das Thermometer 28 Grad Celsius an. „Warum essen wir denn nicht draußen", wollte Tim am Mittagstisch wissen.

„Da ist es zu heiß", brummte Opa Georg neben ihm.

„Gestern standen zwei Polizeiautos vor dem Haus." Leon hielt mit dem Essen inne. „Was war denn da los? War was mit dem Nachbarn?"

Während Alex noch nach Worten suchte, antwortete Oma Annette. „Der Herr Führmann hatte sich an seiner Säge verletzt, da haben ihm Opa und eure Mutter geholfen."

„Aber ihr wart doch so lange weg?", mischte sich jetzt auch Lisa ein.

„Ja doch, wir haben noch auf den Krankenwagen gewartet", brummte ihr Opa wieder über den Tisch.

Leon legte sein Besteck bei Seite und verzog sein Gesicht. „Soll ich euch mal was sagen? Die alte Oma von drüben hat die ganzen Plätzchen aufgegessen."

„Ja", empörte sich jetzt auch sein Bruder, „die ganze Schüssel!" Er schaute seine Mutter an. „Du sagst doch immer wieder, zu viel Zucker ist ungesund. Weiß die das nicht?"

Alex sah ihre Mutter an, die mit einem kurzen Nicken die Sache bestätigte. „Ja, wisst ihr, der alten Frau Führmann ging es halt nicht gut. Sie hatte Angst um ihren Sohn und da haben ihr die Kekse halt gutgetan."

„Mir hätten die Plätzchen auch gutgetan", murmelte Leon in sich hinein.

Seine Oma beugte sich nach vorn. „Nun sei nicht so egoistisch, wir backen morgen neue."

Nach dem Mittag zog Alex sich allein ins Wohnzimmer zurück, setzte sich in den großen Ohrensessel ihres Vaters, nahm den Laptop und versuchte Dominik zu erreichen. In Sydney war es bereits nach 22 Uhr und es brauchte einige Versuche, ehe Dominik auf dem Bildschirm erschien. Alex merkte sofort, dass ihr Freund sehr angeheitert wirkte. Einige seiner Worte konnte sie kaum verstehen. „Da hast du aber Glück, dass du mich jetzt erreichst. Ich habe nur mein Handy aus dem Zimmer geholt. Wir sitzen alle unten in der Bar", lachte Dominik. Alex konnte es nicht glauben. „Ihr seid wohl schon am Feiern? Du lallst ja schon ein wenig." Sie konnte ihre Neugierde kaum verbergen. „Sag schon, wie ist es gelaufen?" Dominik wurde ernst. „Ich bedaure, dass du heute nicht mit dabei warst, es war grandios und ein großer Erfolg. Ich hätte das gern mit dir geteilt. Natürlich haben wir gefeiert. Wir haben schon während der Vernissage mehrere Bilder und einige der Skulpturen verkauft, unter anderem die große, die ich gar nicht mitnehmen wollte. Du hast darauf bestanden, du fandest sie so toll. Nun bleibt sie hier in Sydney."

Alex freute sich. „Du musst halt öfter auf mich hören. Ich wäre auch gern dabei gewesen. Wie geht es denn David?"

„David musste ich jetzt auf sein Zimmer bringen. Du kennst ihn ja, er verträgt keinen Alkohol und die ganze Aufregung, das war einfach zu viel für ihn." Dominik hielt einen Augenblick inne und schaute Alex lächelnd an. „Du fehlst mir. Ist bei dir alles in Ordnung? Du siehst müde aus, es wird Zeit, dass ihr endlich in den Urlaub kommt."

„Ja, es wird Zeit, du fehlst mir auch", bedauerte Alex. „Die Arbeit stresst mich momentan etwas. Mein Fall ist kompliziert. Die Kinder bleiben diese Woche noch bei meinen Eltern und ich fahre erst morgen früh gleich ins Büro.

Es ist schön, von der Mama wieder mal verwöhnt zu werden." Dominik grinste. „Dann komm zu mir, ich verwöhn dich auch." „Gern", lachte Alex.

Die Zwillinge traten ins Wohnzimmer. „Du redest wohl mit Dominik?", wollte Leon wissen und noch ehe Alex antworten konnte, knieten beide rechts und links in nassen Badehosen auf den Lehnen von Opas Lieblingssessel. „Hallo Dominik", beide grüßten in den Bildschirm. „Hallo, ihr zwei, ihr seid in Badehosen, ist es bei euch etwa so heiß?"

Tim erklärte. „Opa hat uns einen Pool gekauft, bei uns sind es heute fast 30 Grad." „Und morgen gehen wir mit Lisa ins Schwimmbad", warf Leon noch ein.

Dominik rollte mit den Augen, „Wow, dann vergesst aber nicht, die Badehosen und die Sonnencreme einzupacken, wenn ihr kommt. Aber ich muss euch enttäuschen, hier ist es am Tag nur knapp 20 Grad warm. Wir haben Winter in Australien."

„Ach, du Schreck", schnaufte Alex und legte ihren Arm um Tim. „Da müssen wir ja dicke Pullover mitbringen." Dominik lachte. „Hauptsache, ihr seid da." Er sah kurz auf seine Armbanduhr. „Es tut mir leid, aber ich muss jetzt wieder runter an die Bar. Ich habe spontan das ganze Museumsteam eingeladen, sozusagen als Dankeschön für die gute Zusammenarbeit. Da kann ich mich jetzt nicht aus dem Staub machen, zumal David schon die Segel gestrichen hat."

„Das ist schon ok, aber trink nicht mehr so viel, deine Sprache ist nicht mehr ganz so klar", mahnte Alex.

Die Zwillinge winkten in den Bildschirm. „Tschüss, Dominik, bis bald, tschüss."

„Ich wünsche dir noch eine schöne Zeit." Mit einem Handkuss verabschiedete sich Alex.

Tim sah seine Mutter an. „Mama, können wir das Faltboot vom Opa mitnehmen, da könnten wir doch dort paddeln." „Oh, ja, das wär' toll", stimmte Leon seinem Bruder zu.

„Nein." Alex schüttelte mit dem Kopf. „Jeder darf nur einen Koffer und einen Rucksack mitnehmen. Und, wenn wir im Urlaub paddeln wollen, können wir uns auch ein Boot ausleihen."

Zufrieden verließen die Kinder das Wohnzimmer.

Alex lehnte sich zurück, legte die Beine hoch und schloss die Augen. Erst morgen früh nach Erfurt zu fahren, war eine gute Idee.

Kapitel 8

Alex riss das Fenster in ihrem Büro auf, um die abgestandene Luft im Raum auszutauschen. Irgendwie hatte sie schon häufig den Eindruck gehabt, dass die Klimaanlage in ihrem Zimmer nicht richtig funktionierte. Nach einem kurzen Klopfen trat fröhlich Regina Wegener in ihr Büro. „Guten Morgen, Chefin! Oh, bei dir ist es aber richtig warm. Ich hoffe, du hattest ein schönes Wochenende bei deinen Eltern?"

Alex versuchte die Klimaanlage endlich zum Laufen zu bringen. „Nicht wirklich, Regina, ich wurde von Erfurt aus von einem schwarzen Jeep verfolgt und der Nachbar meiner Eltern wurde von seiner Kreissäge zersägt." Ihre Kollegin sah sie entgeistert an. „Wie zersägt? Ist er tot?" Alex nickte. „Ja, mausetot und es war kein Unfall. Die Kollegen aus Meiningen ermitteln. Man vermutet ja, dass einer der Nachbarn durchgedreht ist. Die Kreissäge lief ununterbrochen. Zwei seiner unmittelbaren Nachbarn hatten jetzt erst ein Urteil bewirkt, dass er nur dreimal die Woche zwei Stunden sägen durfte, sogar samstags. Wahrscheinlich war das jemandem noch zu viel. Meine Eltern sind ja auch schon über 60, sie haben sehr darunter gelitten, sich mit so einem Kerl ständig rumzuärgern."

„Das tut mir leid für deine Eltern." Regina zeigte ihr Mitgefühl. „Wart ihr denn unmittelbar betroffen?"

„Ach hör auf, mein Vater und ich mussten erste Hilfe leisten, der Mann war von oben bis unten aufgesägt, alles voller Blut und Innereien. Was denkste denn, wie wir beide aussahen? Mein Vater ist ja Arzt, aber er konnte nichts mehr tun."

Regina sah Alex voller Mitleid an. „Ich habe gedacht, du hast ein schönes, ruhiges Wochenende bei deiner Familie und dann sowas? Wer hat denn den Fall vor Ort übernommen?"

„Der ermittelnde Kommissar war aus Meiningen: Thilo Anders", fragend sah Alex ihre Kollegin an. „Kennst du den?"

Regina lachte kurz auf. „Was den flotten Thilo, na, freilich kenn ich den, der hat seine Anwärterzeit hier absolviert. Ist er immer noch so knackig?" Alex überlegte kurz und grinste. „Ja, kann man so sagen." Regina kicherte in sich rein, doch dann wurde sie ernst. „Und was ist mit dem Jeep?"

Alex berichtete von der Verfolgungsjagd mit dem schwarzen Geländewagen. Sie wurde daran erinnert, dass sie noch keine Rückmeldung zur Fahrzeugüberprüfung erhalten hatte.

Ärgerlich riss Alex den Hörer von der Station, wählte und sprach etwas ungehalten in das Telefon. „Hier ist Brückner, ich habe vorgestern bereits um die Überprüfung eines Kfz-Kennzeichens gebeten. Habe aber keinen Rückruf bekommen." Sie hörte eine Weile in den Hörer. „Ok, dann prüfen Sie das nach und melden sich sofort bei mir. Danke", gab Alex noch etwas unfreundlich hinzu.

Fragend sah sie Regina an. „Ist bei dir ein Fax angekommen, wegen des Jeeps? Der Kollege hat angeblich ein Fax geschickt." Regina schüttelte den Kopf. „Nö, das wüsste ich." Alex überlegte kurz. „Bereite bitte das Meeting vor und es wäre schön, wenn der Kollege Schuster mit dabei wäre."

„Mach ich." Regina lief zur Tür, blieb dann aber stehen. „Hast du schon etwas von der Gerichtsmedizin über unsere Tote erfahren?"

„Das ist bestimmt noch zu früh", meinte Alex. „Aber, ich rufe dort gleich mal an."

Nachdem Regina den Raum verlassen hatte, nahm Alex den Hörer und wählte die Nummer der Gerichtsmedizin. Frau Michaelis bedauerte, noch nichts über die Tote sagen zu können. „Ich werde dem Doc nachher assistieren, aber bei dem Zustand der Leiche dauert es bestimmt eine geraume Zeit, ehe wir erste Ergebnisse vorweisen können. Schauen Sie doch nach dem Mittag einmal unverbindlich vorbei, Frau Brückner."

„Okay, das mach ich, vielen Dank."

Alex hielt den Hörer noch in der Hand, als es klingelte. Der Beamte der Kfz-Stelle teilte ihr mit, dass die Nummernschilder des Jeeps als gestohlen gemeldet waren. Die Liste der Besitzer der Modelle *Jeep Wrangler unlimited* in Erfurt und Umland sei ihr bereits per Mail zugegangen. Alex druckte sich die Seite aus und überflog die Namen und Adressen der Fahrzeughalter, konnte aber keinen finden, der zu ihrem Fall passte. *Mist*, dachte Alex, *dann müssen wir halt alle auf der Liste überprüfen.* Zum Glück war die Anzahl überschaubar. Sie nahm ihre Unterlagen und gesellte sich zu ihrem Team.

Ihre Kolleginnen Regina und Toni ordneten noch einige Untersuchungsergebnisse auf dem großen Konferenztisch, während Matze angestrengt auf seinen Bildschirm starrte. Otto Schuster stieß kurze Zeit später dazu. Nach einem ausgiebigen Faktenaustausch übernahm Alex das Wort. „Die Auswertung der Untersuchungsergebnisse des Renault-Busses der Täter hat also auch nichts gebracht. Und solange wir nicht wissen, wer die Tote im Wald ist, können wir sie auch niemandem zuordnen. Also bleibt uns nichts anderes übrig, als die infrage kommenden Bewohner des Wohngebietes zu überprüfen." Kommissar Schuster beugte sich nach vorn und legte eine Mappe auf den Tisch. „Wir haben sämtliche Einbrüche analysiert, Vorgehensweise der Täter, Sicherheitsstandards etc. und haben uns wichtige Parameter für die Erstellung der ausgesuchten Objekte erarbeitet. Das heißt, alle der ausgeraubten Villen sind stattliche Objekte und strahlen eine gewisse Wohlhabenheit aus. Da konnten unsere Täter davon ausgehen, dass sie nicht umsonst vorbeischauen. In der zweiten Liste stehen die Objekte, die diese Parameter erfüllen und die wir uns näher anschauen sollten."

Alex nahm den Ordner und schaute sich die zweite Liste näher an. Sie wurde fündig, legte den geöffneten Ordner auf den Tisch und tippte mit dem Finger auf die dritte Position. „Mit dem fangen wir an, Enno Seebacher, alleinstehend, Einzelgänger."

Sie schaute Matze an. „Ich habe dir den Namen schon gegeben, hast du etwas über den?" Matze nickte und auf der Videowand erschien das Bild von Enno Seebacher. Regina konnte sich ein „Wow" nicht verkneifen. „Ein attraktiver Mann".

Matze nickte und fuhr laut fort. „Enno Seebacher, 43. Er ist seit drei Jahren geschieden, Softwareentwickler bei der großen IT-Firma SIT-Tec in Erfurt und Alex, schau mal, was der Mann dort verdient." Alle blickten sprachlos auf das angegebene Jahreseinkommen.

Als erstes fand Toni ihre Worte wieder. „Bitte kein Neid, Matze, sei nicht traurig, wir lieben dich doch und wir brauchen dich hier." Sie fuhr ihm liebevoll mit der Hand über die Schulter. „So leckere Plätzchen bekommst du nirgendwo anders", meinte Regina und stellte ihm fürsorglich die Dose vor die Nase. Otto Schuster grinste, auch Alex konnte sich ein Schmunzeln nicht verkneifen.

Etwas peinlich berührt wandte sich Matze wieder seinem Laptop zu. „Er führt eigentlich ein unauffälliges Leben, ich konnte nicht mal einen Strafzettel finden. Bis vor drei Jahren, da hat seine geschiedene Frau ihn angezeigt und ein Annährungsverbot erwirkt."

„Was ist mit seiner verschwundenen Freundin, dieser Tamara, einer Polin, soviel ich weiß?", wollte Alex wissen.

Regina hob den Finger. „Das habe ich recherchiert. Der Chef des hiesigen Tennisclubs 98 e.V. war sehr redselig. Die Dame heißt Tamara Kowalskia, 25 Jahre alt, kommt aus Danzig. Sie hielt sich hier mit kleinen Jobs über Wasser. Seebacher brachte sie mit in den Club. Ein Jahr später ist sie tatsächlich mit dem Tennislehrer, einem gewissen Simon Berg, durchgebrannt. Das Pärchen betreibt jetzt auf Ibiza eine kleine Bar. Die spanischen Kollegen haben mir das vorhin erst bestätigt."

Alex warf enttäuscht den Stift auf den Tisch. „Wäre zu schön gewesen." Matze räusperte sich. „Aber von seiner geschiedenen Frau fehlt jede Spur. Vor zweieinhalb Jahren ist sie das letzte Mal in Erscheinung getreten. Sandra Seebacher zeigte ihren Mann während und nach der Scheidung mehrmals wegen Stalking an." Alex zuckte zusammen, sie beschlich sofort wieder dieses ungute Gefühl. „Was ist denn dabei rausgekommen?"

Matze fuhr fort. „Er durfte sich ihr nicht unter 50 Meter nähern. Natürlich hielt er sich nicht dran, rief sie laufend an, lauerte ihr vor der Wohnung auf, verfolgte sie im Auto und so weiter. Beim dritten Mal vor Gericht wurde ihm eine Haftstrafe angedroht. Seitdem kann ich in den Akten nichts mehr finden. Genauso wenig wie über die Frau selber. Sie ist nirgends gemeldet, taucht nirgends auf. Ich finde nichts über sie."

Alex und Regina warfen sich einen Blick zu. Konnte Seebacher Alex' Verfolger sein?

„Matze, kannst du mal recherchieren, welche Fahrzeuge auf ihn zugelassen sind?" Während ihr Computergenie auf den Tasten seines Laptops seine Finger spielen ließ, wandte sich Alex an Toni. „Wir brauchen mehr Infos über die Frau, Nachbarn, Freunde, Verwandte. Irgendjemand muss sie doch gekannt haben?" Sie fasste sich kurz an die Schläfe und hob dann die Hand. „Ich rufe dann gleich meine Nachbarin Britta an, sie kannte die Frau gut, ihre Männer sind befreundet."

Otto Schuster lehnte sich zurück und verschränkte die Arme. „Ich glaube ja nicht, dass wir bei der dürftigen Beweislage einen Durchsuchungsbeschluss vom Staatsanwalt bekommen. Das sind alles nur Vermutungen. Da müssen wir schon mit mehr aufwarten."

„Da haben Sie recht", stimmte Alex ihm zu. „Wir brauchen einen Beweis." Sie drehte sich zu Matze und hob ungeduldig die Hände. „Und, hast du etwas gefunden?" Matze wiegte den Kopf hin und her. „Wie man es nimmt, einen Porsche, einen BMW X6 und eine Harley. Was der Mann von heute so braucht." Enttäuscht zuckte Alex mit den Schultern. „Dann müssen wir uns halt noch etwas anstrengen. Regina und Matze, ihr durchleuchtet den Seebacher von oben bis unten. Toni, du kümmerst dich um seine verschwundene Frau."

„Und Sie, Kollege", Alex richtete ihren Blick auf Schuster, „möchte ich bitten, das Wohngebiet unter die Lupe zu nehmen. Befragung der Villeneigentümer und der Nachbarn, Schwerpunkt Seebacher. Und bitte haltet Ausschau nach einem schwarzen Jeep Wrangler und einer alten schwarzen AWO. Ich weiß zwar noch nicht, wie die zwei Fahrzeuge in den Fall passen, aber sie sind schon aufgetaucht. So, und ich begebe mich jetzt in die Gerichtsmedizin, mal sehen, was der Doc für uns hat."

Bevor Alex die Räume der Forensik erreichte, rief sie Britta vom Handy aus an. „Sag mal, du kanntest doch Ennos erste Frau gut, was ist mit ihr eigentlich passiert?"

Britta fragte misstrauisch. „Wieso, ermittelst du gegen Enno?"

Alex gab sich Mühe, Britta es so schonend wie möglich zu erklären. „Nein, das ist alles Routine, aber es sind da ein paar Unstimmigkeiten aufgetreten. Wir fragen uns, wo die Frau steckt?"

„Naja." Britta druckste herum. „Es gab da ein paar unschöne Vorfälle nach der Trennung. Enno wollte es nicht akzeptieren und ist ihr ewig nachgestiegen. Das endete schließlich vor Gericht, er durfte sich ihr nicht mehr nähern. Etwas später hat er dann Tamara kennengelernt, das normalisierte die ganze Angelegenheit."

„Was ist aus seiner Ex geworden?", wollte Alex wissen.

„Das weiß ich nicht, sie ist dann wohl in irgendein Dorf gezogen. Sie war dann einfach weg. Ich habe nie wieder etwas von ihr gehört. Aber, warum möchtest du das wissen? Ist was mit Enno?"

„Nein, Britta, ist schon gut, ich kann da drüber jetzt nicht reden. Ich danke dir aber erst einmal und ich komme die Woche abends mal vorbei."

Alex blieb einen Augenblick stehen und schaute aus dem Treppenfenster. Ihre Gedanken kreisten. War sie dem Täter endlich auf der Spur? Hatte Seebacher aus Eifersucht seine Frau ermordet? Erwischte er mit seiner vernetzten Haustechnik die jungen Männer bei ihrem Einbruch und erschlug sie? Und er könnte sogar ihr Stalker sein. Alles passte. Die Größe passte, er wirkte sehr sportlich und er besaß ein verdammt großes Ego. Während Brittas Party hatte er sie nicht aus den Augen gelassen. Selbst das mit den Rosen passte zu ihm. *Ich brauche nur noch einen Beweis, dann hole ich mir diesen Mistkerl.*

Fast wütend betrat sie die Gerichtsmedizin. Nach längerem Suchen erwischte sie Doc Brown mit seiner Assistentin und seiner Kollegin Dr. Kiesewalter in der kleinen Kaffeeküche. Die Diskussion der Drei erstarb, als Alex an die halboffene Tür klopfte. „Entschuldigung, störe ich vielleicht die Mittagspause?"

Ein erfreutes Lächeln breitete sich auf Dr. Wolters Gesicht aus. „Sie stören doch nicht, Frau Brückner, kommen Sie rein. Wir trinken nur gerade noch unseren Kaffee aus, die Plörre in der Kantine kann man ja nicht trinken. Wollen Sie auch einen?"

Er hob die Tasse in seiner Hand ihr etwas entgegen.

„Wenn er so gut schmeckt, wie Sie behaupten, gern", nickte Alex ihm zu. Carmen Michaelis stellte ihre Tasse zur Seite. „Kaffee oder Cappuccino?"

„Dann nehme ich einen Cappuccino." Alex gesellte sich zu dem Trio. „Muss ich wegen der Maschine neidisch werden?" Sie betrachtete den Kaffeevollautomaten in der Ecke.

„Ich weiß, dass es verboten ist, aber ich habe sie der Abteilung gesponsert. Ich brauche bei der Arbeit einen ordentlichen Kaffee", brummte der Forensiker.

„Ich muss auch wieder los, ich will meine Studenten nicht warten lassen." Dr. Kiesewalter stellte ihre leere Tasse in die Spüle, nickte Alex freundlich zu und verließ den Raum.

Nachdem der Automat unter lautem Brummen und Zischen sein Werk beendet hatte, drückte Carmen Michaelis Alex den heißen Cappuccino in die Hand. „Der schmeckt wirklich gut."

Alex schlürfte mit geschlossenen Augen das aromatische Getränk. So einen angenehmen Geruch hatte sie bis jetzt in dieser Abteilung noch nie wahrgenommen. Erwartungsvoll erkundigte sie sich bei Dr. Wolter: „Der Kaffee ist lecker, aber können Sie mir schon etwas über unsere Leiche aus dem Wald sagen?"

Das Gesicht des Arztes wurde ernst. „Ach, das arme Ding hat sehr gelitten. Eine Frau zwischen 25 und 40, die Untersuchungen zum genauen Alter laufen noch, ebenso die Liegezeit der Leiche, da schätze ich zwei bis fünf Jahre. An Bekleidung konnten wir bis auf ein paar dünne Stofffetzen aus Baumwolle nichts finden, keine Hose, kein Slip, keine Schuhe. Anscheinend war sie nur mit einem dünnen Baumwollkleid angezogen. Sie hat nie ein Kind geboren, aber", bevor der Doc weitersprechen konnte, mischte sich seine Assistentin ein: „Aber sie ist vor ihrem Tod gequält worden, wahrscheinlich auch für längere Zeit. An ihren Handgelenken fanden wir tiefe Fesselspuren."

„An den Füßen brauchte sie keine Fesseln", übernahm der Doc wieder die Ausführungen. „Der Täter schnitt ihr die Sehnen durch, sie konnte nicht mehr weglaufen. Zwei Finger waren angebrochen und wir konnten noch drei gebrochene Rippen feststellen."

Nach einem kurzen betroffenen Schweigen fragte Alex: „Ist sie sexuell missbraucht worden?" Der Doktor sah sie etwas ratlos an. „Das konnten wir leider nach der langen Liegezeit nicht mehr feststellen, aber sie hatte keine Unterwäsche an."

„Was war denn die Todesursache?", wollte Alex wissen.

Der Doc räusperte sich. „Ihr Zungenbein ist gebrochen, sie wurde erwürgt."

Alex schmeckte der Kaffee plötzlich nicht mehr, sie stellte die Tasse zur Seite. „Haben Sie sonst noch irgendwelche Besonderheiten gefunden, die uns helfen könnten, die Frau zu identifizieren?" Doc Brown zuckte mit den Schultern. „Einige Untersuchungen laufen noch, unter anderem das toxikologische Screening und die Isotopenanalyse, die uns verrät, aus welcher Region dieser Mensch stammt, oder wo er sich die letzten Jahre aufgehalten hat. Sie können nach einer jungen, gesunden Frau suchen, 1,76 m groß, schlank, dunkelblondes langes Haar. Ich arbeite gerade an der Gesichtsrekonstruktion, das dauert allerdings ein Weilchen."

Frau Michaelis trank ihre Tasse aus und stellte sie ebenfalls in die Spüle. „Die Gebissabdrücke habe ich bereits an Zahnärzte der Umgebung geschickt, da müssen wir abwarten. Sie besaß sehr schöne Zähne, nur zwei konservierende Zahnbehandlungen, sehr professionell durchgeführt."

Sie verließen die kleine Küche und traten auf den Gang. „Das ist erst einmal alles, was wir Ihnen sagen können, Frau Brückner." Der Gerichtmediziner breitete fast ratlos die Hände aus. „Ich hoffe, Sie können damit etwas anfangen. Der Bericht geht Ihnen sofort nach Fertigstellung zu. Und wegen der übrigen Untersuchungsergebnisse müssen Sie sich noch etwas gedulden, Frau Michaelis gibt Ihnen dann Bescheid." Er drückte Alex zum Abschied fast liebevoll die

Hand, seine Assistentin konnte sich ein Grinsen nicht verkneifen.

Ziemlich bedrückt kehrte Alex zu ihren Kollegen zurück. Die Schilderung des Leidensweges der jungen Frau ließ niemanden kalt. Regina erklärte sich gleich bereit, die Vermisstendatei der letzten Jahre durchzuschauen. Toni beendete die Arbeit an ihrem Computer und wandte sich an das Team. „Ich habe etwas über Sandra Seebacher gefunden. Sie war eine rasante Autofahrerin, zig Anzeigen wegen zu schnellen Fahrens, auch mit hohen Geldstrafen geahndet. Deine Beschreibung, Alex, könnte auf sie passen, wie es scheint, musste sie auch nicht arbeiten, naja, bei dem Verdienst des Mannes."

„Wieso war?", fragte Alex irritiert.

„Seit zweieinhalb Jahren finde ich nichts mehr über sie, keinen einzigen Eintrag", fügte Toni erklärend hinzu.

„Das ist doch meine Rede", empörte sich Matze. „Ich habe über die Frau seit dem 20. Januar 2016, das ist der Tag des Gerichtsurteils gegen ihren Mann, nichts mehr über sie gefunden. Ihre Eltern sind vor vier Jahren durch einen Autounfall ums Leben gekommen, keine Geschwister, die Großeltern sind schon gestorben, nur eine Tante habe ich noch gefunden."

Toni nahm sich einen Stift. „Gib mir gleich mal den Namen und die Adresse von der Tante. Ich werde sie kontaktieren."

Alex lehnte sich grübelnd zurück. „Sollte es sich wirklich bei der Leiche um Sandra Seebacher handeln, nehmen wir uns sofort ihren Mann vor. Aber, wir werden noch die restlichen Untersuchungen der Forensik abwarten müssen, wir brauchen einen Beweis. Für unsere Mutmaßungen bekommen wir keinen Durchsuchungsbeschluss oder gar einen Haftbefehl."

Es klopfte kurz, unmittelbar darauf stand Chris Bergmann im Raum. Er hielt ein A4-Blatt in den Händen. „Hallo, das Fax ist versehentlich bei uns gelandet. Es geht um einen schwarzen Jeep Wrangler, existiert nicht, Nummernschilder geklaut." Er segelte das Blatt über den großen Tisch, es blieb vor Alex liegen. Sie blickte kurz drauf und sah Bergmann an. „Ach bei Ihnen ist das gelandet, wir haben es schon vermisst. Danke."

Da der Kommissar sich nicht bewegte und sie weiter anstarrte, ließ sie ihrer Vermutung freien Lauf.

„Aber deswegen sind Sie doch nicht persönlich vorbeigekommen?" Bergmann verschränkte die Arme, sein Dreitagebart und seine dunkelblonde volle Frisur ließen ihn recht verwegen aussehen.

„Polizeioberrat Fehringer hat mich angerufen und angefragt, ob die Schutzüberwachung der Hauptkommissarin Brückner noch besteht. Könnte das mir mal jemand erklären? Wenn Sie in Gefahr sind", er zeigte mit dem Finger auf Alex, „dann sollte ich das doch als leitender Hauptkommissar schon wissen. Was ist hier eigentlich los?"

Alex bekam kein Wort heraus, fast feindselig blickte sie in seine Richtung. Was ging ihn das an? Es knisterte förmlich in der Luft. Regina versuchte die Situation zu retten.

„Alex, du solltest es ihm sagen. Ich finde mit deinem Stalker ist wirklich nicht zu spaßen. Und, sollte er es gewesen sein, der dich bis nach Zella-Mehlis in dem schwarzen Jeep verfolgt hat, dann denke ich, du bist echt in Gefahr."

Bergmann zog sich einen Stuhl vom Tisch und setzte sich. Er hob die Hand. „Bitte. Ich höre." Nach einer längeren Pause begann Alex etwas hölzern über die Ereignisse der letzten Tage zu berichten, über ihren Fall, den Stalker, die Vorfälle in Zella-Mehlis und die Toten aus dem Steigerwald. „Es beunruhigt mich, weil ich nicht sehe, wo es herkommt und wie alles zusammenhängt. Ich habe meine Kinder bei meinen Eltern gelassen, damit sie aus der Schusslinie sind." Als sie Bergmanns besorgten Blick registrierte, wirkte Alex erleichtert. Vielleicht war es doch mal gut, wenn jemand aus einem anderen Blickwinkel diese Ereignisse bewertete. Bergmann saß regungslos da, seine Miene verdüsterte sich. „Und Sie sind sicher, dass der Jeep hinter Ihnen her war?"

„Kein Zweifel", versicherte Alex. „Er ist auch an mir vorbeigefahren, als ich nach dem Sägeunfall Hilfe holen wollte."

Alex' Handy klingelte, sie schaute drauf. „Oh, da muss ich dran gehen, das ist Kommissar Anders aus Meiningen." Sie hielt das Handy ans Ohr. „Brückner, hallo Thilo, gibt es etwas Neues bei dir?"

„Ja, Alex, das kann man wohl sagen, mein Fall hat gerade eine Wendung bekommen."

„Wieso das?" Sie legte das Handy auf den Tisch. „Du, Thilo, kann ich dich lautstellen? Meine Kollegen und ich sitzen gerade über unserem Fall und sie wissen auch über Zella-Mehlis Bescheid."

„Ja, gerne, ich glaube sie betrifft das alle", brummte sein Bariton aus dem Hörer. Alex drückte die Taste und stellte ihre Kollegen namentlich vor. „Angenehm, mein Name ist Thilo Anders, Hauptkommissar aus Meiningen und ich ermittle im Fall Horst Führmann. Und in diesem Fall hat es soeben eine unerwartete Wendung gegeben. Wir haben heute Vormittag die Nachbarn hier in der Straße befragt und dabei schon unsere Zweifel gehabt, dass einer von ihnen im schwarzen Jogginganzug über die Mauer springt und den Mann über die laufende Säge zieht. Es handelt sich hier hauptsächlich um ältere Leute und eine Familie mit Kindern. Also haben wir uns den Tatort noch einmal angeschaut. Und Alex, hättest du mir nichts von eurem Rosenmörder erzählt, hätte ich dem Fund keine Bedeutung zugemessen. Ich habe zwischen den noch nicht zersägten Holzstücken eine rote Rose gefunden, obwohl der Mann auf seinem ganzen Grundstück keine einzige blühende Blume besitzt." „Was?" Alex konnte es nicht fassen, was sie da hörte. Auch ihre Kollegen sahen sich verwundert an.

„Du, Alex, ich bezweifle, dass das hier mit den Nachbarn zu tun hat. Ich denke eher, dass das mit dir zu tun hat, mit dir und deinem Fall."

Alex erstarrte. Sie legte ihre Hand auf den Mund und ihre Gedanken überschlugen sich förmlich. Adrenalin schoss ihr ins Blut. „Oh Gott, meine Kinder sind bei meinen Eltern, die wissen von gar nichts", rief sie förmlich ins Telefon.

„Ich stelle eine Zivilstreife vor ihr Haus. Ich bin mir sicher, es geht um dich. Du solltest mit deinen Eltern reden."

Chris Bergmann beugte sich zum Handy vor. „Hier Bergmann, können Sie uns die ganzen Unterlagen zukommen lassen und natürlich die Rose für unser Labor?"

„Freilich, ich maile Ihnen alles, was wir haben. Wenn keine Fragen mehr sind, verabschiede ich mich jetzt, denn die Kollegen warten. Und Alex, pass auf dich auf."

Das Handy verstummte und im Raum machte sich betroffenes Schweigen breit. Regina legte grübelnd den Kopf zur Seite. „Was bedeutet das jetzt? Haben wir noch einen Toten in unserem Fall? Und, wieso Alex' Nachbar in Zella-Mehlis? Ich bekomme das gerade nicht zusammen."

Bergmann ließ seinen Blick nachdenklich durch den Raum schweifen.

„Anders hat recht, Alex, die ganzen Ereignisse hängen zusammen und Sie stehen im Mittelpunkt. Sie sind in größter Gefahr. Ich sehe da nur zwei Möglichkeiten. Erstens, wir ziehen Sie aus dem Verkehr und stecken Sie in ein Safe House."

„Zweitens?", fragte Alex tonlos.

„Zweitens, Sie gehen heute wie gewohnt nach Hause und ich werde Ihr Schatten sein."

Alex' Kollegen protestierten sofort. „Sie können doch Alex nicht als Köder benutzen!", empörte sich Toni. Regina griff sich an den Kopf. „Das geht doch nicht!"

„Wir sind doch schon so nah an Seebacher dran", meldete sich Matze.

Bergmann sah die Kollegen der Reihe nach an. „Können Sie mit hundertprozentiger Sicherheit sagen, dass es dieser Seebacher ist, dann gehen wir jetzt hin und verhaften ihn."

Regina lenkte kleinlaut ein. „Wir haben noch keinen einzigen Beweis, nur Hinweise und Vermutungen."

Alex saß bewegungslos da und sah Bergmann in die Augen. „Okay, so machen wir es. Fangen wir den Mistkerl. Wenn Sie heute auf mich aufpassen, kann ich ja mal wieder ruhig schlafen", grinste sie ihn an.

Genervt stand Bergmann auf. „Sagen Sie mir rechtzeitig, wenn Sie heute heimfahren und kümmern Sie sich nicht um mich. Er soll ja nichts merken."

Bevor er den Raum verließ, fragte Alex, obwohl sie es wusste, nach seinem Wagen. „Ein Opel GT in monzablau", antwortete er tonlos.

„Na super, da fallen wir zwei ja richtig auf, der hat ja nicht mal einen Kofferraum", konnte sich Alex nicht verkneifen.

„Keine Angst, ich borg mir etwas Unauffälligeres", knurrte er verärgert. Kaum hatte der Kommissar den Raum verlassen, fuhr Regina ihre Chefin regelrecht an.

„Das kannst du doch nicht machen, das ist viel zu gefährlich!" Alex tätschelte Reginas Hand. „Lass mal gut sein. Ich habe keine Wahl, ich möchte so schnell wie möglich mein Leben zurück. Ich pass schon auf mich auf und er passt auf mich auf." Sie deutete mit dem Kopf zur Tür, durch die Bergmann zuvor verschwand.

Obwohl es ihr schwerfiel, rief Alex aus ihrem Büro ihren Vater an und informierte ihn über die Ereignisse. Georg Wagner regte sich fürchterlich auf, vor allem wollte er es nicht billigen, dass seine Tochter als Köder in eine gefährliche Situation gebracht wurde.

„Papa, ich möchte nicht eine Ewigkeit mit meiner Familie irgendwo weggesperrt leben. Das muss jetzt geklärt werden. Ich verspreche es dir, ich bin vorsichtig und die Kollegen passen auf mich auf."

„Ich habe dabei kein gutes Gefühl", wiederholte sich Georg Wagner.

„Es wird gut gehen, Papa. Grüß' Mama und die Kinder. Ich habe euch lieb."

Alex konnte nicht aufhören, über die Ereignisse nachzudenken. Sie sichtete erneut Anders' Unterlagen. Wieso brachte jemand Horst Führmann um, den Nachbarn ihrer Eltern? Der war zwar nicht der beliebteste Zeitgenosse, aber so einen Tod hatte auch er nicht verdient. Der Täter spielte mit ihr, sollte es vielleicht eine Art Schnitzeljagd werden, doch ihr fehlte der rote Faden. Und, wie passte die zu Tode gequälte Frau in das Bild? *Er hatte doch nicht damit rechnen können, dass wir sie finden.* Alex lief ein Schauer über den Rücken, als sie nochmal den vorläufigen Bericht der Forensik las. *Wie kann man einem Menschen nur so etwas antun?* Dieses Schwein musste sie unbedingt kriegen. Ihr Jagdinstinkt erwachte.

Kurz vor Feierabend rief Alex bei Bergmann an. „In einer halben Stunde möchte ich nach Hause fahren. Mit was für einem Wagen wollen sie mir denn folgen?"

„Eine große Auswahl konnte mir unser Fuhrpark wirklich nicht bieten, einen Kleinwagen oder einen grauen VW Tiguan, der wird es wohl werden. Gegen 17:30 Uhr auf dem Parkplatz."

„Ok, aber warten Sie mal, was ist eigentlich aus dem Fall Beck geworden?", fragte Alex.

„Da hatten Sie wohl recht, es handelte sich um häusliche Gewalt. Beck hat regelmäßig seine Frau verdroschen. Doch das letzte Mal ist der Sohn seiner Mutter zu Hilfe gekommen und hat seinen Vater erschossen."

„Hat Bauer das gewusst?"

„Ich vermute mal", räumte der Kommissar ein.

„Was wird den Jungen erwarten?", wollte Alex wissen.

„Wenn er einen guten Anwalt hat, davon geh ich aus, kann das Ganze unter Nothilfe durchgehen. Haben Sie sonst noch Fragen, Frau Kollegin?"

„Ja, eine noch, haben Sie etwas über das Bike herausbekommen?"

„Ja und Nein." Er ließ eine Pause und fuhr dann fort. „Er ist in eine Verkehrskontrolle geraten und als ihn die Kollegen hochnehmen wollten, verschwand er im Steigerwald. Seitdem ist er nicht wieder aufgetaucht, obwohl jede Streife seine Beschreibung hat."

„Also ist er jetzt gewarnt", vermutete Alex.

„Ist er", brummte Bergmann. „Hören Sie, Kollegin, Bauer war ein Arschloch, das ist unumstritten, er ist mit jedem angeeckt. Bei unseren Ermittlungen haben wir keinen gesprochen, der ihn mochte, außer vielleicht seine Frau und seine Tochter. Aber wir konnten bei keinem ein Motiv finden, den Mann von der Straße zu stoßen. Sollte der Motorradfahrer das Verbindungsglied zwischen Ihnen und Bauer sein, dann hätten Sie noch einen Toten auf Ihrer Liste."

„Können Sie das denn beweisen?", fragte Alex irritiert.

„Nein, bis jetzt noch nicht, aber ich denke, es geht in die Richtung. Ich bleibe da dran. Bis gleich."

Kapitel 9

Alex stand ratlos vor dem offenen Kühlschrank, in dem, seit die Kinder nicht zu Hause wohnten, gähnende Leere herrschte. Sie nahm die angefangene Packung Milch, roch daran und bereitete sich eine Schale mit Müsli zu. Aus dem Küchenfenster konnte sie Bergmanns Tiguan sehen, er stand etwas versetzt auf der gegenüberliegenden Straßenseite zwischen anderen parkenden Autos. Dass ausgerechnet er einmal auf sie aufpassen würde, hätte sie sich nicht träumen lassen. Vielleicht schätzte sie ihn falsch ein.

Trotzdem konnte sie dieses ungute Gefühl nicht loswerden. Sie nahm die Pistole aus ihrer Tasche, ließ sich erschöpft in den Sessel fallen und legte die Waffe versteckt zwischen sich und die Sessellehne. Dann schaltete sie leise den Fernseher an. Auf dem Teppich neben ihr lag der Aktenstapel, den sie aus dem Büro mit nach Hause genommen hatte. Sie nahm den obersten Hefter und blätterte ziellos darin herum. Irgendetwas musste sie übersehen haben.

Die schweren Verletzungen der jungen Frau ließen ihr erneut einen Schauer über den Rücken laufen. *Wer bist du? Bist du wirklich Sandra Seebacher?* In der Vermisstendatei der letzten fünf Jahre hatte Regina keinen Treffer landen können. Wieso vermisste sie keiner? War sie sein erstes Opfer gewesen oder gab es sogar noch mehr?

Als Alex den zweiten Ordner nahm, spürte sie bereits die Müdigkeit. Nach der vierten Seite fielen ihr die Augen zu. Ihr Kopf rutschte seitlich auf die Schulter und die Mappe fiel ihr vom Schoß.

Ein Geräusch ließ Alex aufschrecken. Instinktiv griff sie nach ihrer Waffe und sprang auf. Das Geräusch klang wie das Zuklappen einer Tür. Sie schaute sich um, alle Terrassentüren waren geschlossen. Mit vorgehaltener Waffe lief sie langsam in den Flur zur Eingangstür. Fast panisch suchte Alex den Schlüssel, steckte ihn ins Schloss und drehte zweimal zu, dann sah sie durch das Glas nach draußen. Der VW stand immer noch am gleichen Ort. Hatte sie es nur geträumt? Oder war hier wirklich jemand rausgelaufen? Dann müsste ihn Bergmann doch gesehen haben? War er vielleicht eingeschlafen? Alex versuchte durch das Fenster und die Dunkelheit etwas zu erkennen. Doch da, eine Bewegung im Auto, er schlief also nicht.

Sie verweilte einen Augenblick vor dem Flurfenster und schaute auf die Straße. Vielleicht litt sie schon unter Paranoia. Sie vermisste ihre Kinder und sie vermisste Dominik. Langsam lief sie ins Wohnzimmer zurück und schaltete den Fernseher aus. Sie beschloss, den Rest der Nacht in ihrem Bett zu schlafen.

Nach einer fast schlaflosen Nacht, einer erfrischenden Dusche und einem kleinen Frühstück, legte Alex die Akten ins Auto. Sie wollte heute zeitig im Büro sein.

Die Hitze der Nacht hatte sich auch in den Morgenstunden nicht weiter abgekühlt. Sobald Alex den BMW auf die Straße fuhr, reihte sich Bergmann hinter ihr ein. Der Arme hatte die ganze Nacht im Auto zubringen müssen. Ihretwegen. Anscheinend schien nichts passiert zu sein. Alex parkte vor dem Präsidium, während Bergmann sich in der hinteren Reihe einen Parkplatz suchte. Alex wartete auf ihn, aber als er nach einer Weile noch immer nicht kam, nahm sie die Akten und stieg aus. Sie sah sich nach dem Tiguan um, aber es saß niemand mehr drin. Wo war Bergmann denn? Sie hatte ihn nicht ins Gebäude laufen sehen. Etwas verärgert verließ sie den Parkplatz und betrat den Eingangsbereich des Präsidiums.

Im Fahrstuhl traf sie auf Bergmanns Kollegen Lasse Scholz. Der grüßte kurz und fragte nach seinem Chef. „Ich kann Chris nicht erreichen. Wissen sie, wo ich ihn finde?"

„Ja, er parkte hinter mir auf dem Parkplatz und müsste gleich kommen."

„Hatten Sie denn eine ruhige Nacht?", fragte er.

„Ja, war okay. Sagen Sie Ihrem Chef, es wäre schön, wenn er gegen 9 Uhr kommen könnte. Ich möchte da ein Meeting ansetzen. Danke."

In Alex' Büro herrschte stickige Hitze, die Klimaanlage hatte völlig den Geist aufgegeben. Alex rief den Hausmeister an, der sich sofort darum kümmern wollte. Das offene Fenster brachte leider keine Kühlung. Die Morgensonne brannte schon unerbittlich gegen die Fassade und heizte die Luft vor dem Gebäude noch stärker auf. Alex flüchtete völlig verschwitzt ins kühle Großraumbüro. „Ich glaube, Regina, ich könnte heute auf einen heißen Kaffee verzichten und etwas Kaltes vertragen." Ihre Kollegin lächelte. „Wie wäre es mit einem Eiskaffee?"

„Einverstanden", hauchte Alex und wischte sich mit einem Taschentuch den Schweiß von der Stirn. „Mein Büro ist ein Backofen, die Klimaanlage ist kaputt."

„Soll ich dem Haustechniker Bescheid sagen?"

„Nein, das habe ich schon getan."

Regina stellte jedem einen großen Pott vor die Nase.

„Wie war denn deine Nacht mit Bergmann?"

Alex nahm die Tasse und lehnte sich zurück. „Mir ist nichts aufgefallen, alles ok. Aber Bergmann ist mir noch nicht über den Weg gelaufen, ich konnte noch kein Wort mit ihm wechseln. Aber ich habe ihn zum Meeting gebeten."

Während Alex und ihr Team die weitere Vorgehensweise besprachen, trat Kommissar Scholz in das Büro. Völlig aufgelöst baute er sich vor Alex auf. „Chris ist verschwunden, der Tiguan auf dem Parkplatz war nicht abgeschlossen und der Vordersitz ist voller Blut."

Alex sprang auf. „Aber er ist mir doch heute Morgen gefolgt?"

Lasse Scholz' Miene verdüsterte sich. „Ich weiß nicht, wer Ihnen gefolgt ist. Aber bestimmt nicht Chris! Das Blut war schon getrocknet."

„Wieso hat er die Überwachung überhaupt allein vorgenommen, normalerweise tun das immer zwei Beamte?", wollte Alex wissen.

Lasse Scholz schüttelte gereizt den Kopf. „Das weiß ich nicht, er wollte unauffällig bleiben. Er bestand darauf, es allein durchzuziehen." Er schaute hilflos auf seine Hände. „Was soll ich denn seiner Frau sagen, sie hat schon mehrmals bei uns angerufen, weil sie ihren Mann nicht erreichen kann."

Alex erstarrte. Ihm war ihretwegen etwas zugestoßen. „Sie geben sofort eine Fahndung nach ihm heraus", ordnete sie an, dann ein kurzer Blick auf die Uhr. „Und in einer halben Stunde möchte ich unser Team und Ihr komplettes Team sowie die Truppe vom Kollegen Schuster zur Krisensitzung hier haben. Dann brauchen wir noch Ralf Tonhauser von der KTU und Regina, schau, dass du Staatsanwalt Teuber dazu bitten kannst."

Regina nickte ihr zustimmend zu. „Ok. Ich bereite alles vor und gebe den Kollegen Bescheid." Alex tippte Toni auf die Schulter. „Du schaust, dass der Tiguan in die KTU kommt, sie sollen alles andere liegen lassen und sich das Auto sofort vornehmen. Wir brauchen schnellstens eine Spur. Und du Matze", sie sah ihren Computerspezialisten eindringlich an, „kümmerst dich um Bergmanns Handydaten. Wo war sein Handy das letzte Mal eingeloggt und mit wem hat er wann das letzte Telefonat geführt?"

Alex drehte sich wieder zu dem Kollegen Scholz um. „Sie geben mir bitte die Telefonnummer von Frau Bergmann. Ich möchte selbst mit ihr sprechen."

„Ich hole Sie Ihnen." Erleichtert, nicht selbst die Hiobsbotschaft an die Ehefrau weiter geben zu müssen, verließ der Kommissar den Raum.

„Du weißt aber schon, dass er vier Kinder hat, alles Jungs." Regina stand hinter ihr.

Alex wankte irritiert. „Das höre ich zum ersten Mal. Ist seine Frau Hausfrau?"

Regina schüttelte den Kopf. „Nein, Dolmetscherin, kann vier Sprachen fließend und soviel ich weiß, arbeitet sie von zu Hause aus. Sie übersetzt Bücher und Dokumentationen."

Jetzt fühlte sich Alex erst richtig schlecht. Sie nutzte die halbe Stunde, um in ihrem völlig überhitzten Büro Bergmanns Frau Stephanie anzurufen, um ihr mitzuteilen, dass ihr Mann seit dieser Nacht als vermisst gilt. Sie überhörte nicht den Vorwurf in Stephanie Bergmanns Nachfrage, ob es sich bei ihr um die Frau handelte, die ihr Mann hatte bewachen wollen. Alex versicherte ihr, dass sich alle verfügbaren Kollegen in Bereitschaft befänden, um ihren Mann zu suchen. Zum Schluss ließ sich Alex das Versprechen abringen, Chris Bergmann wohlbehalten seiner Familie wiederzubringen.

Alex legte den Hörer bei Seite, sie fühlte sich miserabel. Noch nie hatte sie jemandem so ein Versprechen gegeben. *Was ist, wenn Bergmann in die Hände des Killers geraten ist?* Es blieb ihr nichts anderes übrig, sie musste jetzt funktionieren. Die ganze Last lag auf ihren Schultern. Die Kollegen verließen sich auf sie.

Alex riss die Bürotür auf und betrat das Großraumbüro. Der Schweiß lief ihr den Rücken herunter. Die Mitarbeiter aus den drei Abteilungen saßen oder standen zum Teil um den großen Konferenztisch herum. Alex grüßte kurz, nickte dem Staatsanwalt freundlich zu, nahm sich eine kalte Flasche Wasser vom Tisch und trank sie zur Hälfte aus. Dann sah sie in die Runde der verwunderten Kollegen. „'Schuldigung, in meinem Büro herrschen zurzeit gefühlte 40 Grad, die Klimaanlage ist ausgefallen."

Dann wandte sie sich an die Kollegen, die sie erwartungsvoll ansahen und Lösungen und Instruktionen von ihr erwarteten. „Chris Bergmann ist verschwunden. Wir gehen im Moment von einer Entführung aus. Wir haben wenig Zeit, deswegen brauche ich all ihre Unterstützung. Sie wissen, dass bei einem solchen Fall die ersten 24 Stunden zählen. Das heißt, wir müssen heute eine Nachtschicht einlegen. Ich hoffe, ich kann auf Sie zählen", und etwas kleinlaut fügte sie hinzu: „Außerdem habe ich Frau Bergmann versprochen, ihren Mann wohlbehalten zurückzubringen. Also enttäuschen Sie mich bitte nicht."

Dann begann Alex die Zuhörer über ihren Fall zu informieren. Während ihrer Ausführungen lief sie mehrmals um den Tisch herum. Matze unterlegte ihren Bericht mit dem passenden Bildmaterial, Opfer, Verdächtige, Tathergänge. Regina ergänzte ab und zu mit wichtigen Details. Auch Otto Schuster berichtete über die Erkenntnisse, die er durch die Befragung der Menschen im Wohngebiet hatte erlangen können. Einige Nachbarn konnten sich an den Jeep und andere wieder an das Knattern der alten AWO erinnern, aber keiner konnte sagen, zu welchem Grundstück oder zu welcher Person die Fahrzeuge gehörten.

„Zum Schluss möchte ich nicht unerwähnt lassen, dass mich unser geschätzter Kollege Bergmann in den Mittelpunkt des Falles rückte. Mein Stalker stammt höchstwahrscheinlich aus meinem Wohngebiet. Hier, vermuten wir, sind beide Einbrecher ums Leben gekommen, sowie die Frau aus dem Steigerwald. Von ihr haben wir noch keine Identität. Am Samstag verfolgte mich und meine Tochter ein schwarzer Jeep nach Zella-Mehlis. Ich dachte, ich hätte ihn abgeschüttelt, aber als ich wegen des schwerverletzten Horst Führmann Hilfe holen wollte, ist der Wagen mit gefälschten Nummernschildern an mir vorbeigefahren. Leider kam jede Hilfe zu spät für diesen Mann. Der rote Faden zwischen den Leichen sind die Rosen. Aber, es sind alles nur Puzzleteilchen, die noch kein ganzes Bild ergeben."

Fragend richtete sich Alex an Ralf Tonhauser: „Haben Sie schon Ergebnisse von der Untersuchung des Tiguans?"

„Meine Kollegen sind noch dran, aber das Blut stammt mit 90-prozentiger Wahrscheinlichkeit von Chris Bergmann. Die seltene Blutgruppe AB Rhesusfaktor negativ hat nur 1 Prozent der Bevölkerung."

Die tiefe Bassstimme des Staatsanwaltes meldete sich, seinen beleibten Körper hatte er in einen der Bürostühle mit Armlehne gezwängt. „Wieso führte Herr Bergmann die Observierung der Kollegin allein durch? Ich finde das sehr fahrlässig."

Alex zuckte mit den Schultern. „Ich weiß es nicht, ich habe Herrn Scholz auch schon dazu befragt."

Lasse Scholz legte seine Stirn in Falten. „Ich weiß es auch nicht, er wollte unauffällig bleiben, er bestand darauf, es allein durchzuziehen."

„Alex", meldete sich Matze. „Ich kann jetzt sagen, wo sein Handy eingeloggt ist, seit gestern Abend in deinem Wohngebiet und es befindet sich immer noch dort."

„Wahrscheinlich liegt es in irgendeinem Vorgarten", unterbrach ihn Tonhauser. „Ich schicke gleich ein Team hin." Er nahm sein Handy aus der Tasche.

„Warten Sie", hielt ihn Alex zurück. „Ich fahre nach der Sitzung gleich mit und zeige, wo das Auto von Bergmann die vergangene Nacht gestanden hat. Vielleicht finden sie da noch etwas."

Der Staatsanwalt mischte sich ungeduldig in das Gespräch. „Gibt es denn schon einen Verdächtigen?"

Alex richtete sich ruckartig auf. „Ja, Enno Seebacher. Das Profil passt auf ihn. Einzelgänger, er züchtet Rosen in seinem Garten, IT-Spezialist, hat eine prachtvolle Villa und seine von ihm geschiedene Frau ist seit zweieinhalb Jahren unauffindbar. Kein Lebenszeichen im Netz, gar nichts. Wir benötigen einen Durchsuchungsbeschluss für sein Anwesen und sein Büro." Alex hielt die Luft an. Würden die dürftigen Anschuldigungen ausreichen? Schließlich konnten sie noch nichts beweisen.

„Ok, den bekommen Sie. Bringen Sie mir bloß Bergmann wieder. Ich kenne seine Familie, wenn ihm etwas zustoßen würde, wäre das eine Katastrophe." Er drückte sich aus dem Stuhl heraus, nickte Alex zu und verließ schwerfällig den Raum.

Alex fühlte den Druck, endlich Ergebnisse zu liefern. Sie dachte an die vorwurfsvollen Fragen von Bergmanns Frau. Ihretwegen war der Mann, Vater von vier Kindern, verschwunden. Sie schluckte schwer. „Wir nehmen uns nach dem Mittag Seebachers Villa und sein Büro in der Firma vor. Toni, du und Kommissar Scholz übernehmt die Vorbereitungen, wir brauchen ein Einsatzkommando. Regina, du kümmerst dich bitte um den Durchsuchungsbeschluss, dass der nachher da ist. Treffpunkt 13:30 Uhr unten auf dem Parkplatz." Während sich die Versammlung langsam auflöste, setzte sich Alex neben Tonhauser, der noch genüsslich seinen kalten Kaffee zu Ende schlürfte. „Ich geh jetzt noch schnell in die Gerichtsmedizin, vielleicht haben die schon etwas und dann fahre ich Ihre Truppe zum vermutlichen Tatort", schlug Alex dem KTU-Chef vor. Der nickte. „Sagen Sie nur Bescheid."

Etwas irritiert betrat Alex das Großraumbüro, in der Hand hielt sie das A4-Bild aus der Gerichtsmedizin. „Ich habe hier das Bild von der Gesichtsrekonstruktion unserer Toten. Ich weiß nicht, aber ich finde, das sieht Sandra Seebacher nicht sehr ähnlich."

„Dann gib es mir, ich werde die Gesichter vermessen", reagierte Matze sofort, während Toni und Regina sich neben sie stellten, um neugierig einen Blick auf das Foto zu werfen.

„Ach du Schreck", rief verblüfft Regina. „Die sieht ja aus wie du. Da hat wohl unser versonnener Doc Brown seine Lieblingskommissarin vor Augen gehabt und seine Fantasie ist mit ihm durchgegangen."

„Quatsch", fuhr Alex sie an. „Was redest du denn? Das bin doch nicht ich."

Toni nahm ihr das Bild aus der Hand. „Also eine Ähnlichkeit ist schon zu erkennen. Es könnte zumindest deine Schwester sein." Dann sah sie Alex an. „Und ich denke auch, dass der Doc dich mag, wirklich."

Alex schüttelte etwas genervt den Kopf und nahm das Foto wieder in die Hand. „Ich könnte es Britta, meiner Nachbarin, zeigen. Sie ist mittags immer zu Hause, die kennt alle möglichen Leute. Ich rufe sie gleich an." Sie legte das Bild in eine Mappe. „So, passt auf. Ich fahre jetzt nach Hause, zeige den Kollegen von der KTU, wo Bergmanns Auto stand, mach mich schnell ein bisschen frisch und lasse meine Nachbarin einen Blick auf das Foto werfen. In einer Stunde bin ich wieder zurück und dann kaufen wir uns Seebacher."

Toni hielt Alex zurück. „Soll ich mitkommen? Wir haben den Täter noch nicht."

Alex winkte ab. „Ach, ich habe doch die Jungs von der KTU im Schlepptau, am helllichten Tage wird er mir nichts tun, wenn es auf der Straße vor Polizei wimmelt."

Kapitel 10

Aufgeregt stürmte Toni ins Büro und sah entgeistert Regina an. „Ist Alex schon da?"

Regina schüttelte den Kopf. „Nö, sie ist ja erst eine halbe Stunde weg. Wieso?" „Scheiße, weißt du, mit wem ich gerade gesprochen habe? Mit Sandra Seebacher." Regina sprang auf. „Das ist jetzt nicht dein Ernst?"

„Doch", nickte Toni. „Ihr Mann hat sie damals nach der Gerichtsverhandlung derart bedroht, dass sie aus Angst vor ihm untertauchte, den Mädchenname ihrer Mutter annahm und zu ihrem Freund nach Glauchau zog. Die Telefonnummer hat mir ihre Tante gegeben."

Regina fasste sich an die Stirn. „Wisst ihr, was das heißt? Wenn die Tote nicht Sandra Seebacher ist, dann ist wahrscheinlich auch Enno Seebacher nicht unser Täter." Matze stand in der Tür seines Kabuffs. „Das kann ich bestätigen, die zwei Gesichter passen nicht zusammen." Regina lief zum Telefon und riss den Hörer herunter. „Wir müssen sofort Alex informieren."

Alex stand mit Peter Wallrauch von der KTU vor ihrem Haus und zeigte ihm die Stelle, von der aus Bergmann sie vergangene Nacht observiert hatte. Simone von der Spurensicherung sperrte die Straße mit rot-weißem Flatterband ab. Ihr Kollege Ünal sah sich mit dem jungen Praktikanten den leeren Parkplatz bereits näher an. Er beugte sich nach unten. „Hier sind einige Flecke, das sieht aus wie Blut." Während er einen Koffer aus dem Sprinter holte, machte sich Simone daran, Bergmanns Handy in den Vorgärten zu suchen. Leider ließ es sich nicht anwählen. Alex schaute auf die Uhr und nickte Wallrauch zu. „Ich muss jetzt los."

Sie betrat ihr Haus. Viel Zeit zum Frischmachen blieb ihr nicht. Sie legte die Mappe mit den Bildern auf den Tisch, das Handy aufs Sideboard und sprintete die Treppe zum Bad hinauf. Für eine schnelle Dusche würde die Zeit noch reichen. Sie konnte das Klingeln des Handys nicht hören, das unten im Flur lag. In aller Eile trocknete sie sich ab und stutzte, als sie das entfernte Läuten der Eingangstüre hörte. Schnell zog sie sich einen Slip an und ihr kurzes Hauskleid darüber, schlüpfte in die Ballerinas, rannte die Treppe herunter, um die Haustür zu öffnen. Britta drängte in die Diele. „Da hast du mich aber noch in der letzten Minute meiner Mittagspause erwischt, ich muss gleich wieder los. Ach, ich soll dich von Bernd aus fragen, ob du noch Grünschnitt hast, er will unseren nachher wegfahren."

Alex schüttelte den Kopf.

Aufgeregt zeigte Britta nach draußen. „Was ist denn da los? Sind die von der Polizei? Was suchen die denn?"

Alex winkte ab. „Das kann ich dir jetzt auf die Schnelle nicht erklären. Ich komme heute Abend mal vorbei."

„Und was gibt es dann so Dringendes, was bis heute Abend nicht warten kann?", wollte Britta nun endlich wissen.

Alex nahm die Mappe vom Tisch, da klingelte ihr Handy. Sie warf einen Blick auf das Display und drückte den Anruf weg, sie würde gleich zurückrufen. Das Bild des rekonstruierten Gesichtes war aus der Mappe gerutscht und Britta hielt es in der Hand. „Wieso hast du denn ein Bild von Gregors Frau Maria?"

Entsetzt kam Alex langsam auf Britta zu. „Was sagst du da? Das ist Gregors Frau?"

Britta nickte. „Ja, sie sieht dir sehr ähnlich. Früher hat dich Bernd, als er dich noch nicht so gut kannte, immer mit ihr verwechselt."

Alex' Kartenhaus fiel gerade in sich zusammen, Seebacher hatte mit allem nichts zu tun. Sie fuhr die ganze Zeit auf dem völlig falschen Dampfer. Den guten hilfsbereiten Gregor hatte sie nie im Visier gehabt. „Du hast mir aber erzählt, seine Frau ist in den USA an Krebs gestorben?", hakte Alex fassungslos nach.

„Ja", antwortete Britta gedehnt. „Das hat mir Gregor höchstpersönlich erzählt, er war ja auch ein paar Wochen verschwunden. Wieso, was ist denn mit ihm? Stimmt das etwa nicht? Es gab keinen Grund, an seiner Geschichte zu zweifeln."

„Hast du sie denn im kranken Zustand einmal erlebt oder gar mit ihr gesprochen?" Britta überlegte kurz und schüttelte dann den Kopf. „Wenn du mich so fragst? Nein. Ich hatte auch vorher kaum Kontakt zu ihr." Sie schätzte Alex neugierig ab. „Was ist denn eigentlich los?"

„Das kann ich dir jetzt nicht alles erzählen. Ich muss dringend meine Kollegen anrufen. Ich danke dir." Sie schob Britta aus der Tür und suchte hektisch nach ihrem Handy. Sie sah die verpassten Anrufe ihrer Kollegen.

Die Nummer von Toni war besetzt, sie wollte es auf Reginas Apparat versuchen, als das Handy in ihrer Hand klingelte. Alex bekam einen Schreck. Ihr Vater rief an. „Papa, ist etwas geschehen?", rief sie aufgeregt in den Hörer, doch die Stimme ihres Vaters klang entspannt. „Nein, Kleines, bei uns ist alles in Ordnung. Ich wollte nur hören, wie es dir geht."

Erleichtert erklärte ihm Alex: „Mir geht es auch gut, Papa, aber ich habe jetzt überhaupt keine Zeit, die Kollegen warten. Ich rufe heute Abend zurück."

Doch ihr Vater ließ nicht locker und wollte genau wissen, wie es um sie steht. Alex musste sich ihm erklären, um ihn halbwegs zu beruhigen.

„Wo steckst du denn eigentlich. Ich habe schon bei dir im Kommissariat angerufen, denn du gehst ja nicht an dein Handy."

Alex erklärte ihm die Situation. „Papa, ich bin gerade zu Hause und muss gleich wieder los. Britta hat mir gerade einen entscheidenden Hinweis gegeben. Ich weiß jetzt, wer der Täter ist. Ich muss sofort die Kollegen informieren."

„Soll ich zu dir nach Erfurt kommen. Ich könnte ein bisschen auf dich aufpassen und du wärst nicht so allein all dem ausgesetzt."

Alex musste lächeln. „Ach Papa, lieb von dir, aber lass mal gut sein. Ich hoffe, dass der Spuk bald vorbei ist. Wenn ihr euch um die Kinder kümmert, ist mir schon sehr geholfen. Grüße alle von mir. Wir sprechen heute Abend nochmal miteinander. Ich muss jetzt wirklich los. Tschüss, Papa!"

Sie hatte das Gespräch kaum beendet, als ihr Handy erneut klingelte. Reginas Stimme klang aufgeregt. „Mensch Alex, wir versuchen dich schon die ganze Zeit zu erreichen. Er ist vielleicht gar nicht Seebacher. Toni hat vorhin mit seiner Frau gesprochen. Sie ist aus Angst vor ihrem Mann einfach nur untergetaucht."

Alex konnte ihre Aufregung kaum verbergen. „Aber ich weiß, wer es ist. Britta hat die junge Frau auf dem Bild erkannt..." Plötzlich spürte Alex einen Luftzug und sah einen Schatten, aber ehe sie sich umschauen konnte, hatte er sie schon von hinten gepackt. Das Handy rutschte ihr aus der Hand, fiel auf den Boden und blieb unter dem Sideboard liegen. Sein eiserner Griff umklammerte sie und drückte sie an sich. Eine riesige Hand mit einem mit Chloroform getränkten Tuch wurde ihr auf Mund und Nase gedrückt. Alex roch das Chloroform, hielt die Luft an und versuchte sich zu wehren, doch nach einiger Zeit verlor sie das Bewusstsein.

„Alex, Alex, hörst du mich, Alex?" Reginas Stimme überschlug sich beinahe. Sie lauschte einige Sekunden in den Hörer. Toni und Matze standen bestürzt neben ihr. Regina ließ den Hörer sinken. „Oh, mein Gott, er hat sie."

„Wer?", rief entsetzt Toni.

„Das konnte sie mir nicht mehr sagen, aber sie hat es gewusst, ihre Nachbarin hat die Frau auf dem Bild erkannt. Wir müssen zu Alex", rief Regina und entnahm aus dem kleinen Safe unterm Schreibtisch ihre Waffe. „Das ganze Einsatzteam steht bestimmt schon unten. Nur dass wir jetzt einen anderen Einsatzort haben."

„Warte." Toni fasste sie an der Schulter und hielt sie zurück. „Lass mich das machen. Ich nehme Bergmanns Team mit. Es muss jemand hierbleiben und die Einsätze koordinieren. Es ist ja sonst niemand da." Regina legte die Waffe zurück. „Du hast recht, ich muss diese Britta erreichen, sonst wissen wir ja nicht, wer es ist. Sobald wir etwas herausgefunden haben, sage ich Bescheid. Macht los und findet Alex."

Toni griff nach ihrer Waffe und der schusssicheren Weste und stürmte aus dem Büro. Matze tippte Regina an. „Schau mal, ich könnte hier etwas haben." Er drückte Regina ein A4-Blatt in die Hand. „Das ist die Liste mit den Besitzern, die in den letzten 25 Jahren irgendwann mal eine AWO besessen und angemeldet haben."

Regina studierte die Liste und ihr Blick blieb tatsächlich an einem Namen hängen. „Pohl, Pohl, Gregor Pohl, das sagt mir doch etwas. Wo kenne ich den Namen her? Warte mal." Regina kramte in ihrer Tasche herum und entnahm ihr ein kleines Mäppchen mit Visitenkarten. Sie schaute einige durch und wurde anscheinend fündig. „Hier, Gregor Pohl, ein Schlosserei- und Handwerksbetrieb." Sie reichte das Kärtchen an Matze weiter. „Das hat mir mal Alex gegeben, als ich mich vor ein paar Wochen ausgesperrt habe. Der wohnt bei ihr in der Straße. Das ist er! Ich informiere gleich Toni. Sieh zu, was du über ihn finden kannst."

Matze eilte an seinen Arbeitsplatz zurück, während Regina vergeblich versuchte, Britta Schollbach zu erreichen.

Toni und Kommissar Scholz standen ratlos in Alex' Wohnzimmer. Die Kollegen der KTU arbeiteten sich auf der Suche nach Spuren von unten her durch das ganze Haus. Bis auf eine umgeworfene Stehlampe und das unter dem Sideboard liegende Handy deutete nichts auf einen Kampf hin. „Scheiße, wir sind zu spät gekommen."

Kommissar Scholz konnte seine Verärgerung kaum verbergen. „Und die Idioten von der KTU da draußen haben nichts mitbekommen. Können Sie sich das vorstellen? Die bekommen nicht mal mit, wenn vor ihrer Nase eine Kollegin entführt wird."

Ralf Tonhauser trat hinzu und hatte die Anschuldigungen seines Kollegen gehört. „Woher soll mein Team denn wissen, was hier im Haus passiert? Die haben nur ihre Arbeit draußen gemacht."

Toni hob die Hand. „Es nützt uns nichts, wenn wir uns gegenseitig Vorwürfe machen. Moment!" Ihr Handy klingelte, sie stellte es laut. Nach einem kurzen Telefonat mit Regina nickte sie Lasse Scholz zu. „Es ist Pohl! Er wohnt hier schräg gegenüber. Das heißt, Chris hat die ganze Nacht vor Pohls Grundstück zugebracht, als er Alex beschattete."

„So ist der Jäger zum Gejagten geworden", vollendete Tonhauser ihren Gedankengang.

Toni nickte und wandte sich an Scholz. „Der Haftbefehl für Pohl und der Durchsuchungsbeschluss für sein Grundstück, sowie für seinen Betrieb sind da, ihr könnt jetzt stürmen." Kommissar Scholz ließ sich das nicht zweimal sagen. Er zog seine schusssichere Weste fester und eilte nach draußen zu seinem Team und dem Einsatzkommando.

Das Präsidium glich einem Ameisenhaufen. Beamte eilten von Büro zu Büro, um Informationen weiter zu reichen. Mehrere Polizisten schleppten Kisten mit Akten durch die Flure. Kommissar Scholz riss die Tür auf, um einem Kollegen Platz zu machen, der einen dreistöckigen Rollenwagen vollgepackt mit Ordnern in das Büro schob.

Regina unterbrach das Gespräch mit Toni und sah Scholz erstaunt an. „Was ist das?"

„Das sind die Unterlagen, die wir bei Pohl im Betrieb beschlagnahmt haben, Rechnungen, Aufträge et cetera. Wir müssen das durcharbeiten. Der Kerl war natürlich schon über alle Berge. Aber, wenn wir Glück haben finden wir in den Unterlagen den Standort oder das Gebäude, wo die beiden festgehalten werden." „Was, das alles?" Toni konnte es nicht fassen. „Dazu brauchen wir Monate oder eine Hundertschaft an Kollegen". Ein zweiter vollgepackter Wagen wurde herein geschoben und zwei Polizisten trugen je einen riesigen Stapel von Ordnern, die sie auf dem nächstbesten Schreibtisch im Büro ablegten. Bevor die Beiden den Raum wieder verließen, richtete sich einer der Kollegen an den Kommissar. „So Lasse, das sind jetzt die Letzten."

„Puh", rief Regina. „Das wird ein schönes Stück Arbeit. Ich habe gerade mit Dr. Perlinger gesprochen. Er schickt uns noch Kollegen aus den umliegenden Kommissariaten. Er selber ist hierher unterwegs."

Matze trat hinzu. „Die Fahndung nach Pohl ist raus, ebenso die Handyortung. Wir vermuten, er hat Alex in einem Sprinter seiner Firma weggebracht. Habt ihr denn was Brauchbares gefunden?"

Er schaute Scholz und Toni abwechselnd an. Toni zuckte mit den Schultern. „In Alex' Haus nichts Besonderes. Ihr Handy lag im Flur auf dem Fußboden. Tonhauser hat mir nicht viel Hoffnung wegen Fingerabdrücken gemacht, der Täter trug vermutlich Handschuhe, aber die Kollegen gleichen alle gefundenen Spuren noch ab."

Lasse Scholz hob die Hand. „Aber wir haben einiges in Pohls Haus gefunden. Die Villa gleicht einer Festung. Kein Wunder dass unser Einbrecherduo daran gescheitert ist. Wir haben Blutspuren gefunden, die werden gerade mit den zwei Toten abgeglichen. In seinem Keller fanden wir einen Raum voller Technik und viele Bildschirme. Pohl war der perfekte Überwachungs-Freak, anscheinend hat er noch schnell einiges gelöscht. Die Jungs von der Technik sind schon dran, vielleicht können die noch etwas davon retten. Außerdem haben wir noch eine ganze Wand voller Fotos von Frau Brückner entdeckt. Er muss sie schon seit Wochen beobachtet und fotografiert haben. Und schaut mal", er zog einige Fotos aus der Tasche und legte sie auf den Tisch. „Das ist seine Frau Maria und das ist Alexandra Brückner."

„Das habe ich doch schon gesagt, dass die beiden sich so ähnlich sehen." Regina fühlte sich bestätigt. „Vermutlich wollte ihn seine Maria verlassen, darauf quälte er sie zu Tode. Keiner hat sie vermisst, da er allen erzählte, sie sei an Krebs gestorben. Jetzt sucht er sich eine neue Frau und das ist Alex. Sie passt in sein Beuteschema."

„Das kommt hin", pflichtete Scholz ihr bei. „Wir haben im Keller hinter einer dicken Eisentür ein Schlafzimmer mit Nasszelle ausgestattet mit Toilette, Waschbecken und Dusche gefunden. Ein großes Bett mit Eisengestell, an dem zwei Ketten mit je einer Handschelle befestigt waren, stand mitten im Zimmer, kein Fenster nur eine Lüftung. Anscheinend hat er dort seine Frau gefangen gehalten, das wird gerade untersucht."

Tonhauser stieß mit dem Ellenbogen die Tür auf und betrat mit einem Karton das Büro. „Das hier wollte ich Ihnen gleich einmal zeigen." Er stellte den Karton neben die zwei Aktenberge, drehte sich in den Kreis der Kollegen und griff nach der obenauf liegenden Zeichnung. „Diese Kiste haben wir bei Pohl im Haus gefunden. Das sind nagelneue Minikameras der neuesten Generation, ganz feine Sachen und nicht billig. Und oben auf", er reichte die Blätter an die Kollegen weiter. „Lag der Grundriss von Alex Brückners Haus und die Kreuze bedeuten, hier sollten die Kameras in die einzelnen Räume eingebaut werden. Der Täter war anscheinend noch nicht dazu gekommen." Er nahm eine Asservatentüte aus dem Karton und hielt sie hoch. „Wir haben keine Kamera im Brückner-Haus gefunden, aber hier an diesem Schlüsselbund befindet sich je eine Schlüsselkopie von allen Türen der Brückner-Villa, er kam also in jedes Zimmer und konnte sich im Haus frei bewegen."

„Oh Gott, und Alex hatte schon geglaubt, sie leidet unter Paranoia", dachte Regina laut.

Toni nahm eine der kleinen Packungen aus dem Karton und schaute sie von allen Seiten an. „Er wollte also in aller Ruhe Alex' Haus verwanzen. Dann geriet er unter Druck, weil die Leichen im Steigerwald gefunden wurden. Früher oder später wäre Alex auf ihn gekommen, also musste er handeln. Aber, wie passt der Tote aus Zella-Mehlis ins Bild? Wäre da nicht die Rose gewesen, wir hätten ihn mit unserem Fall nie in Verbindung gebracht."

Regina räusperte sich. „Also Alex hat mir mal erzählt, dass dieser Nachbar in Zella-Mehlis ein ganz unangenehmer Mensch war, Streit mit allen anderen Nachbarn und ihren Eltern, die gleich neben ihm wohnen. Die Zwei haben besonders darunter gelitten. Selbst Alex hat sich schon mit ihm herumgeärgert. Soviel ich weiß, hat auch Alex' Vater viel von Gregor Pohl gehalten. Er war schließlich der nette, hilfsbereite Mitbürger von gegenüber, der seiner alleinstehenden Tochter immer mal geholfen hat. Die Männer kannten sich auf jeden Fall, da kann es doch sein, dass die Geschichte vom ungeliebten Nachbarn aus Zella-Mehlis mal erzählt wurde." Toni sah Regina ungläubig an. „Du meinst, Pohl hat sich in seinem kranken Hirn ausgedacht, Alex einen Gefallen zu tun und den bösen Nachbarn aus dem Weg zu räumen?"

Ihre Kollegin zuckte mit den Schultern. „Kann doch sein, sonst sehe ich kein Motiv, schließlich hält er Alex für seine zukünftige Frau."

Tonhauser trat einen Schritt näher. „Und was ist mit Bauer? Das war ja auch kein Unfall."

„Ach ja." Regina und Toni sahen sich ungläubig an, dann richtete Toni ihren Blick auf Scholz. „Das hören wir zum ersten Mal. Was verheimlichen Sie uns denn? Das ist doch Ihr Fall und die Information auch für uns wichtig."

Der Kommissar zog die Schultern hoch. „Ich dachte, Sie wissen Bescheid, den Hinweis mit der AWO hat uns erst Ihre Chefin gegeben. Wir können es leider nicht beweisen, solange wir das Motorrad oder den Fahrer nicht finden."

Tonhauser zog seine Kappe leicht ins Gesicht. „Die Untersuchung von Bauers Fahrrad hat ergeben, dass er von der Straße gedrängt wurde. Wir haben schwarzen Lack am Gestell gefunden. Der wird zur Restaurierung alter Motorräder gerne verwendet. Ich konnte mich des Eindrucks nicht erwehren, dass die Info Ihrer Chefin recht zu schaffen machte."

„Aber soviel ich weiß", brachte sich Scholz wieder ins Gespräch, „gab es einen riesigen Krach mit Bauer und Frau Brückner in aller Öffentlichkeit vor dem Präsidium. Das war im Amt Tagesgespräch. Frau Brückner ist dem Fahrer der AWO nach ihrem Streit mit Bauer fast in die Maschine gelaufen."

„Wollen Sie damit sagen, Pohl kickte Bauer von der Fahrbahn, um seine Freundin zu schützen?" Toni schüttelte ungläubig mit dem Kopf. „Es wurde aber keine Rose gefunden, oder?"

„Vielleicht ergab sich keine Gelegenheit, eine Rose zu platzieren", gab Lasse Scholz zu bedenken. „Mir kommt es so vor, als räumt er seiner Zukünftigen alle Widersacher aus dem Weg."

Regina verdrehte die Augen. „Alex sieht das bestimmt anders." Dann sah sie Matze an. „Hast du wenigsten was über Pohl gefunden?"

Der IT-Spezialist drückte ihr einen Ausdruck in die Hand. „Ja, Gregor Pohl, 48, Inhaber eines gutgehenden Schlosserei- und Handwerksbetriebes mit 11 Angestellten, der auch Sicherheitstechnik und -systeme anbietet. Verheiratet seit 2014 mit Maria Pohl, geborene Lambrecht aus Ingolstadt. Es gibt keine Sterbeurkunde geschweige denn eine Todesanzeige. Weitere Familienangehörige, nur noch seine Mutter, Gisela Pohl, Krankenschwester. Der Vater, Gerald Pohl starb vor einem Monat nach langer, schwerer Krankheit. Der hat die Schlosserei bereits von seinem Vater übernommen und an seinen Sohn Gregor weitergegeben und der machte den Betrieb zu einem erfolgreichen Unternehmen."

Regina sah Matze fragend an. „Seine Frau Maria, leben da vielleicht noch Angehörige, vermisste sie denn keiner?"

Matze verzog das Gesicht. „Nur noch eine Mutter im Pflegeheim."

Regina fasste ihm auf die Schulter. „Mach weiter, vielleicht findest du noch ein geeignetes Objekt im Umfeld von Pohl. Toni, du fährst zur Mutter von Pohl, sie kann dir sicher sagen, ob es noch irgendwo ein Grundstück gibt, das ihr Sohn nutzen könnte. Und Sie, Lasse, übernehmen mit Ihrem Team die Mitarbeiter des Unternehmens. Wir suchen Gebäude, die sich für eine Geiselnahme eignen."

Tonhauser hielt mit einer Handbewegung alle zurück. „Halt, ich habe noch eine schlechte Nachricht. Pohls Handy haben wir zerstört in seiner Villa gefunden. Sicher hat er sich ein neues besorgt. Somit ist die Handyortung vom Tisch. Tut mir leid. Aber wir versuchen ein Bewegungsmuster der vergangenen Woche zu erstellen, vielleicht können wir so dem Täter auf die Spur kommen." Er zuckte entschuldigend mit den Schultern und verließ den Raum.

Kapitel 11

Alex kam langsam zu sich. Ihr Kopf schmerzte, ihr war übel und ihr Mund völlig ausgetrocknet. Sie versuchte mehrmals zu schlucken und die Augen zu öffnen. Doch es fiel ihr schwer. Ein greller Scheinwerfer beleuchtete den Bereich, auf dem sie lag. Sie beschattete ihre Augen mit der Hand und stellte fest, dass ihr rechtes Handgelenk mit einer Handschelle gefesselt war. Sie versuchte sich aufzurichten, um sich umzuschauen. Sie lag auf einem riesigen Bett mit zwei weißen Kissen, einer übergroßen weißen Bettdecke und einem weißen Laken, an dessen Kopfende sich ein hohes verschnörkeltes Eisengestell an der Wand anlehnte. Die lange Kette an ihrem Handgelenk führte zu diesem Gestell und war dort mit einer dicken Schelle verbunden.

Sie setzte sich auf den Bettrand und sah sich um. Sie befand sich in einem Keller ohne Fenster, über dem alten Betonboden lag ein verblichener, weinroter Teppich. Versorgungsrohre führten durch den Raum und zwei alte, vergitterte Wandlampen schienen die einzige Lichtquelle zu sein. Alex nahm den Kopf zwischen ihre Hände und rieb die schmerzenden Schläfen. Sie versuchte sich an die letzten Momente in ihrem Haus zu erinnern. Britta hatte das Bild von Gregors Frau erkannt. Wieso Gregor? Mein Gott, wie blind sie doch war. Nie hätte sie ihren hilfsbereiten, freundlichen Nachbarn mit den Morden in Verbindung gebracht. Britta verglich ihn einst mit einem großen, knuffigen Teddybären.

Mühsam erhob sich Alex, um das Zimmer zu erkunden. Das Bett lehnte an einer zwei Meter langen Trennwand. Die Breite dieser Wand machte Alex stutzig, auch die anschließende Wand besaß einen Mauervorsprung dieser Breite. Sie schätzte sie auf 50 bis 60 Zentimeter. Hinter der Trennwand befand sich eine Art kleines Bad. Der kaputte weiße

Fliesenspiegel sowie die Dusche wirkten uralt. Nur der Toilettendeckel und das Waschbecken schienen neu zu sein. Die alten Fußbodenkacheln erinnerten an längst vergangene Zeiten. Es handelte sich nicht um einen gewöhnlichen Keller. Der Raum erinnerte Alex mehr an einen Bunker. Ihr lief bei der Erkenntnis ein Schauer über den Rücken. Sie zog an der Kette und betrat die Nische hinter dem massiven Mauervorsprung, der einen breiten Bauernschrank mit bunten, verschnörkelten Blumenmotiven einschloss. Mit zitternden Händen öffnete sie die Türen des Schrankes und erstarrte. Er war gefüllt mit ihren Sachen. Auf den Kleiderbügeln hingen Blusen, Kleider und Jacken von ihr, in den Fächern lagen ihre Unterwäsche, Pullover, Handtücher, selbst ihre Kosmetiktasche hatte er nicht vergessen. Entsetzt knallte Alex die Türen zu und ließ sich auf das Bett fallen. Was hatte er mit ihr vor? Was wäre, wenn man sie nicht finden würde? Würde sie hier verrecken, wie Maria? Sie dachte an ihre Kinder, an Dominik, und versuchte die Tränen zu unterdrücken. Die Übelkeit machte ihr zu schaffen. Mit der schützenden Hand über den Augen sah sie zu dem Scheinwerfer an der Tür, hinter dem eine Kamera zu stehen schien. Ihre Kette würde niemals dahin reichen. Anscheinend beobachtete er sie. *Er ging also in meinem Haus ein und aus. Vor einigen Wochen habe ich ihn auch noch im ganzen Haus neue Schlösser einbauen lassen.* Alex schluchzte kurz auf, dann hörte sie das Klicken des Schlosses.

Die Tür wurde aufgestoßen und Gregor trat in den Raum. Gigantisch und bedrohlich stand er über ihr, seine großen Hände waren ihr noch nie aufgefallen. Die schwarzen Haare standen ihm wild zu Berge. Er beobachtete sie mit seinen grauen Augen, wie ein Kind, das ein neues Spielzeug entdeckt hatte. Alex blickte ihn an. „Wieso Gregor, ich habe dir nie etwas getan. Ich war immer freundlich zu dir und fair. Ich dachte, wir sind Freunde." Gregor lachte laut auf.

„Freunde, Freundschaft gibt es nicht zwischen Mann und Frau. Das hat Maria auch immer gesagt und dann wollte sie mich verlassen, aber man verlässt mich nicht. Sie gehörte mir, ich habe sie geliebt."

„Du hast sie geliebt? Und warum hast du sie dann umgebracht?" Alex konnte es nicht fassen.

Sein Gesicht verzog sich zu einer Grimasse. Er beugte sich nach unten und betonte seine Stimme. „Weil sie abhauen wollte, verstehst du? Sie wollte mich verlassen." Er strich ihr lächelnd über das Haar. „Aber du, du bist nicht wie sie. Du bleibst jetzt bei mir!"

Wieder lief Alex ein Schauer über den Rücken. „Das geht nicht Gregor, ich habe schon eine Familie, meine Kinder und Dominik. Lass mich gehen, bitte." Ihre Stimme klang verzweifelt. Er packte sie an den Schultern, zog sie hoch, kam ihr sehr nahe und sah ihr direkt in die Augen. „Um deine Kinder kann sich dein Mann kümmern, das hat er ja immer sehr vernachlässigt und dein Dominik kann froh sein, dass er nicht hier ist, sonst hätte ich mich auch noch um ihn kümmern müssen." Alex atmete schwer und musste schlucken, um ihm nicht ins Gesicht zu spucken. Sie sah ihn entsetzt an. Er wollte Dominik töten, das Monster.

„Um wen hast du dich denn noch alles gekümmert?", wollte sie wissen. Gregor stieß sie auf das Bett zurück und hob die Arme. „Was willst du? Ich habe dir das Leben etwas erleichtert. Deinen miesen Chef, erinnerst du dich, ihr habt euch vor dem Haus angeschrien. Er wollte dich fertig machen. Ich bin ihm halt zuvorgekommen." Alex erinnerte sich. Dass er der Mörder von Bauer war, konnte sie bis jetzt nur ahnen. Er zog also los und brachte Menschen um, ihretwegen. Sie dachte an Bauers Trauerfeier, der sie bis jetzt wenig Beachtung hatte zukommen lassen, da sie bis dahin von einem Unfall ausgegangen war. Die Bilder von seiner Witwe und dem schmalen, blassen Mädchen, das um seinen Vater trauerte. Ihretwegen. Wie viele Menschen hatte er wohl noch auf dem Gewissen? Sie traute sich kaum zu fragen. „Und was ist mit Führmann?" Er lachte wieder kurz auf und blieb vor ihr stehen.

„Du und dein Vater, ihr habt euch doch über ihn beklagt. Sei doch froh, dass das Schwein weg ist." Erschrocken hielt Alex inne. Sie erinnerte sich an Brittas Geburtstagsfeier. Sie saß den ganzen Abend neben Gregor und hatte ihm von den Scherereien mit Führmann erzählt. Sie hatte doch nicht ahnen können, ihn dadurch ans Messer zu liefern. Alex schloss für einen Moment die Augen. Er hatte ihretwegen zwei Menschen umgebracht. Was wollte dieser Psychopath von ihr? Frau und Mann spielen? Wütend sah sie ihn an. „Und was willst du von mir?" Für einen Augenblick war er wieder der liebenswerte Nachbar von gegenüber. Seine Grübchen um den Mund ließen sein markantes Gesicht beim Lächeln weich und freundlich wirken. „Wir Zwei machen es uns ganz schön, ich habe dir alles gebracht, was du brauchst." Er zeigte auf den Kleiderschrank. „Wir gehören ab jetzt zusammen und das feiern wir. Warte." Er verließ den Raum für ein paar Augenblicke. Alex saß aufgewühlt auf dem Bett und hielt sich die Hand vor den Mund, um nicht schreien zu müssen. Sie war diesem Monster völlig ausgeliefert.

Lächelnd, mit einer Flasche Champagner, zwei Gläsern und einer roten Rose betrat er erneut den Raum. Er drückte Alex die zwei Gläser in die Hand, legte ihr die Rose auf den Schoß und öffnete die Flasche. Die Agraffe fiel aufs Bett. Alex bedeckte sie unauffällig mit der Decke. Er goss die Champagnerflöten voll, stellte die Flasche vor das Bett und setzte sich neben sie. „Lass uns das feiern! Uns kann nichts mehr trennen, du gehörst jetzt zu mir." Er ließ die Gläser klingen und wischte mit seinem Daumen eine Träne von Alex' Wangen. „Du wirst dich dran gewöhnen." Alex schaute auf die Rose. „Ach, und wenn nicht, legst du mir die dann mit in mein Grab, wie bei den Einbrechern, Maria und den anderen? Was erwartest du, Vergebung?"

Er lächelte milde und fuhr ihr übers Haar. „Ich erwarte Respekt und vielleicht kannst du mich irgendwann auch ein bisschen lieben." Entsetzt trank Alex das Glas in einem Zug aus.

Alex lag auf dem Bett und starrte zur Decke. Zum Glück hatte er sie nicht angefasst, aber er wollte gleich mit dem Essen wiederkommen. Das Glas Champagner hatte ihre Lebensgeister wieder geweckt. Sie spürte, dass sie zu schwach war, gegen ihn etwas auszurichten. Außerdem war ihr schrecklich übel. Keine Ahnung, was er ihr für einen Dreck gespritzt hatte. Vorsichtig fingerte sie unter der Bettdecke nach dem Drahtbügel, dann begann sie den Draht zu einer Art Dietrich zu formen. Es fiel ihr schwer, mit der linken Hand das Schloss der Handschellen zu bearbeiten und es dauerte eine Ewigkeit, ehe es endlich nachgab. Sie löste den Metallring von ihrem Handgelenk, blieb regungslos unter der Bettdecke liegen und überlegte, wie sie entkommen könnte. Sie setzte sich auf den Bettrand, ließ ihre befreite rechte Hand noch unter der Decke. Mit der Linken griff sie sich die Champagnerflasche und trank einen großen Schluck daraus. Unauffällig ließ sie die restliche Flüssigkeit auf den Teppich laufen. Dann nahm sie die Flasche wie ein Wurfgerät, stand auf, zielte kurz und warf sie in Richtung Scheinwerfer und Kamera. Da die zwei Geräte unmittelbar nebeneinanderstanden, erwischte Alex beide und sie fielen krachend um. Das Glas des Strahlers zersplitterte und löschte das Licht. Alex sprang vom Bett und griff nach der Flasche, die den Wurf zum Glück überstanden hatte. Adrenalin schoss ihr ins Blut. Sie drückte sich, die Flasche in den erhobenen Händen, an die Wand neben der Tür. Sie hatte nur einen Versuch.

Sekunden später hörte sie den Schlüssel im Schloss und Gregor kam durch die Tür. Mit voller Kraft schlug sie ihm die Flasche auf den Kopf und erwischte ihn seitlich über der Schläfe. Mit einem Röcheln sackte er zusammen und blieb im Türrahmen liegen. Alex sah die große, blutende Platzwunde am Kopf und versuchte verzweifelt den Koloss in den Raum zu ziehen, um ihn einzuschließen. Doch sie konnte ihn keinen Zentimeter bewegen, ihr fehlte einfach die Kraft. Zu allem Überfluss hatte sich sein Körper im Türrahmen verkeilt. Alex kletterte über ihn, nahm den Schlüsselbund und das Messer aus seinem Hosenbund. Im Gang brannte kein Licht. Sie schaute in den erleuchteten Nebenraum: auf dem Tisch standen mehrere leere Bierflaschen, zwei Kaffeetassen und eine große Taschenlampe. Die Angst, dass er jeden Moment zu sich kam, ließ sie fast in Panik geraten. Sie griff sich die Taschenlampe und rannte den Gang entlang, vorbei an nummerierten, grauen Metalltüren. Der Hauptgang erinnerte an ein altes Gewölbe. Es roch muffig und Alex spürte die Feuchtigkeit, die aus den Wänden trat. Dann endlich eine große Doppeltür. War es ein Ausgang? Alex brauchte nur zwei Versuche, um den richtigen Schlüssel zu finden. Doch sie wurde enttäuscht. Es handelte sich um einen Lagerraum mit Regalen und Schränken.

Ein „Scheiße" huschte über ihre Lippen und bevor sie weiter rennen konnte, hörte sie ein Stöhnen aus der Ecke. Sie leuchtete in die Dunkelheit und erkannte einen Menschen, der dort lag und versuchte sich aufzurichten. Sie trat näher an ihn heran und half ihm, sich aufzusetzen. Jetzt erkannte sie ihn. „Bergmann", erstaunt sah Alex ihn an. „Schön, dass Sie noch leben." Sie half ihm, sich aufzustellen, obwohl es ihr schwerfiel. „Wir müssen hier schnellstens weg, ich habe ihn nur niedergeschlagen." Er stöhnte bei jeder Bewegung und legte den Arm um ihre Schulter, um sich abzustützen. Sein Gewicht ließ Alex fast zusammenbrechen.

„Was ist mit Ihnen, können Sie laufen?"

„Er hat mir den Fuß in der Autotür eingeklemmt, das tut höllisch weh, außerdem sind wahrscheinlich noch ein paar Rippen gebrochen. Ich kann kaum atmen." Beide schleppten sich den Gang entlang. Bergmann flüsterte ihr regelrecht ins Ohr: „Ich habe mich noch nie so gefreut, Sie zu sehen, Alex. Hat er Sie auch erwischt?"

„Ja, in meinem Haus", hauchte Alex, sie konnte sein Gewicht kaum stemmen.

„Wer ist es?", wollte Bergmann wissen.

„Mein Nachbar Gregor Pohl," keuchte sie. „Sie haben genau vor seinem Haus gestanden." Ein nicht definierbarer Laut entwich seinem Mund.

Bei der nächsten großen Tür handelte es sich ebenfalls um ein Lager. Alex leuchtete nur kurz hinein, entdeckte aber an der gegenüberliegenden Wand verschiedene Holzwerkzeuge. Ein längerer Stiel mit verschiedenen Quergriffen erregte ihre Aufmerksamkeit. Sie lehnte Bergmann an die Wand. Er sah schrecklich aus, als würde er jeden Moment zusammenbrechen.

„Hier, können Sie das Ding irgendwie als Stütze nutzen? Ich kann Sie keinen Meter mehr schleppen, mir fehlt einfach die Kraft." Bergmann drückte das Holz unter seine Achsel und stützte sich mit dem Arm auf eines der Querhölzer. So konnte er es als Krücke verwenden und selbstständig neben ihr her humpeln. Doch jeder Schritt schien ihm starke Schmerzen zu bereiten.

Dann kreuzten sich die Gänge. Alex schaute ihn an. „Rechts, links oder geradeaus?" „Ich habe keine Ahnung", stöhnte Bergmann. „Vielleicht der große Gang geradeaus." Nach ein paar Metern gabelte sich erneut das Gewölbe, sie entschieden sich für rechts. Sie hatten das Ende des Ganges beinahe erreicht, als das Licht anging. In einer Art Singsang hörte sie ihren Namen durch die Gänge schallen: „Alexandra, wo bist du?"

Erschrocken sahen sich beide an. „Oh mein Gott, er ist wieder wach!" Alex suchte panisch nach dem Messer, aber sie musste es während der Flucht verloren haben. Eilig liefen sie bis zum Ende des Ganges, um feststellen zu müssen, in einer Sackgasse gelandet zu sein. Alex lehnte an der Wand. „Was machen wir jetzt?" Bergmann sah sich um. „Ich verstecke mich in der Nische hier und Sie bleiben so stehen. Wenn ich mich auf ihn stürze, haben wir den Überraschungseffekt auf unserer Seite." Alex schüttelte den Kopf. „Gregor ist ein Hüne und er hat Kraft wie ein Bär. Ich habe keine Kraft mehr und mir ist speiübel. Und schauen Sie sich an, Bergmann. Sie können sich kaum auf den Beinen halten."

Sie überlegte kurz. „Aber, Sie haben recht, er weiß wahrscheinlich noch nicht, dass ich Sie befreit habe." Sie drückte ihm den Schlüssel und die Taschenlampe in die Hand. „Wir haben nur eine Chance, Sie versuchen hier rauszukommen und ich gehe zu ihm zurück und lenke ihn ab. Er will mich."

„Nein, Alex, das kann ich nicht zulassen, nicht zu der Bestie."

„Wir haben keine andere Wahl." Alex lief bereits den Gang zurück, dann blieb sie kurz stehen und drehte sich noch einmal um. „Hol' mich ja hier raus, Bergmann."

Langsam ging Alex den Gang entlang und blieb vor der Gabelung stehen. Jetzt erst entdeckte sie das Schild „Ausgang" rechts oben, das zur anderen Seite zeigte. Da einige Lampen in dem Teil des Gewölbes nicht funktionierten, sah sie einen riesigen Schatten auf sich zukommen. Das Monster. Sie schloss für einen Moment die Augen, ihr Herz klopfte wie wild. Dann trat er um die Ecke und kam auf Alex zu. Riesig und bedrohlich. Jetzt erinnerte nichts mehr an den liebenswürdigen, netten Nachbarn von nebenan. Sein linkes Auge war blutunterlaufen, die Kopfhälfte überzogen mit Blut. Aggressiv und schnaufend vor Wut kam er näher. Alex wich zwei Schritte zurück. Die Faust konnte sie nicht sehen, die sie mit voller Wucht am Kinn traf. Sie flog gegen die Wand und ihr Kopf knallte gegen eines der Versorgungsrohre, sofort verlor sie das Bewusstsein und rutschte zusammen. Gregor fing sie auf, fühlte den Puls an ihrem Hals, dann trug er sie zurück in ihr Gefängnis.

Als Alex zu sich kam, stand er über ihr und klebte ein Pflaster auf ihre aufgeplatzte Stirnwunde. Auch er schien sich das Blut aus dem Gesicht entfernt zu haben. In Alex' Kopf hämmerte es wie in einem Bergwerk, die Übelkeit konnte sie kaum mehr unterdrücken. Die Kette hatte er bereits wieder an ihrem Handgelenk befestigt. Seinen Schlüssel schien er noch nicht vermisst zu haben. *Du musst ihn ablenken*, fuhr es ihr durch den Kopf. *Bergmann braucht mehr Zeit.* Mühsam zog sie sich auf die Knie und setzte sich erschöpft auf ihre Unterschenkel. Die Tür stand noch offen, aber wo war er? Erschrocken stellte sie fest, dass er hinter ihr auf dem Bett kniete. Er packte sie an den Schultern und zog sie fest an sich heran. Alex erstarrte zu einer Eissäule. Sie konnte in diesem Moment nicht sagen, was schlimmer war: Die Erniedrigung, die Scham oder der Ekel. Seine großen Pranken berührten sie überall. Sie trug nichts weiter als das dünne Jerseykleid und einen Slip. Mit der einen Hand knetete er schmerzhaft ihre Brüste, während er die andere unter ihr Kleid schob und ihr Becken fest gegen seinen Körper drückte. Sie spürte seine Erektion. Langsam bewegte er seine Hand nach unten und ließ sie in ihren Slip gleiten. Jetzt konnte sich Alex nicht mehr beherrschen, sie würgte und hielt die Hand vor den Mund.

Überrascht gab er sie frei. Alex beugte sich nach vorn und erbrach sich mehrmals neben das Bett, dann wischte sie sich den Mund mit dem Handrücken ab. Sie wartete auf seine Reaktion, die prompt kam. „Das machst du selber weg. Das ist ja ekelhaft!" Er packte sie an den Armen und warf sie mit voller Wucht gegen das Eisengestell des Bettes. Alex spürte einen Stich in der Schulter, schrie kurz auf und fiel auf das Bett zurück. Hatte er ihr jetzt die Schulter gebrochen? Sie konnte vor Schmerz ihren rechten Arm nicht mehr bewegen. Am liebsten wäre sie liegen geblieben. Aber er durfte noch nicht seine Schlüssel vermissen. *Halt ihn auf, Alex, halt ihn auf!*, hämmerte es in ihrem Kopf.

Mühsam mit dem linken Arm quälte sie sich nach oben. Sie rief ihn und er stand vor ihr. „Gregor, es tut mir leid. Ich weiß nicht, was du mir gespritzt hast, aber mir ist schon die ganze Zeit übel und ich habe höllische Kopfschmerzen. Ich wollte das nicht", log Alex. Er schaute eine Weile auf sie herunter und ging wortlos aus dem Raum. Erschrocken sah Alex ihm nach. *Bitte nicht die Türe schließen.* Doch er ließ die Tür offen, kam nach kurzer Zeit zurück und warf ihr einen Tabletten-Blister in den Schoß. Schmerztabletten. Alex versuchte mit der linken Hand eine Pille aus der Folie zu drücken. Eine Weile schaute er sich das an, dann nahm er ihr die Tabletten aus der Hand und drückte ihr zwei in den Mund und ließ sie auch aus der Wasserflasche trinken, die neben dem Bett stand. „Danke", sagte sie leise und sah ihn an. „Lass mich gehen, Gregor. Die Kollegen werden schon nach uns suchen. Was ist mit Bergmann, lebt er noch?" Ohne ein Wort zu sagen, drehte er sich um und verließ den Raum. Die Eisentür krachte ins Schloss.

Alex wusste genau, was auf sie zukam. Er würde jetzt seine Schlüssel vermissen und wenn er merkte, dass Bergmann aus seinem Gefängnis entkommen war, würde er sie entweder gleich umbringen oder sie irgendwohin verschleppen, wo sie nie ein Mensch finden würde. Sie dachte an ihre Kinder, die dann wohl bei ihrem Vater aufwachsen mussten, der

nie Zeit für sie hatte. Wahrscheinlich landeten sie in irgend-
welchen Internaten. Und Dominik? Alex konnte die Tränen
nicht mehr zurückhalten, völlig verzweifelt legte sie sich auf
das Bett. Die starken Schmerztabletten ließen sie nach einer
Weile in einen unruhigen Schlaf sinken.

Kapitel 12

Der Mercedesfahrer ging voll auf die Bremsen, um die plötzlich vor ihm auftauchende Gestalt nicht zu überfahren. Langsam stieg der Mann aus dem Auto und betrachtete den furchtbar zugerichteten Obdachlosen vor sich. „Sie können mir doch nicht einfach vor das Auto laufen, ich hätte Sie beinahe überfahren", wetterte es aus ihm heraus. Doch dann besann er sich, als er sah, dass der etwas zerlumpte Mensch vor ihm auf einer selbstgebastelten Krücke schwankte und anscheinend schwer verletzt war. „Kann ich Ihnen helfen? Sind Sie verletzt?"

Der Mann stützte sich nun auf die Motorhaube und sprach leise, mit gebrochener Stimme: „Mein Name ist Chris Bergmann, ich bin Polizeibeamter. Ich brauche Ihre Hilfe. Ich muss meine Kollegen verständigen." Der Autofahrer half Bergmann auf den Beifahrersitz und gab ihm sein Handy.

Chris Bergmanns Anruf erwischte die Kripo mitten im Meeting, der bei allen Kollegen eine gewisse Erleichterung hervorrief. Bergmann versuchte den Standort des Bunkers, in dem Alex noch gefangen gehalten wurde, zu erläutern.

Ein junger Polizeibeamter namens Carsten Feldmann trat vor. „Ich kenne den alten NVA-Bunker. Der befindet sich im Steigerwald. Dort mussten wir des Öfteren Jugendliche vertreiben, die in den alten Gewölben Party feiern wollten."

Regina, die neben Dr. Perlinger saß, war aufgesprungen. „Dann los, da zählt jetzt jede Minute", wandte sie sich an Toni und Lasse Scholz. „Ich schicke ein Einsatzkommando hinter euch her." Der Raum leerte sich und zurück blieben nur Regina, Matze und Dr. Perlinger, der besorgt feststellte, was alle dachten. „Hoffentlich kommen sie nicht zu spät."

Fast lautlos preschte der Konvoi über den schmalen Wald-weg. Carsten Feldmann führte ihn an.

Vor einem alten Backsteingebäude hielt er an, dem Eingang zur Schutzanlage. Toni und Lasse Scholz verständigten sich kurz. In zwei Gruppen bewegten sich die Teams zum Eingang. Die alte Bunkertür war im unteren Bereich schon ziemlich angerostet und mit einem fast nagelneuen Sicherheitsschloss verriegelt.

Lasse Scholz deutete wortlos auf die Fahrspuren am Eingang des Gebäudes. Einer der Beamten machte sich sofort daran, das Schloss zu öffnen. Quietschend flog die Tür nach innen auf. Eine bröckelnde Betontreppe führte die Beamten in den unteren Stollen. Für alle unerwartet tat sich ein großer Gewölbegang auf. Kleine schmale Gänge führten rechts und links vom Hauptgang weg. Mit vorgehaltenen Waffen und Taschenlampen schwärmten die Beamten aus, um den Bunker vollständig zu inspizieren. Einer der Polizisten fand den Kasten mit der Stromversorgung und schaltete das Licht ein. Sie untersuchten die zwei Lager, entdeckten den Raum, indem sich vor Kurzem noch der Täter aufgehalten haben musste, die zwei Mahlzeiten in den Assietten auf dem Tisch waren noch warm. Toni stieß die Metalltür des letzten Raumes auf, Scholz und Feldmann folgten ihr.

Verzweifelt rief Toni: „Scheiße, wir sind wieder zu spät gekommen."

Carsten Feldmann trat an das zerwühlte Bett. Er sah die Kette mit den Handschellen und die Blutstropfen auf dem weißen Kopfkissen. „Vielleicht ist sie gar nicht mehr am Leben."

„Reden Sie keinen Quatsch", fauchte ihn Toni an. Sie ging zu dem Schrank und öffnete ihn. Für einen kurzen Blick übersah sie den Inhalt, dann drehte sie sich zu ihren Kollegen um. „Schaut, das sind wahrscheinlich alles Alex' Sachen. Pohl hat etwas Größeres mit ihr vor. Er betrachtet sie als seine neue Frau, sein Eigentum. Er hat alles sorgfältig vorbereitet." Toni schlug die Schranktür wieder zu und trat an Feldmann heran. „Das gibt er nicht so schnell auf. Wir müssen nur sein neues Versteck finden. Ich weiß, dass Alex noch lebt."

Die Recherchearbeiten im Präsidium liefen auf Hochtouren. Regina hatte in Abstimmung mit Dr. Perlinger verfügt, Kriminal- und Polizeibeamte in mehrere Teams einzuteilen, um die Akten von Pohls Wirkungskreis schneller durcharbeiten zu können. Es mussten Industriegebäude, Familienhäuser und andere Objekte wie Bunker, Ruinen, verlassene Bauwerke, Schulen, Fabriken usw. gesichtet und zugeordnet werden, an denen Pohl je gearbeitet hatte. In einigen Fällen rückten die Beamten aus, um die in Frage kommenden Objekte zu inspizieren. Doch weder die Tag- noch die Nachtschicht konnte einen Treffer vorweisen.

Im Büro des Polizeidirektors stand Werner Wagner, ein großer, stämmiger Mann mit breitem Gesicht, seinem Bruder gegenüber und versuchte ihn zu beruhigen.

„Georg, du kannst ganz sicher sein, dass wir alle Hebel in Bewegung setzen, um Alex zu finden." Georg Wagner schaute ihn fast feindselig an. „Ach du in deinem Ministerium hast gut reden. Ich weiß gar nicht, wie ich es den Kindern beibringen soll, dass ihre Mutter verschwunden ist."

Werner Wagner strich sich über sein lichtes Haar. „Alexandra ist auch meine Nichte. Ich werde nicht aufgeben." Er schaute zu Dr. Perlinger, der neben ihm stand und nickte ihm zu. „Wir werden sie finden!"

Siegfried Perlinger pflichtete ihm bei und fügte erklärend hinzu: „Wir haben jetzt ein 32-köpfiges Team im Einsatz. Die Soko arbeitet Tag und Nacht. Heute stoßen noch zwei erfahrene Ermittler vom LKA dazu. Wir tun alles, was in unserer Macht steht."

Verzweifelt schaute Georg seinen Bruder an. „Du hast mir mal gesagt, dass bei einer Entführung die ersten 48 Stunden entscheidend sind, aber es sind nun schon drei Tage. Was ist, wenn ihr sie nicht findet? Vielleicht ist Pohl schon gar nicht mehr in der Stadt?"

Werner ging einen Schritt auf seinen Bruder zu und legte ihm die Hand auf die Schulter. „Georg, wir machen das schon. Du fährst jetzt heim zu deiner Annette und zu deinen Enkeln, die brauchen dich jetzt. Wir kümmern uns hier um alles, das hier sind Profis. Ich halte dich auf dem Laufenden."

Matze, der über seinem Rechner kurz eingeschlafen war, wurde unsanft geweckt. Er fuhr hoch und schaute in Bergmanns zerschundenes Gesicht. „Herr Bergmann, was machen Sie denn hier? Ich dachte, Sie sind im Krankenhaus?"

„Ich habe mich selbst entlassen", knurrte er. „Habt ihr schon was?"

„Na, ob das so 'ne gute Idee war", wunderte sich Matze und sah sich den schwankenden Kollegen näher an. Er atmete schwer und jede Bewegung schien ihm Schmerzen zu bereiten. „Warten Sie!" Matze sprang auf, ging zum Konferenztisch und bot Bergmann den bequemsten Bürostuhl mit hoher Lehne an. Dann holte er seinen Laptop und setzte sich neben ihn. Während er ihm den Stand der Ermittlungen erklärte, betraten Regina und Toni das Büro. Regina konnte es kaum fassen und regte sich mächtig auf. „Sagen Sie mal Chris, sind Sie verrückt geworden? Das Krankenhaus hat mich gerade informiert, dass Sie verschwunden sind. Die Ärztin war außer sich. Sie sprach unter anderem von einer Gehirnerschütterung und einer Rippenserienfraktur." Sie warf ihm einen eindringlichen Blick zu. „Was machen Sie hier?" Er stierte unbeirrt zurück. „Ich habe Alex versprochen, dass ich sie da raushole. Das kann ich wohl schlecht vom Krankenbett aus."

„Aber es nützt auch niemandem etwas, wenn Sie hier zusammenbrechen", schnauzte Regina ihn an. Chris Bergmann hob die Hand. „Okay, ich lege mich sofort wieder ins Bett, wenn wir sie gefunden haben."

Genervt setzte sich Regina ihm gegenüber. Toni stellte Bergmann ein Glas Wasser hin und nahm neben ihm Platz.

Der Kommissar lehnte sich zurück und atmete zweimal schwer ein. „Matze meint, ihr habt noch nichts Konkretes. Was hat denn die Handyauswertung ergeben?"

Toni beugte sich etwas nach vorn. „Wir haben sein Handy im Haus gefunden. Aber weder die Kontakte noch das Bewegungsprofil haben uns weitergebracht. Wir vermuten, dass er mindestens zwei Handys besitzt, wahrscheinlich Prepaid und er scheint öfters mal die Karten zu wechseln." Sie legte Bergmann die Ermittlungsakte auf den Tisch. Er nahm sie und fing an darin zu lesen. „Was hat denn die Haus- und Firmendurchsuchung gebracht?"

„Wir haben im Haus ein verstecktes Zimmer gefunden. Die Spurenauswertung hat bestätigt, dass er dort seine Frau gefangen hielt und dort ist sie wahrscheinlich auch gestorben. Wenn er mehr Zeit gehabt hätte, wäre Alex sicher auch dort gelandet."

Toni nickte. „Dass die Toten im Steigerwald von den Wildschweinen ausgebuddelt wurden, hat ihm einen Strich durch die Rechnung gemacht und er musste improvisieren. In seinem Keller wurden Blutspuren und DNA von Kleinschmidt und Neubucher gefunden. Sie sind in diesem Haus gestorben."

„Und er wollte Alex' Haus verwanzen und Kameras anbringen", warf Matze ein. „Er ist anscheinend noch nicht dazu gekommen."

„Übrigens wurde in Zella-Mehlis ebenfalls DNA sichergestellt, sie wird bereits mit Pohls verglichen", ergänzte Toni. Und den Halter des Wranglers konnten wir auch ermitteln.

Der gehört einer großen Baufirma in Rostock: Götz-Bau GmbH. Pohl arbeitet bei größeren Projekten für die als Subunternehmer und ihm stand der Firmenwagen, wenn er ihn brauchte, zur Verfügung.

„Und, was ist mit den Nachbarn?", wollte der Kommissar wissen. Regina winkte ab. „Das haben Otto Schuster und sein Team übernommen, bis jetzt ist aber nichts dabei rumgekommen. Keiner hat etwas gehört, keiner hat etwas gesehen."

Bergmann atmete schwer und schloss für einen Moment die Augen. „Pohl ist ein Überwachungsfreak, er überlässt nichts dem Zufall, bereitet alles akribisch vor. Ich glaube nicht, dass der Bunker seine erste Wahl war."

„Das glaube ich auch nicht", stimmte ihm Toni zu. „Jugendliche haben schon mehrmals versucht, den Bunker als Party Location zu missbrauchen, aber wir sind in seinem Umfeld noch nicht fündig geworden."

Bergmann tippte auf die Akte. „Hier, was ist mit seiner Mutter, konnte die euch weiterhelfen?" Toni schüttelte den Kopf. „Die könnt ihr vergessen, aus der Alten habe ich kein Wort rausbekommen, total verstockt."

„Und seine Angestellten in der Firma?" Er schaute Regina an. Sie versicherte ihm: „Was die angegeben haben, wurde bereits überprüft. Da war nichts dabei."

Matze aktivierte die große Videowand und verband sie mit seinem Laptop. „Schaut, diese Bilder von Alex haben wir auf seinem Handy gefunden."

„Mein Gott, wie viele sind denn das?", erschrocken schaute Regina Matze an. „Das geht schon seit Monaten so. Erst ab und zu mal ein Schnappschuss, aber dann muss er sie regelrecht verfolgt haben."

Matze trommelte auf der Tastatur seines Laptops. „Das ist Pohls privater Account. Die IT hat den Computer schon durchsucht, aber nichts Brauchbares gefunden."

Bergmann sah von der Akte auf. „Wir müssen Plan A finden!" Er schaute auf die große Videowand. „Was ist das rechts außen für ein Ordner?"

Matze öffnete ihn. „Ach, das sind nur Behördenschreiben. Krankenkasse, Versicherungen und so weiter." Er klickte nach und nach die einzelnen Schreiben an.

„Oder hier an das Amtsgericht Erfurt, der Antrag auf einen Erbschein. Und hier", er klickte eins weiter, „ein Schreiben an die Stadt…"

„Moment mal, was für ein Erbschein?", wollte Bergmann genauer wissen.

„Na sicher für seinen Vater", warf Regina ein. „Der ist vor Kurzem gestorben."

Bergmann schüttelte den Kopf. „Für seinen Vater braucht er nicht dringend einen Erbschein."

„Oh nein", reagierte Matze. „Das ist tatsächlich nicht für seinen Vater, sondern für eine Isolde Bachschlegel."

„Bachschlegel?", wiederholte Bergmann. „Den Namen habe ich doch vorhin gerade gelesen." Er blätterte in der Akte, bis er fündig wurde. „Hier Pohls Mutter, Christa Pohl, geborene Bachschlegel, ihr Mädchenname. Dann handelt es sich bei Isolde wahrscheinlich um die Schwester der Mutter?"

„Und was gibt es da Schönes zu erben?", interessierte sich auch Toni.

Matze ließ seine Finger über die Tastatur gleiten. „Ich habe sie." An der Wand erschien ein Bild einer alten Frau. „Isolde Bachschlegel, geboren 1943, ledig, eine Tochter, wohnhaft in Erfurt, Waldallee 27. Und hier: Isolde Bachschlegel, gestorben am 6. Juni 2018."

Regina stand auf. „So wie es aussieht, ist Pohl der Erbberechtigte und nicht die Tochter."

Matze rief Google Earth auf, gab die Adresse ein und zoomte die Markierung auf der Landkarte näher heran, bis die Straße und die Häuser gut auf der Videowand zu sehen waren. „Das letzte Haus, das hier ein bisschen abseitssteht, das ist es. Seht ihr, danach geht gleich der Wald los."

Bergmann legte die Akte auf den Tisch zurück. „Das ist es!" rief er aus, er atmete schwer.

Regina stellte sich vor die Videowand und schaute sich das Grundstück näher an.

„Das ist ideal für seine Zwecke. Große Einfahrt, Garage, schön abseits gelegen und eine riesige Hecke darum. Aber warum hat er es nicht gleich genutzt?"

„Vielleicht gab es erbrechtliche Schwierigkeiten mit der Tochter der Frau", warf Toni ein und stellte sich neben sie.

„Herr Bergmann", rief Matze, sprang auf, um den Kommissar an den Schultern aufzurichten. Der war in seinem Stuhl zusammengesackt und schien kaum noch Luft zu bekommen. Regina eilte ihm zu Hilfe. „Wir müssen ihn auf den Boden legen, er braucht sofort einen Arzt, er muss ins Krankenhaus zurück."

Die Sonne stand fast im Zenit, kein Wölkchen trübte den blauen Himmel. Durch die unerträgliche Hitze flimmerte die Luft über der Straße und der Asphalt schien sich an den Straßenrändern schon aufzulösen. Nur ein leises Surren konnte man in der Mittagsstille vernehmen. Die Drohne flog systematisch die Grenzen des Grundstücks ab.

„Nicht so tief, ich möchte nicht, dass er von dem Geräusch aufgeschreckt wird", zischte der Leiter des Sondereinsatzkommandos Dirk Schuhmann. Er, Toni und Lasse Scholz standen hinter Carsten Feldmann, der souverän die Drohne samt Kamera bediente. Die Kamera lieferte gestochen scharfe Bilder, die alle vier auf dem Laptopbildschirm beobachten konnten. Feldmann schaute kurz hoch.

„Die Drohne ist das Neuste auf dem Markt und der Motor ist sehr leise." Er ließ das Fluggerät langsam in den Hof absinken. Hier stand der Betriebssprinter von Pohl und in der offenen Garage konnte man den schwarzen Jeep sehen.

Der Einsatzleiter gab seinen Leuten leise Anweisungen, sich in drei Gruppen um das Grundstück zu verteilen. Ihr Standort war vom Haus nicht einsehbar, Sträucher und der beginnende Wald gaben ihnen Schutz. „Wieso können Sie so gut mit dem Ding umgehen?", wollte Schuhmann wissen.

Feldmann zuckte mit den Schultern. „Ich fliege Rennen mit dem Ding, da müssen wir durch die engsten Parcours."

Das Funkgerät klickte. „Hier Team zwei, Zielperson verlässt das Haus!"

Feldmann steuerte die Drohne um das Haus. „Wo geht er hin?", wollte der Einsatzleiter wissen. Das Funkgerät klickte erneut. „Sieht so aus, als geht er in die Garage, es ist Pohl."

„Behaltet ihn im Auge und gebt Bescheid, wenn er wieder ins Haus geht", flüsterte Schuhmann.

Auf der Rückseite des Hauses stand im ersten Stock ein Fenster offen. Feldmann flog die Drohne langsam durch das geöffnete Fenster in ein Zimmer. Es schien sich um ein Schlafzimmer zu handeln, die Möbel waren alt und das Bett zerwühlt. Toni legte die Hand auf Feldmanns Schulter. „Das ist bestimmt sein Schlafplatz." Die Tür stand zur Hälfte offen. Eine Skala erschien auf dem Bildschirm. „Da komme ich durch", meldete der junge Beamte. Das Flugobjekt schwebte langsam ins Treppenhaus und bewegte sich zur zweiten Tür im Obergeschoss, die halb offenstand. Der Raum schien als Abstellkammer genutzt zu werden. Feldmann ließ die Drohne langsam das Treppenhaus runter schweben. Zum Glück standen hier alle Türen offen. Ein schmales, dunkles Bad, es schien schon länger nicht mehr gereinigt worden zu sein. Die Drohne durchflog die Küche aus den Sechzigern und es folgten zwei kleine, altmodisch eingerichtete Wohnzimmer.

„Schaut mal, was da auf der Kommode liegt? Das ist doch eine Waffe." Lasse zeigte auf die obere Ecke des Bildschirms.

Feldmann zoomte die Pistole näher heran. Schuhmann deutete auf die Waffe. „Sieht aus wie eine Beretta, Kaliber 9 Millimeter. Sobald Pohl wieder ins Haus will, lasse ich stürmen. Seine Geisel wird sicher im Keller festgehalten. Er darf nicht mehr an sie rankommen."

Er instruierte seine Männer und warnte vor der Pistole. Das Funkgerät klickte. „Zielperson geht ins Haus zurück."

„Machen Sie, dass Sie da rauskommen, Feldmann!" Er klopfte dem jungen Mann auf die Schulter. „Es geht los! Zugriff!", rief er ins Funkgerät und während er seine Waffe zog, hatte er das erste Team schon eingeholt. In schwarzer Schutzkleidung, mit Helm und der Waffe im Anschlag bewegen sich die Männer hintereinander von beiden Seiten auf die alte Tür zu. Das dritte Team stürmt von hinten das Haus. Die alte Holztür flog ohne jeden Widerstand auf. Die Männer drangen ins Haus ein. Toni und Lasse, die dem Kommando mit gezogener Waffe und Schutzweste folgten, hörten Worte, Schreie und plötzlich einen Schusswechsel.

Schuhmann kam ihnen entgegen. „Der Täter ist entwaffnet und angeschossen. Bei meinem Team keine Verluste. Wir durchsuchen jetzt das Haus."

Die zwei Kommissare standen noch im Flur, als sie die Sirenen hörten. „Das ist der Notarzt, ich habe ihn vorhin schon angefordert", rief Toni ihren Kollegen zu und lief auf den Hof, um dem Arzt Instruktionen zu geben.

In einem der Keller wurde Alex gefunden. Sie lebte, aber war kaum ansprechbar.

Auf einer Trage wurde sie nach oben gebracht. Toni lief neben dem Tragegestell her. „Alex, Alex, kannst du mich hören?" Sie erkannte ihre Kollegin kaum wieder. Sie wirkte dünn und bleich, das Gesicht eingefallen, mit tiefen Augenringen. Toni nahm ihre Hand. Alex öffnete die Augen und versuchte etwas zu sagen, doch sie konnte es nicht verstehen. Der Sanitäter hielt einen Beutel mit Flüssigkeit nach oben, dessen Inhalt zügig in Alex' Arm tropfte. „Sie ist stark dehydriert, wir müssen ihr Flüssigkeit zuführen."

An ihnen vorbei wurde eilig eine zweite Trage geschoben, auf der Gregor Pohl lag. Der Arzt machte Anstalten die Trage in den RTW zu schieben. Toni konnte es nicht fassen, dass Pohl als erster ins Krankenhaus gefahren werden sollte.

„Was soll das? Wieso kommt er zuerst dran?", schnauzte sie den Notarzt an und zeigte auf Alex. „Das ist hier das Opfer."

Der Arzt gab sich Mühe nicht laut zu werden. „Ich bin der Arzt und entscheide hier, wer schwerer verletzt ist und am notwendigsten Hilfe braucht. Der Mann hat eine schwere Schussverletzung und muss sofort notoperiert werden." Toni trat einen Schritt auf ihn zu, um zu protestieren. Doch Lasse hielt sie zurück und deutete auf den zweiten RTW, der soeben eintraf.

Kapitel 13

Alex hörte Worte an ihre Ohren dringen. Sie versuchte die Augen zu öffnen.

Petra Mittler, die erfahrene Schwester im Team, die gerade ihrer Patientin den Tropf einstellte, bekam es als erste mit. „Doktor, ich glaube, Frau Brückner wacht gerade auf."

Der Arzt legte den Laborbericht zur Seite, trat an das Bett und nahm Alex' Hand.

Sie gab sich Mühe, ihre Augen offen zu halten.

„Frau Brückner, hören Sie mich? Sie sind in Sicherheit, im Krankenhaus. Mein Name ist Doktor Brenner, ich bin Ihr behandelnder Oberarzt." Er tätschelte ihre Hand. „Frau Brückner, verraten Sie mir Ihren Vornamen?"

Nur ganz langsam kam Alex die Erinnerung zurück. Der Arzt wiederholte seine Frage. „Frau Brückner, sagen Sie mir Ihren Vornamen?"

Ihre Lippen formten den Namen: „A-lex-an-dra."

„Alexandra, ein schöner Name, und verraten Sie mir auch noch Ihr Geburtsdatum?"

Dr. Brenner lächelte ihr aufmunternd zu. Nach einer längeren Pause des Überlegens antwortete Alex: „23. März 77." Während der Arzt sie lobte und ihr versicherte, bald wieder auf den Beinen zu sein, registrierte Alex allmählich ihre Umgebung. Sie befand sich in einem hellen Krankenhauszimmer, das Bett neben ihr war leer.

In ihrer linken Armbeuge steckte ein Venenzugang. Gleich mehrere Infusionsbeutel gaben tropfenweise ihren Inhalt an sie ab. Ihr rechter Arm war fest auf eine Rolle geschnallt und so wie es sich anfühlte, schien auch ein Schlauch aus ihrer Blase zu führen. „Was ist passiert?", wollte Alex wissen.

Der Arzt, ein großer schlanker Mann mit vollem, dunklem Haar und markantem Gesicht, lächelte sie an. Er schien zu überlegen, wie er ihr das Geschehene so schonend wie möglich beibringen konnte. Er nickte Schwester Petra zu, die fast lautlos den Raum verließ, dann nahm er sich einen Stuhl und setzte sich neben Alex ans Bett. Seine dunklen Augen musterten sie einfühlsam. „Alexandra, können Sie sich erinnern? Sie sind Opfer einer Entführung geworden. Ihre Kollegen haben Sie fast vier Tage lang gesucht. Man hat Sie heute Mittag eingeliefert." Er beugte sich etwas nach vorn und dämpfte die Stimme. „Sie haben eine mittelschwere Gehirnerschütterung und wir haben ihren rechten Arm erst einmal ruhiggestellt, damit die Schulterprellung ordentlich abheilen kann. Ihr Körper war völlig dehydriert und wir versuchen so schnell wie möglich, die Drogen aus Ihrem Körper heraus zu spülen."

Alex glaubte nicht recht zu hören. „Was denn für Drogen?"

Der Arzt sah sie mitfühlend an. „Ihr Entführer hat Sie mit Propofol ruhiggestellt, wir konnten es in Ihrem Blut nachweisen. Es ist ein schnell wirkendes Narkosemittel, es gilt als gut steuerbar, aber ich kann Sie beruhigen. Es hat eine geringe Kumulation, das heißt, eine geringe Speicherung. Sie werden sehen, ein paar Tage Ruhe und es geht Ihnen wieder wesentlich besser."

Alex ließ das Gehörte eine Weile auf sich wirken. „Was heißt ein paar Tage?"

Der Arzt hob leicht die Arme, eine Geste der Unwissenheit. „Ja, das liegt an Ihnen und Ihrem Heilungsprozess. Ich vermute 7 bis 10 Tage müssen Sie schon rechnen."

Alex rechnete bereits. In ein paar Tagen wollte sie mit den Kindern nach Sydney fliegen.

Dominik wartete auf sie. Das hatten sich alle so gewünscht und nun lag sie hier, an Schläuche gebunden, ihr Arm auf einer Trommel festgeschnallt. Sie kämpfte mit den Tränen. Panik stieg in ihr auf. Der Doktor war bereits aufgestanden und stellte den Stuhl zurück.

„Moment Doktor, ich will nächste Woche mit meiner Familie nach Australien fliegen, die Tickets und die Hotels, alles ist gebucht. Bekommen Sie mich bis dahin wieder fit?"

Dr. Brenner trat langsam an das Bett heran. „Wissen Sie, Alexandra, das Körperliche können wir in einer verhältnismäßig kurzen Zeit heilen, aber Sie sollten auch an Ihr seelisches Wohl denken. Sie haben gerade in den letzten vier Tagen ein Trauma durchlebt, das müssen Sie ebenso verarbeiten. Ich verstehe Sie schon, Sie möchten als Mutter von drei Kindern, als Frau und Geliebte funktionieren. Geben sich vielleicht hierfür die Schuld. Aber sie müssen die Sache auch mental verarbeiten, sonst hängt Ihnen das ein Leben lang nach. Ich garantiere Ihnen, wenn Sie wieder fit sind, werfe ich Sie höchst persönlich aus meiner Abteilung. Übrigens, Ihre Kollegen habe ich für heute weggeschickt, aber Ihr Vater wartet schon seit Stunden draußen. Ich gebe ihm 10 Minuten. Ist Ihnen das recht?" Alex nickte. Der Arzt schaltete das grelle Deckenlicht aus. „Ich wünsche Ihnen eine gute Nacht. Morgen dürfen Sie auch wieder Besuch empfangen." Er nickte ihr aufmunternd zu und verließ den Raum.

Alex blieb allein. Erst allmählich kamen die Erinnerungen zurück. Tränen liefen über ihre Wangen. Sie konnte von Glück reden, dass man sie gefunden hatte. Die Kollegen hatten sie vor diesem Monster gerettet. Maria dagegen hatte kein Glück gehabt. Aber irgendetwas in ihr weigerte sich, an die letzten vier Tage zu denken. Sie wollte es einfach nur vergessen und nach vorn schauen. Sie vermisste ihre Kinder, Dominik und ihre Eltern.

Es klopfte und ihr Vater trat ein. Alex hatte das Gefühl, als wäre er um Jahre gealtert. Er betrachtete sie einen Augenblick, beugte sich zu ihr und küsste sie auf die Stirn. „Meine Kleine." Alex sah, dass er mit den Tränen kämpfte. Sie legte ihre Hand auf seine. „Es wird alles wieder gut,

Papa. Komm, setz dich." Er setzte sich auf den Bettrand und streichelte ihren Arm. „Ich höre noch deine Rede, ich pass schon auf mich auf." „Ja, ich weiß", versuchte sie ihn zu beschwichtigen. „Aber, ich war zu nah dran. Ich konnte nicht sehen, wo es herkam. Gregor war mein Nachbar, fast ein Freund."

„Dieser Psychopath! Wenn ich ihn je wiedersehe... . Wie kann man sich so in einem Menschen täuschen? Ich habe ihn immer für einen guten Kerl gehalten und war sogar froh, dass du jemand hattest, den du mal um Hilfe bitten konntest. Und dann passiert so etwas." Er machte eine hilflose Geste mit der Hand. „Gregor wurde bei der Festnahme angeschossen. Seine schwere Schussverletzung hat er sogar überlebt. Soviel ich weiß, haben die Ärzte ihn in ein künstliches Koma versetzt."

„Ach Papa, vergiss es, Gregor ist jetzt nicht mehr unser Problem. Was machen denn die Jungs, Lisa und Mama?", wollte Alex wissen. Ihr Vater sah sie traurig an. „Annette ging es auch sehr schlecht, wir haben uns riesige Sorgen um dich gemacht und jede Minute gebangt. Lisa haben wir es erst gestern erzählt, sie war natürlich total fertig. Die zwei kommen dich morgen Nachmittag besuchen. Die Jungs wissen von nichts. Es war schwierig, immerzu Ausreden zu finden. Du bist im Einsatz, du bist im Funkloch, oder du hast abends angerufen, wenn sie schon geschlafen haben und so weiter. Vielleicht kannst du sie morgen mal anrufen." Alex nickte. Ihr Vater nahm ihre Hand. „Wie geht es dir denn, hast du noch Schmerzen?"

Alex schüttelte den Kopf. „Schmerzen habe ich zurzeit nicht, aber ich wäre froh, wenn all die Schläuche und vor allem das Ding hier verschwinden." Sie deutete auf die Schaumstofftrommel unter ihrem Arm. Georg lächelte. „Ich weiß, dass es dir schwerfällt, aber ein bisschen Geduld musst du schon haben."

Die Nachtschwester trat ein. „Herr Dr. Wagner, ich bitte Sie jetzt zu gehen. Ihre Tochter braucht noch Ruhe." „Ja, das geht in Ordnung." Er verabschiedete sich und verließ das Zimmer. Die Schwester maß Fieber und wechselte einen Infusionsbeutel aus. „So, meine Liebe, darauf werden sie schön schlafen." Sie dunkelte den Raum etwas ab, schüttelte Alex das Kopfkissen auf und verschwand aus dem Raum. Allmählich dämmerte Alex in einen tiefen traumlosen Schlaf.

Gleich nach dem Frühstück standen Regina und Toni in ihrem Zimmer. Toni wirkte etwas hilflos. „Hallo, Alex, wie geht es dir denn?" Regina kam gleich auf sie zu und strich ihr liebevoll wie eine Mutter über die Wange. „Mein Gott, hast du uns auf Trapp gehalten. Bin ich froh, dass du wieder da bist. Was ist mit deinem Arm?" Alex versuchte zu lächeln. „Sie haben ihn festgeschnallt, damit die Schulter besser verheilt."

Regina zog sich den Stuhl ans Bett, während Toni sich auf den Bettrand setzte.

„Wir sollen dir vom gesamten Präsidium Grüße bestellen. Alle sind total erleichtert."

Regina musterte sie aufmerksam. „Du siehst wieder ganz gut aus, wie fühlst du dich denn?"

„Naja, sie päppeln mich wieder auf. Ihr seht ja", sie deutete mit dem Kopf zum Infusionsbeutel. „Ich bekomme lauter feine Sachen und heute Mittag gibt es sogar ein Süppchen." Alex sah beide dankbar an. „Danke, dass ihr mich gefunden habt." Tränen standen ihr wieder in den Augen. „Wie habt ihr mich eigentlich gefunden?"

Toni begann es ihr zu erklären. „Perlinger hat eine 32-köpfige Soko aufgestellt und ein Team vom LKA hat uns auch noch unterstützt. Wir haben rund um die Uhr Pohls Unterlagen ausgewertet, Gebäude überprüft, Personen,

Handyauswertungen, du weißt schon. Und dein Lieblingskollege Bergmann hat sich schwer verletzt aus dem Krankenhaus entlassen und mit Matze den entscheidenden Hinweis auf deinen Entführungsort gefunden."

„Und wo war das?", wollte Alex wissen.

Toni fuhr fort. „Pohl hatte eine verstorbene Tante, die hat ihm ihr Haus am Rande von Erfurt vermacht. Er hatte vor kurzem erst den Erbschein beantragt, es gehörte ihm also noch nicht, deswegen ist es niemandem aufgefallen. Nur Bergmann konnte mit der Information etwas anfangen."

„Im Keller des Hauses haben wir dich dann gefunden", fügte Regina erklärend hinzu. „Total dehydriert und mit Propofol zugedröhnt."

Alex verzog ihre Miene. „Wie kommt Pohl zu Propofol, das ist ein Narkotikum und das hat man nicht in der Hausapotheke?"

„Ich denke, von seiner Mutter", mutmaßte Toni. „Sie ist Krankenschwester. Sie hat ihren krebskranken Mann bis zuletzt zu Hause gepflegt. Ich nehme an, er hat zum Schluss Propofol bekommen. Die Anfrage beim Hausarzt läuft noch."

Regina kramte in ihrer großen Tasche und begann Essbares auf den Tisch zu stellen. „So Kleines, ich habe dir auch ein bisschen Obst mitgebracht." Sie legte Bananen, Kiwis und Mandarinen dazu. „Hier noch zwei Smoothies, wenn du mal etwas Frisches brauchst, dann noch etwas Süßes und ich habe dir auch noch schnell frische Plätzchen gebacken."

„Danke." Alex musste lächeln. Bei Regina war noch nie jemand verhungert. Auch Toni schüttelte lachend den Kopf. „Typisch, Regina."

Während sich Regina wieder setzte, erwähnte sie nur nebenbei: „Übrigens ist Pohl hier auch in die Klinik eingeliefert worden."

Erschrocken sah Alex sie an. „Was, Gregor ist hier?" Ein Schauer lief ihr über den Rücken. „Wieso?"

„Bei unserer Befreiungsaktion", gab Toni an, „wurde Pohl angeschossen und schwer verletzt. Er musste notoperiert werden. Aber keine Angst, er liegt zwei Gänge weiter im letzten Zimmer und ein Beamter steht ständig vor seiner Tür."

Alex legte grübelnd den Kopf zur Seite, dann sah sie Regina an. „Und was ist mit Chris Bergmann?"

Regina verdrehte genervt die Augen „Das war vielleicht ein Theater. Er ist gleich, nachdem er uns gezeigt hatte, wo der Bunker war, ins Krankenhaus eingeliefert worden. Und als er gehört hat, dass wir dich dort nicht gefunden haben, hat er sich selbst entlassen. Frage nicht, was ich mir von der Ärztin anhören musste. Er hatte einen gequetschten Fuß, mehrere Rippen gebrochen und eine davon hat sogar seine Lunge verletzt. Beide Verletzungen sind sehr schmerzhaft und seine Lunge drohte jeden Moment zu kollabieren. Aber wir konnten ihn nicht bewegen, sich wieder ins Krankenhaus zu begeben. Er wollte dich unbedingt finden."

„Das ist ihm ja auch gelungen, er hat den entscheidenden Hinweis gefunden", warf Toni ein.

Schuldbewusst fragte Alex: „Wie geht's ihm jetzt?"

Regina zuckte mit den Schultern. „Er ist noch im Präsidium zusammengebrochen. Seine Lunge ist zum Glück nicht kollabiert, aber er kämpft jetzt gegen eine angehende Lungenentzündung."

Toni unterbrach sie. „Übrigens liegt er auch auf dieser Etage, im Gang ganz vorn auf Zimmer zwei."

Alex lächelte. „Wenn es mir besser geht, geh ich ihn mal besuchen. Meinen Retter."

„Tu das, da freut er sich bestimmt. Kannst du dich an irgendetwas erinnern, was noch zur Klärung der Umstände beitragen könnte?"

Alex schloss für einen Moment die Augen und versuchte die letzten Tage sich ins Gedächtnis zurückzurufen. „An die Zeit in diesem Keller kann ich mich nicht erinnern. Aber an den Bunker schon." Sie schluckte schwer. „Er wollte mit mir Mann und Frau spielen und mit mir Champagner trinken… und mit mir…" Alex schüttelte den Kopf, sie konnte nicht darüber reden.

„Hat er dich etwa…" Toni wollte es nicht aussprechen, aber Alex verstand es trotzdem. „Nein, aber er hat es versucht." Es fiel ihr schwer, sich in diese Momente wieder hineinzuversetzen. „Ich konnte mich befreien und habe ihn niedergeschlagen." Alex berichtete stockend, was im Bunker passiert war, bis sie Bergmann gefunden hatte. Dann machte sie eine Pause und holte tief Luft.

„Wenn dir das zu viel wird Alex, können wir auch ein andermal drüber reden", sprach Regina beruhigend auf sie ein. Sie bemerkte, dass sich Alex regelrecht quälte, sich an diese Momente zu erinnern.

Alex schloss erneut für einen kurzen Augenblick die Augen und schüttelte leicht den Kopf. Sie berichtete weiter, bis zu dem Moment, als Pohl sie gegen die Rohre geschmettert hatte.

Es herrschte einen Augenblick lang Schweigen. „Danke, dass du es uns erzählt hast", sprach Regina leise und strich Alex fürsorglich über ihre Hand.

„Konntet ihr noch etwas über Maria herausfinden?"

Toni ließ sich Zeit mit der Antwort. „Wir haben bei Pohl im Haus ein geheimes Zimmer entdeckt. Die KTU konnte nachweisen, dass Maria dort gefangen gehalten wurde und in diesem Raum höchstwahrscheinlich auch ihren Tod fand."

Alex sah ihre Kolleginnen abwechselnd an. „Wahnsinn, das war nicht mal 100 Meter von mir entfernt und ich habe nichts bemerkt." Alex erschauerte. „Vielleicht wäre ich früher oder später auch dort gelandet."

Toni stimmte ihr zu. „Auszuschließen ist das nicht."

Nun sprach Alex aus, was sie schon die ganze Zeit belastete. „Er hat auch Bauer und Führmann auf dem Gewissen. Er sagte, er hätte es für mich getan. Die zwei sind meinetwegen gestorben."

„Nein, nein!" Regina schüttelte energisch den Kopf. „Es ist nicht deine Schuld. Der Mann ist ein Psychopath, keiner konnte ihn einschätzen. Auf sein Konto gehen zu viele Menschen. Und es ist auf keinen Fall deine Schuld. Im Gegenteil, deine Ermittlungen haben ihn gestoppt."

„Sag nicht so etwas, Regina. Wenn überhaupt, haben wir ihn gemeinsam gestoppt. Ich habe viel zu spät erkannt, wer er wirklich ist. Wenn ihr nicht gewesen wärt, hätte es mich das Leben gekostet."

Toni nickte zustimmend. „Du hast recht, nichts geht über ein gutes Team."

„Ruh dich jetzt erst einmal aus." Regina warf einen Blick auf ihre Uhr. „Wir müssen jetzt auch wieder los, sonst bekommen wir Ärger mit der Oberschwester, wir dürfen nur kurz mit dir sprechen. Außerdem wollen wir alle den Fall so schnell wie möglich abschließen. Der steckt uns ganz schön in den Knochen. Und du", sie schaute Alex an, „werd' schnell wieder gesund." Dann stand sie auf und stellte den Stuhl zurück an den Tisch.

Toni blieb noch einen Augenblick am Bett stehen. „Mach's gut, Alex, wir schauen wieder vorbei."

Alex kämpfte erneut mit ihren Tränen. „Ich danke euch für euer Kommen und vor allem, dass ihr mich da rausgeholt habt." Sie musste einen Augenblick innehalten, um die Tränen zu unterdrücken. „Wisst ihr, ich bin nur froh, dass Dominik in Sydney ist und den ganzen Mist hier nicht mitbekommt."

Ein kurzes Schweigen, Regina und Toni sahen sich verdutzt an. Fast zögernd ging Regina noch einmal auf Alex zu. „Dominik hat uns vorgelassen, weil wir zum Dienst müssen. Er steht draußen und spricht mit dem Arzt. Er nahm sofort den nächsten Flieger zurück, als er von deiner Entführung hörte. Ich musste es ihm sagen. Er rief mich an, weil er dich nicht mehr erreichen konnte."

Entsetzt starrte Alex die beiden an. Das hatte sie nicht gewollt, dass er seinen Aufenthalt in Australien während seines großen Erfolges abbrechen musste. Sie wollte doch mit den Kindern zu ihm fliegen. Ihre Gefühlswelt spielte vollends verrückt. Tränen liefen ihr über die Wangen. Toni schüttelte den Kopf, lief ans Bett zurück und drückte Alex vorsichtig. „Mein Gott, Alex, was hast du denn erwartet? Dass er dort Triumphe feiert, während du hier in Lebensgefahr schwebst? Er ist ein toller Mann. Sei froh, dass du so einen Partner an deiner Seite hast." Sie drückte ihr ein Taschentuch in die Hand. „Hier, wisch die Tränen ab. Ich schicke ihn dir jetzt rein. Gute Besserung." Dann verließ sie mit Regina das Zimmer.

Alex hatte sich wieder im Griff, als Dominik mit einem großen Blumenstrauß das Zimmer betrat. Sein sommerliches, sportliches Outfit ließ seinen braunen Teint so richtig zur Wirkung kommen. Seine stahlblauen Augen schauten sie liebevoll an. Keiner konnte für den Augenblick etwas sagen. Er beugte sich über Alex und gab ihr einen Kuss. „Wie geht es dir?" „Besser", antwortet Alex und versuchte zu lächeln.

„Es tut mir leid."

„Fang jetzt nicht an, dich zu entschuldigen." Er legte die Blumen auf den Tisch und setzte sich auf ihr Bett. „Es ist nicht deine Schuld. Ich habe bereits gehört, was geschehen ist, wie sie dich gesucht und gefunden haben. Mit Dr. Brenner habe ich auch gesprochen, die Gehirnerschütterung und deine Schulter bekommen sie wieder hin. Aber es geht um dich. Du musstest eine emotionale Belastung ertragen in einer extremen Situation. Das kannst du nicht einfach so wegstecken." Er strich zärtlich über ihr Haar und ihre Wange. „Aber wir kriegen das schon hin." Er küsste sie und Alex schloss für einen Moment die Augen. „Seit wann bist du denn schon hier?"

Er nahm ihre Hand. „Der Flieger ist heute Morgen kurz nach sechs in Frankfurt gelandet. Übrigens Holzklasse, es gab nur noch zwei Plätze. Mit dem ICE hatte ich gleich Anschluss nach Erfurt, da war ich ziemlich schnell hier." Alex drückte seine Hand. „Du Armer, werden sie dich dort nicht vermissen?" Er schüttelte den Kopf. „Mach dir keine Sorgen. David ist doch noch da, der wird sich um alles kümmern. Aber ich werde heute Abend eure Flüge stornieren."

„Nein! Das tust du nicht!", blaffte sie ihn regelrecht an und war selbst über ihren Ton erschrocken. „Ich meine", sprach sie mit abgemilderter Stimme, „gib mir noch ein paar Tage Zeit, ich schaffe das bis zum Urlaub. Ich habe mit den Kindern vorhin gesprochen, sie freuen sich riesig auf die Reise und ich auch. Und sei ehrlich, du doch auch. Ich brauche den Urlaub, ich muss hier raus."

Er schaute sich im Raum um, als schien er zu überlegen. „Okay, ich lasse es erst einmal, aber dann müsste ich ja für mich schnellstens noch einen Flug buchen. Ich schau mal, was ich erreichen kann."

Die Schwester trat ins Zimmer und tauschte einen Infusionsbeutel aus. Sie lächelte Alex zu. „Der Doc hat gesagt, nur noch eine Nacht, dann sind Sie alle Schläuche erst mal los." Ein unangenehmer Geruch von Großküche zog in das Zimmer. Sie wandte sich an Dominik und fragte: „Ich bring gleich die Nudelsuppe, möchten Sie auch einen Teller haben?" „Nein, nein, vielen Dank." Dominik hob entschieden die Hand. Die Schwester lachte, nahm den Blumenstrauß. „Ich stelle die Blumen ins Wasser", dann verließ sie den Raum.

Er blieb noch bis zum zeitigen Nachmittag, fuhr dann nach Daasdorf, um auf seinem Künstlerhof nach dem Rechten zu sehen und ein wenig Schlaf zu bekommen, um den Jetlag zu überwinden.

Am Nachmittag kamen Alex' Mutter und Lisa zu Besuch, selbst ihr Exmann Michael ließ es sich nicht nehmen, ihr am Abend einen kurzen Krankenbesuch abzustatten. Für Alex war es ein guter Tag, sie empfand keine Schmerzen, der Besuch lenkte sie ab und sie musste sich nicht mit ihrer Last auseinandersetzen.

Kapitel 14

Alex saß auf dem Bettrand und war überglücklich über ihre neu gewonnene Freiheit. Sämtliche Schläuche waren ihr entfernt worden und selbst die große Trommel wurde durch ein leichtes Dreieckstuch ersetzt. Sogar ein ordentliches Frühstück hatte man ihr gebracht. Gegen ihre Kopf- und Schulterschmerzen bekam sie noch Tabletten. Kurz vor dem Mittagessen beschloss Alex, Bergmann einen Besuch abzustatten.

Sie bewegte sich langsam den leeren Flur entlang, ihr war immer noch ein bisschen schwindlig, ab und zu blieb sie stehen und hielt sich an der Laufstange fest.

Als sie um die Ecke biegen wollte, eilte ein Arzt ziemlich zügig aus dem Treppenhaus kommend, den Gang entlang. Er schien Alex nicht bemerkt zu haben. Es musste einer der OP-Ärzte sein. Er war groß und stämmig und trug immer noch seine blaue OP-Kleidung. Seine Hand lag bereits auf der Klinke, als wollte er Bergmanns Zimmer betreten, schien es sich aber anders zu überlegen und ging den Gang weiter.

Alex klopfte kurz an und betrat den abgedunkelten Raum. Das Zimmer wirkte wesentlich kleiner als ihres, aber dafür gab es nur ein Bett.

„Ich hoffe, ich störe nicht?"

Bergmann hob leicht den Kopf und lachte kurz auf. „Kommen Sie rein Alex, ich habe mich schon gefragt, wann Sie hier auftauchen werden."

Sie stand an seinem Bett. „Wie geht es Ihnen?"

Er versuchte zu lächeln, aber sein Gesicht verzerrte sich nur zu einer Grimasse. „Bewegen, Lachen, Husten und Atmen geht gar nicht. Ich bekomme noch Antibiotika gegen die Lungenentzündung und das muss auch noch heilen." Er deutete auf sein höher gelegtes Bein, das in einem Gestell fixiert war. „Das ist zum Glück nur eine Quetschung, aber dafür sehr schmerzhaft. Und, was ist mit Ihnen? Setzen Sie sich doch."

Alex nahm neben ihm auf einem gepolsterten Stuhl mit Armlehnen Platz, schloss für einen Augenblick die Augen und atmete tief durch. Seine Miene verdüsterte sich. „Na, so ganz toll geht's wohl auch noch nicht?"

Alex schüttelte den Kopf. „Ich kann mit einer Gehirnerschütterung und einer schmerzhaften Schulterprellung aufwarten. Als mich die Kollegen fanden, war ich völlig dehydriert und mit Propofol vollgepumpt. Ich habe vorhin erst alle Schläuche abbekommen." Sie machte eine bedeutungsvolle Pause. „Danke, dass Sie mich da rausgeholt haben. Sie haben bei mir etwas gut, Bergmann."

„Quatsch, wir sind quitt", murrte er in seinen Bart. „Ich denke nur an den Bunker. Da gehört schon etwas dazu, zu diesem Ungeheuer freiwillig zurückzugehen."

„Es war unsere einzige Chance", stellte Alex fest. „Wir hätten es sonst beide nicht überlebt. So gesehen geht es uns jetzt richtig gut." Sie beugte sich nach vorn. „Wussten Sie, dass Pohl hier zwei Gänge weiter liegt? Er wurde angeschossen."

Bergmann sah sie ungläubig an. „Nein, das ist mir neu. Warum haben die Jungs nicht gleich den Sack zugemacht. Den Kerl kann man doch nicht mehr auf die Menschheit loslassen."

Alex zuckte mit den Schultern. „Darüber werden jetzt andere richten."

„Ja, wir zwei sind draußen." Bergmann schaute an die Decke. „Alex, ich kann mich wieder erinnern, an die Nacht, als ich vor Ihrem Haus stand und ich im Auto angegriffen wurde." Er blickte sie eindringlich an. „Es waren zwei Täter!"

Es herrschte einen Augenblick Schweigen. Entgeistert sah Alex ihn an und versuchte seine Worte zu begreifen. „Was!" Alex konnte ihr Entsetzen kaum verbergen. „Wie kommen Sie denn da drauf?"

Er atmete schwer. „Ich habe einen im rechten Außenspiegel beobachtet, während der andere, ich glaube, es war Pohl, die Fahrertür aufriss. Er hat mir gleich eine verpasst und als ich raus wollte, den Fuß eingeklemmt. Außerdem habe ich im Bunker zwei Männerstimmen gehört."

„Wissen Sie, was das heißt, Chris?" Alex konnte es immer noch nicht fassen, sie hechelte nach Luft. Ihr kam es vor, als fehlte im Zimmer plötzlich jeglicher Sauerstoff. Ihre Umgebung fing an, sich zu drehen und sie konnte es nur hauchen.

„ES IST NOCH NICHT VORBEI!"

Sie beugte sich bis auf die Knie nach vorn und fühlte sich plötzlich hundeelend. In ihrem Kopf hämmerte es und die Sinne schienen zu schwinden. Sie konnte nicht mehr verstehen, was er sagte.

Die Schwester kam auf Bergmanns Klingeln ins Zimmer gestürmt und überblickte gleich die Situation. „Um Gottes Willen, Frau Brückner, was machen Sie denn hier? Ich habe doch gesagt, heute nur bis zur Toilette." Sie schrie etwas in den Gang und zog Alex an den Schultern in die sitzende Position zurück, Alex' Kopf kippte nach hinten. Die Schwester schaute ihr in die Augen. „Das ist der Kreislauf, sie darf noch gar nicht hier rumlaufen." Eine zweite Schwester brachte einen Rollstuhl, beide hievten Alex hinein und brachten sie zurück in ihr Zimmer.

Alex kam in ihrem Bett wieder zu sich. Ihre Beine lagen hochgelegt auf einem Kissen und ein Tropf gab langsam seine Flüssigkeit in ihren Venenzugang ab. Sie stöhnte leise auf.

„Und, geht's wieder?", fragte die junge Schwester neben ihr.

Alex nickte. „Was ist denn passiert?"

„Sie hatten einen Kreislaufkollaps. Oberschwester Birgit war außer sich. Sie durften noch gar nicht draußen herumlaufen", schimpfte sie mit Alex, während sie die Manschette an ihrem Oberarm aufriss. „Blutdruck ist auch wieder in Ordnung."

Als die Schwester den Raum verlassen hatte, grübelte Alex über Bergmanns Behauptung. Zwei Täter, vielleicht hatte er sich geirrt. Wer sollte denn Gregor geholfen haben? Sie versuchte sich an ihre Entführung zu erinnern. Die Tage im Keller des Hauses hatte sie ja kaum mitbekommen, da er sie fast die ganze Zeit betäubt gehalten hatte. Sie konnte sich einfach nicht entsinnen. Nur die Zeit im Bunker ließ sie nicht mehr los, die Angst, dort nicht mehr rauszukommen, ihre Kinder nie wiederzusehen. Seine Riesenpranken auf ihrem Körper. Sie fing an zu schwitzen und Panik kam in ihr auf. Sie stand vom Bett auf und lief zum Fenster. Nein, daran wollte sie sich nicht mehr erinnern.

Eine Weile beobachtete sie das Treiben auf der Straße. Ein Pärchen blieb stehen und küsste sich. Sie dachte an Dominik. Selbst mit ihm konnte sie noch nicht über die Tage in Gefangenschaft reden. Und was war, wenn es tatsächlich einen zweiten Täter gäbe? Alex nahm ihr Handy und rief Toni an. „Hi Alex, wie geht's dir denn?", wollte sie wissen. „Ja, ja. Mir geht es schon besser. Ich war bei Bergmann und er ist der festen Überzeugung, dass es zwei Täter gibt." Alex setzte sich aufs Bett und ihre Stimme wurde lauter. „Hörst du? Zwei Täter, weißt du, was das heißt?" „Alex, beruhig dich", versuchte Toni sie zu besänftigen. „Ich wundere mich überhaupt, dass du schon herumlaufen darfst. Bergmann hat vorhin angerufen, seitdem versuchen wir hier, den zweiten Mann zu finden. Es werden noch einmal alle Unterlagen, Fakten und Personen überprüft und sollte es noch einen Täter geben, dann finden wir ihn. Außerdem wollen die Ärzte wahrscheinlich übermorgen Pohl aus dem künstlichen Koma holen, dann bin ich da und werde ihn befragen." Es herrschte einen Augenblick Stille. „Du kannst dich auf uns verlassen. Ruh dich aus und komm erst mal wieder auf die Beine." Alex rieb sich mit der Hand die Schläfe. „Okay, sagst du mir Bescheid, wenn ihr eine Spur habt?"

Tonis Stimme klang zuversichtlich. „Mache ich doch, ich wünsche dir gute Besserung." Alex hielt noch ihr Handy in der Hand, als sie sich auf ihr Bett fallen ließ und an die Decke starrte. Sie dachte an Britta, die die Frau auf dem Bild sofort erkannt hatte: Maria. Ihre Schicksale wären beinahe ähnlich verlaufen. Sie fing an zu grübeln. Woher hatte ihr Entführer gewusst, dass sie mittags kurz zu Hause vorbeischauen wollte? Bis auf den KTU-Sprinter war ihr nicht aufgefallen, dass noch jemand folgte. Anscheinend musste Gregor sie beim Heimkommen beobachtet haben. Alex konnte es noch immer nicht fassen, was für einen Psychopathen sie sich ins Haus geholt und in welcher Gefahr ihre Familie geschwebt hatte. Er hatte nicht nur sie getäuscht. Auch Britta und Bernd hielten ihn für einen guten Freund. Selbst ihr Vater hatte Gregor als echten Kumpel bezeichnet, als er ihnen im Frühjahr beim Baumschnitt geholfen hatte. Es wurde gegrillt. Die beiden hatten bis in die Nacht noch zusammengesessen, erzählt, gelacht und philosophiert. Sicher hatte ihm Georg auch die Story mit Führmann, seinem Nachbarn, erzählt. Alex beschlich das Gefühl, dass ihr Vater im Stillen gehofft hatte, sie und der fleißige, fürsorgliche Gregor würden einmal ein Paar werden. Jetzt verstand sie auch Gregors merkwürdige Reaktion, als sie ihm Dominik das erste Mal vorstellte. Sie dachte an Pohls Drohung, Dominik ebenfalls aus dem Weg zu räumen.

Alex rollte sich auf die Seite und schaute bedrückt aus dem Fenster. Ausgerechnet ihn hatte sie beauftragt, im ganzen Haus neue Sicherheitsschlösser einzubauen. Er konnte sich im Haus frei bewegen. Ein Schauer lief ihr über den Rücken. Deshalb standen Türen offen, Schlüssel waren nicht dort, wo sie hingehörten, ihre Kleider fehlten im Schrank. Wer weiß, wie lange er sie schon im Visier hatte. Nie war ihr etwas aufgefallen. Nie konnte ein Mensch sie so täuschen, der hilfsbereite, freundliche Nachbar Gregor Pohl, der Psychopath. Alex schloss für einen Augenblick die Augen. Konnte sie sich in ihrem Haus überhaupt wieder sicher fühlen? Sie würde Dominik bitten, sofort alle Schlösser austauschen zu lassen. Was, wenn Bergmann sich nicht geirrt hatte und es tatsächlich noch einen zweiten Täter gab? Aber wer zum Teufel könnte Gregor geholfen haben?

Alex richtete sich auf und blickte sich im Raum um. Ihr Zimmer sah aus wie nach der Geburtstagsfeier einer 80-Jährigen. Präsentkörbe, Blumensträuße und Pralinenkästen. Sie stand auf, griff wahllos nach einem der Kästen, riss ihn auf und fing an, Pralinen in sich hineinzustopfen. Am liebsten hätte sie aller Viertelstunde im Büro angerufen, ob schon ein Hinweis auf den zweiten Mann aufgetaucht war, doch sie riss sich zusammen.

Der Nachmittag mit Dominik war fröhlich und unbeschwert. Seine Fürsorge tat ihr gut und Alex versuchte, für ein paar Stunden nicht über ihren Fall nachzugrübeln. Gegen Abend tauchte auch noch Onkel Werner mit einem riesigen Präsentkorb auf. Man hatte ihn noch nicht über den zweiten Mann informiert und Alex beließ es dabei.

Am nächsten Morgen konnte Alex mit Erlaubnis der Schwester schon einige Runden auf dem Flur drehen. Kurze Zeit später erschien Toni in ihrem Zimmer.

Alex konnte es gar nicht erwarten. „Und, was habt ihr rausbekommen?"

Toni schüttelte den Kopf. „Nix, wir haben nichts gefunden. Es gibt keinen zweiten Mann. Bergmann hat sich da sicher geirrt. Er war schließlich schwer verletzt."

„Das glaub ich jetzt nicht." Alex saß irritiert in ihrem Bett. „Ich bin sicher, dass Bergmann sich das nicht zusammenspinnt."

Toni zuckte mit den Schultern. „Das ist aber so, wir haben Pohls gesamte Kontakte überprüft. Wir finden nichts.

Wir haben alle eine Nachtschicht eingelegt, es gibt einfach keinen Anhaltspunkt. Einige Kollegen sind heute noch unterwegs, um ein paar Leute aus Pohls Umfeld zu befragen, vielleicht ergibt sich da noch ein Hinweis. Aber das glaube ich nicht."

Alex überlegte kurz. „Gregor hatte da immer noch einen Mitarbeiter, so etwas wie seine rechte Hand, Mädchen für alles. Er nannte ihn immer ,Met'. Ich weiß nicht, wie der richtig heißt. Er ist von Kopf bis Fuß tätowiert, ein komischer Typ. Mir schien es immer, als wäre er Gregor etwas hörig. Habt ihr den schon überprüft?"

„Ja, ich weiß, wen du meinst. Sein Name ist Matthias Berthold. Aber den habe ich selbst überprüft, der hat ein eindeutiges Alibi. Der war auf Malle im Urlaub."

Resigniert ließ sich Alex aufs Bett fallen. „Ich kann trotzdem nicht glauben, dass sich Bergmann so irrt. Er sprach von zwei Stimmen, die er im Bunker gehört haben will."

„Ja, das kann ja sein. Vielleicht hat Pohl ein paar Jugendliche vertrieben. Die Streife meinte, dass es da immer wieder mal Ärger gab mit jungen Leuten, die versucht haben, im Bunker eine Party zu veranstalten."

Alex schloss die Augen. Sie versuchte sich zu erinnern. Sie schlug Gregor mit der Champagnerflasche nieder, schaffte es aber nicht, ihn in den Raum zurückzuziehen. Sie griff sich seine Schlüssel, das Messer und im Nebenraum die Taschenlampe. Sie rief sich den Raum in Erinnerung. Es lag einiges Zeug auf dem Tisch, Bierflaschen und zwei Kaffeetassen. Doch zwei Täter? Alex fuhr aus dem Bett hoch und versuchte Toni zu überzeugen. „Ich glaube Bergmann, es sind zwei Täter! Es standen zwei Kaffeetassen auf dem Tisch."

Toni zuckte mit den Schultern. „Schwaches Indiz, dafür kann es auch eine andere Erklärung geben. Ich wasche auch nicht jedes Mal meine Tasse gleich auf. Ich schau jetzt bei Bergmann noch einmal rein und rede mit ihm."

„Soll ich mitkommen?" Alex machte Anstalten aufzustehen.

„Nein, du bist außen vor. Ich dürfte eigentlich gar nicht mit dir reden. Das weißt du auch. Mein Gott, Alex, du bist hier im Krankenhaus."

„Ja, ich weiß", gab Alex kleinlaut zu. „Aber kannst du dir das vorstellen. Du weißt, da ist noch einer, aber du kannst nichts machen, weil man dich hier ruhiggestellt hat."

Toni stand schon an ihrem Bett, bereit, sich zu verabschieden.

„Ich kann dich verstehen, aber ich kann dir versichern, dass wir alles Mögliche tun, um die Wahrheit herauszufinden."

Sie legte den Riemen ihrer Tasche um die Schulter. „Ich muss jetzt los. Morgen holen sie Pohl aus dem künstlichen Koma. Da bin ich auf jeden Fall dabei. Ich wünsche dir gute Besserung. Keine Angst, ich halte dich auf dem Laufenden." Sie winkte ihr kurz zu und verließ das Zimmer.

Die Visite ließ Alex über sich ergehen. Dr. Brenner schien überaus gut gelaunt zu sein, als er Alex' Arm in verschiedene Richtungen bewegte. „Tut es noch sehr weh?"

„Nur, wenn ich ihn hochhebe, oder etwas tragen will."

„Ja, der Bluterguss muss noch abheilen und dann muss die Physiotherapie ran. Das kriegen wir aber wieder hin. Ich bin sehr zufrieden, über den Verlauf ihres Heilungsprozesses, Frau Brückner. Die Blutwerte sind wieder im grünen Bereich. Den Kopf sehen wir uns morgen nochmal an. Und wenn das alles in Ordnung ist, steht einer Entlassung in zwei, drei Tagen nichts mehr im Wege."

Alex lag auf ihrem Bett und grübelte. Sie konnte sich mit Tonis Meinung nicht zufriedengeben. Sie nahm ihr Handy und rief Matze an.

„Hier Alex, bist du alleine?"

„Ja, ich sitze an meinem Schreibtisch. Warum?"

„Ich bräuchte deine Hilfe und es muss niemand mitbekommen."

„Ohhhkayyy", kam es langgedehnt über den Hörer. „Was kann ich für dich tun?"

„In meinem Büro steht noch mein Laptop, den bräuchte ich dringendst hier. Darauf alle Ermittlungsergebnisse, die wir haben."

„Aber Chefin, du bist doch krankgeschrieben. Geht's dir denn wieder so gut?"

„Ja, das tut es."

„Das gibt aber Ärger, wenn das jemand mitbekommt."

„Das weiß ja keiner außer uns beiden. Wir suchen immer noch nach dem zweiten Täter. Ich glaube Bergmann. Irgendetwas müssen wir übersehen haben. Ich möchte mir alles noch einmal anschauen."

Es dauerte eine Weile, ehe Matze antwortete. „Okay, ich lade alles auf den Laptop und bringe ihn dir."

„Ich danke dir Matze." Alex beendete das Gespräch und lehnte sich zurück.

Doch zum Nachdenken kam sie nicht mehr. Es klopfte und Dilta stürmte herein. Sie brachte ein kleines, hübsches Blumensträußchen aus ihrem Garten mit, dann umarmte sie Alex eine ganze Weile und flüsterte ihr ins Ohr: „Es tut mir so leid."

Sie setzte sich auf das Bett und betrachtete ihre Freundin. „Wie geht es dir?"

„Naja, man würde sagen, den Umständen entsprechend, aber es könnte schlimmer sein. Der Arzt sagt, sie bekommen mich wieder hin. Wenn ich Glück habe, komme ich in zwei, drei Tagen hier raus."

„Oh, das geht ja schnell". Dann fragte sie leise: „Willst du drüber reden?"

Alex schüttelte den Kopf.

„Ok, ich soll dir auch schöne Grüße von Bernd bestellen. Er musste noch einige Sachen in der hiesigen Zahnklinik abliefern. Sein Labor arbeitet doch für das Krankenhaus. Ich habe mich ihm gleich angeschlossen und zwei Stunden frei genommen. Hab genug Überstunden. Ich wollte dich unbedingt sehen." Sie atmete tief. „Eigentlich wissen wir nicht viel. Deine Kollegin Schellenberger hat uns kurz nach deiner Entführung aufgesucht und uns befragt. Wir können es immer noch nicht fassen. Gregor, ein Mörder, ein Irrer. Und ich habe ihn auch noch zu meinem Geburtstag eingeladen, wegen der blöden Schließanlage. Du musstest den ganzen Abend neben ihm sitzen. Es tut mir leid."

„Da kannst du doch nichts dafür. An diesem Abend war er besonders charmant. Hat Gitarre gespielt und gesungen. Er hat uns alle getäuscht. Er ist ein Psychopath und gehört weggesperrt", versuchte Alex Britta zu beruhigen.

Ihre Freundin schaute sie fragend an. „Was ist mit Maria geschehen? Deine Kollegin hat nur vage Andeutungen gemacht. War sie denn nicht krank?"

Alex ließ sich Zeit mit der Antwort. „Ich darf eigentlich auch nicht mit dir darüber reden. Aber Maria war nicht krank. Sie wollte nur weg von ihm."

Britta hob hilflos die Hand. „Hat er sie eingesperrt und getötet?"

Alex nickte.

„Schlimm, hat sie sehr gelitten?", wollte Britta wissen.

Alex nickte erneut. „Und das nur ein paar Meter von uns entfernt. Keiner hat etwas bemerkt."

Britta betrachtete schuldbewusst ihre Hände. „Ich hätte mich vielleicht mehr um sie kümmern sollen. Es gab für mich überhaupt keinen Grund, an Gregors Geschichte zu zweifeln."

„Da kannst du doch nichts dafür." Sie fasste Britta am Arm. „Du musst dir keine Vorwürfe machen." Alex richtete sich etwas auf. „Du, aber mal was anderes. Hast du Gregor mal mit einem Freund oder einem Bekannten gesehen? Ist dir da irgendetwas oder irgendwer aufgefallen?"

Britta überlegte einen Augenblick. „Naja, hier und da mal mit einem Nachbarn, jeder kannte seine Hilfsbereitschaft und fand ihn nett. Deshalb habe ich ihn auch wegen einer neuen Anlage gefragt, als die Einbrüche losgingen. Da er sie uns schnell und günstig eingebaut hat, habe ich mich ver-pflichtet gefühlt, ihn einzuladen. Bernd war das gar nicht recht. Er meinte, ich hätte ihn ja mal vorher fragen können."

„Ich hatte aber bei deiner Feier den Eindruck, Bernd und Enno kamen mit Gregor ganz gut zurecht?"

Britta wiegte den Kopf leicht hin und her. „Vor unge-fähr einem Jahr war es auch so. Aber dann wollten Bernd und Enno voriges Jahr zum Männertag und Gregor hat sich mit eingeklinkt. Ich vermute, dass da etwas vorgefallen war, denn seitdem ist bei Gregor und Bernd Funkstille."

„Auch mit Enno?" wollte Alex wissen.

Britta zuckte mit den Schultern. „Das weiß ich nicht. Ich habe meinen Mann zwar gefragt, was da los war, aber er hat nur abgewiegelt, es sei alles in Ordnung. Er wollte mit mir nicht darüber reden. Meinst du, das ist wichtig? Soll ich ihn nochmal fragen?"

„Wenn er dir etwas sagt, was in dem Fall zur Aufklärung beiträgt, wäre ich dir schon dankbar." Alex wirkte etwas re-signiert. „Die Kollegen sind dabei, den Fall abzuschließen, obwohl ich finde, dass noch viel zu viele Fragen in dieser Angelegenheit offen sind." Sie lehnte sich zurück. „Ich kann ja von hier aus nicht viel tun, außerdem will ich in ein paar Tagen in den Urlaub fliegen. Das wird eh schon alles ein bisschen knapp."

Verwundert sah Britta Alex an. „Ihr wollt trotzdem flie-gen, gibt dir denn dein Arzt die Erlaubnis?"

„Ich denke schon, dass er einen Ortswechsel befürwortet. Und ich brauche ihn auch unbedingt. Ich glaub, ich muss erst wieder resetet werden."

Britta sah sie fürsorglich an. „Wenn du mal reden möchtest. Ich bin da. Du musst dir doch sicher auch grünes Licht vom Psychologen holen, bevor du in deinen Job wieder einsteigen darfst?"

„Na klar", Alex nickte. „Ich habe schon den ersten Termin, er wollte mich sogar noch vor dem Urlaub sehen. Das bleibt mir leider nicht erspart."

„Ich glaube es auch nicht, dass du dieses Problem alleine bewältigen kannst, da brauchst du schon professionelle Hilfe."

„Ja, du hast ja recht", gab Alex zu.

Britta blieb noch bis zum Mittag und Matze brachte den Computer vorbei.

Dominiks Besuch an diesem Nachmittag war kurz. Er fand Alex auf ihrem Bett liegend, vertieft in ihren Laptop und er wusste sofort, dass sie sich die Arbeit ins Krankenhaus bestellt hatte.

„Alex, du hast etwas Schreckliches erlebt, deine Gehirnerschütterung ist noch nicht ausgeheilt und dein Arm soll bis auf Weiteres ruhiggestellt bleiben, da ist das Arbeiten mit der Maus sehr ungünstig."

„Du willst mich doch nicht beim Doc verpfeifen? Außerdem will er mich in zwei Tagen heimschicken, meine Blutwerte sind wieder super."

„Du weißt aber schon, dass wir in ein paar Tagen in den Urlaub fliegen wollen. Ich habe sogar noch einen stornierten Platz ergattern können. Der Flug war ausgebucht. Aber ich möchte, dass du dich bis dahin erholt hast."

Alex schaute ihn an. „Es tut mir leid, ich kann nicht anders. Ich muss den zweiten Mann noch finden. Es würde mir keine Ruhe lassen."

Sie küsste ihn. „Schau, ich liege hier ganz entspannt und sehe die Unterlagen nur durch. Vielleicht haben die Kollegen etwas übersehen. Es strengt mich nicht an."

„Du weißt, dass das nicht stimmt, du bist die Hauptperson in diesem Prozess, es geht um dich. Deswegen hast du dich hier verbissen und willst nicht aufgeben." Dominik wirkte verärgert.

Alex versuchte ihn zu beruhigen und Verständnis für sich zu erlangen. „Du hast mir mal erzählt, wenn du ein Bild oder eine Skulptur anfängst, kannst du nicht mehr aufhören an ihnen zu arbeiten, bis sie fertig sind. Warum kannst du nicht verstehen, dass es mir genauso geht und mich betrifft es sogar höchst persönlich. Ich kann nicht in den Urlaub fahren, entspannt wiederkommen, in dem Wissen, da läuft noch einer herum, der es vielleicht auf meine Familie und mich abgesehen hat."

„Wissen das eigentlich deine Kollegen, was du hier treibst?"

„Verpetz mich bitte nicht!" Alex sah ihn flehentlich an.

Dominik erkannte, dass er nichts ausrichten konnte. All seine Argumente liefen ins Leere. Nach einem weiteren Diskussionsansatz verließ er aufgebracht das Zimmer.

Alex wollte nicht länger über ihn nachdenken. Sie stürzte sich wieder in die Arbeit, vielleicht konnte sie auf einen Fehler stoßen, oder eine Ungereimtheit, eine Irritation. Sie schaute sämtliche Berichte durch, Handyauswertungen, Bilder, Zeugenaussagen, Spurensicherung. Sie konnte einfach nichts finden. Erschöpft lehnte sie sich zurück, ihre Augen brannten und ihr Kopf schmerzte. Sie klingelte nach der Schwester und bat um eine Schmerztablette. Dann ließ sie zum zweiten Mal die Protokolle der Befragung der Anwohner im Villenviertel durchlaufen. Nichts, nichts, überall nichts. Alex rieb sich die Augen. Die Befragung von Gregor Pohl in seinem Haus las sie bereits zum dritten Mal.

Das Gespräch wurde durch telefonische Kundenanfragen zweimal unterbrochen, indem Herr Pohl in den Nebenraum ging. Alex fragte sich, ob die Anrufer überprüft worden waren. Sie fand keine passende Telefonanfrage. Ein freundlicher, hilfsbereiter und aufgeschlossener Mitmensch, so schätzten die Kollegen Pohl in ihrem Abschlussbericht ein.

Toll, dachte Alex und wollte den nächsten Bericht schon anklicken, als ihr Blick auf die Zeit fiel, die die Kollegen angegeben hatten, Gregor Pohl befragt zu haben. Adrenalin stieg ihr ins Blut. Hellwach überprüfte sie das Datum und die Zeiten, einmal, zweimal. Das war's. Sie hatte den Beweis. Gregor konnte sie gar nicht aus ihrem Haus entführt haben, weil er zur gleichen Zeit von den Kollegen befragt worden war. Dann waren die zwei Anrufe bestimmt keine Kundenanfragen. Aufgeregt saß Alex im Bett. Was konnte sie jetzt tun? Bei den Kollegen anrufen? Das gäbe Ärger. Sie schaute auf die Uhr, nach 23 Uhr. Bergmann konnte sie jetzt auch nicht mehr belästigen.

Wenn sie Matze den Tipp geben würde, könnte er die Kollegen verständigen und sie würde gar nicht in Erscheinung treten. Sie unterdrückte den Drang, ihn sofort anzurufen und beschloss, es am nächsten Morgen zu tun.

Alex ging ein paar Schritte zurück. Ein riesiger Schatten kam im flackernden Licht auf sie zu. Sie drehte sich um und rannte um ihr Leben. Der Tunnel fing an, sich zu strecken und schien unendlich zu sein. Doch dann sah sie das Licht, als sie es endlich erreicht hatte, stand sie wieder am Anfang, im flackernden Licht. Das Monster trat jetzt auf sie zu. Sie erkannte Gregors Gesicht, einen Teil seines Schädels gab es nicht mehr. Blut lief ihm über das ganze Gesicht, seine roten blutunterlaufenen Augen starrten sie an. Alex wollte weglaufen, aber sie konnte sich nicht von der Stelle bewegen. Dann sah sie seine großen Pranken, die sich ihr entgegenstreckten. Sie versuchte, sich zu wehren, doch seine Hände waren überall auf ihrem Körper. Er kam ihr ganz nah, sein Atem war der eines Tieres. Er zerrte an ihren Kleidern. Sie lag auf dem Boden, rote Rosen fielen auf sie herunter und fingen an, sie zu begraben. Alex schrie um ihr Leben ... und fuhr aus dem Schlaf auf.

Sie saß im Bett, sie zitterte am ganzen Leib. Ihre Haare hingen nass in Strähnen herunter und ihr T-Shirt klebte völlig verschwitzt an ihrem Körper. Die ältere Nachtschwester stürmte in das Zimmer und schaltete das Licht an. „Sie haben gerufen, Frau Brückner, was ist passiert?" Sie sah ihre Patientin und ahnte sofort, in welcher Situation sich Alex befand. Sie nahm die zitternde Frau in den Arm und versuchte sie zu beruhigen. „Es ist alles gut, es war nur ein Albtraum, hören Sie, nur ein schlechter Traum. Sie sind hier in Sicherheit." Als die Schwester sie losließ, hatte sich Alex bereits wieder im Griff. „Ja, ja, schon gut, es war nur ein Traum. Entschuldigen Sie."

„Sie sind ja klitschenass geschwitzt, haben Sie noch ein frisches Hemd mit?" Alex nickte. „Ja, im Schrank, das Gelbe." Die Schwester brachte ihr das frische Shirt, einen nassen Waschlappen, ein Handtuch und half ihr beim Umziehen. „Bei solchen Träumen sollten Sie aber unbedingt jemanden konsultieren, der etwas davon versteht. Das bekommen Sie nicht alleine in den Griff, versprechen Sie mir das." Sie nahm Alex' Handgelenk, schaute auf die Uhr und zählte den Puls mit. Alex nickte, sie war noch immer benommen. „Ja, ich verspreche es." Zweifelnd legte die Schwester Alex' Arm zurück aufs Bett und reichte ihr ein Glas Wasser.

„Tun Sie das!", fügte sie eindringlich hinzu und schüttelte das Kopfkissen auf. „Soll ich das Licht anlassen?"

Alex schüttelte den Kopf und legte sich zurück ins Bett. „Nein, es geht schon wieder, vielen Dank."

Kapitel 15

Am Morgen kurz nach acht rief Alex im Büro an. Matze konnte es überhaupt nicht fassen, diesen Hinweis übersehen zu haben.

„Das ist nicht so schlimm, die anderen haben es ja auch nicht bemerkt. Du sagst jetzt den Kollegen, dass du das soeben erst entdeckt hast und mich hältst du da raus." „Okay, aber ein Hinweis, wer es sein könnte, ist dir nicht aufgefallen?" „Nein, leider nicht."

„Mann, der Fall bringt mich noch um den Schlaf."

„Pfff", pustete Alex. „Frag mich mal." Sie legte auf.

Nach dem Frühstück verließ Alex ihr Zimmer und wollte bei Bergmann vorbeischauen. *Wo sind sie denn alle?*, dachte sie und wunderte sich über den menschenleeren Gang und die verwaiste Rezeption. Als sie aber um die Ecke bog, stand am Ende des Flures eine große Gruppe von Ärzten, Schwestern und Pflegern, alle redeten aufgeregt durcheinander. Alex konnte nicht verstehen, worum es ging. Niemand interessierte sich für sie. Sie schlüpfte unbemerkt in Bergmanns Zimmer. Der lag im Bett und schaute sich einen Sportbericht im Fernseher an.

„Haben Sie mitbekommen, was da draußen los ist? Eine Aufregung unter dem Personal." Erwartungsvoll sah Alex ihren Kollegen an. Der schüttelte den Kopf.

„Keine Ahnung, ich habe schon zweimal geklingelt, aber es kommt keiner." Er schien immer noch Schmerzen in der Brust bei Bewegungen zu haben. „Können Sie mir mal das Kopfkissen hochziehen und aufschütteln." Alex half ihm mit der linken Hand, da die rechte Schulter bei derartigen Aktivitäten noch Probleme bereitete. Sie setzte sich auf den Stuhl neben dem Bett und grinste ihn an. „Matze hat mir alle Unterlagen gebracht und ich habe den Beweis gefunden, dass Pohl nicht alleine gehandelt hat. Sie haben recht gehabt."

„Im Ernst?" Bergmann ließ das Kopfende seines Bettes nach oben fahren, um eine Sitzposition einzunehmen. Er schaltete den Fernseher aus, seine ganze Aufmerksamkeit galt Alex. „Wie das? Die Kollegen schienen mir nicht geglaubt zu haben." Alex genoss es, ihn einen Augenblick zappeln zu lassen. Ein zufriedenes Lächeln lag in ihrem Gesicht. „Während mich der Entführer aus meinem Haus gezerrt hat, wurde Pohl von unseren Kollegen befragt. Er konnte es also nicht gewesen sein. Er hatte anscheinend noch einen Komplizen."

„Wissen Sie wer?" Bergmann war jetzt hell wach. Alex schüttelte den Kopf. „Genau weiß ich es nicht, aber ich habe so eine Idee. Haben Sie den zweiten Mann genau gesehen? Reicht es für ein Phantombild?" Bergmann nickte. „Ich glaube schon, meine Erinnerungen sind jetzt wieder ganz klar. Haben Sie einen Verdacht?"

Alex zog ihr Handy aus der Jackentasche, schaltete es ein und zeigte ihrem Kollegen das Bild. Bergmann warf nur einen Blick darauf und grinste. „Was, Seebacher, den haben Sie immer noch auf dem Schirm? Vergessen Sie den, der ist es nicht."

Enttäuscht ließ Alex das Handy sinken. Dann suchte sie darauf ein neues Bild und hielt es Bergmann unter die Nase. „Und der?"

Bergmann nahm ihr das Smartphone aus der Hand. „Was? Ein Tätowierter, wer ist das?"

„Matthias Berthold. Pohls rechte Hand. Hat angeblich ein Alibi."

Er gab ihr das Handy zurück. „Der war's auch nicht."

Resigniert steckte sie es wieder ein.

Von draußen drang aufregendes Stimmengewirr ins Zimmer. Alex stand auf. „Ich schau' jetzt nach, was da draußen los ist." Dann blieb sie einen Augenblick lang stehen und drehte sich nochmals zu Bergmann um. „Sie können ihn wirklich identifizieren?"

Bergmann nickte.

Auf dem Flur hatte sich bereits alles wieder beruhigt. Alex öffnete die Tür zum äußeren Gang und blieb einen Augenblick stehen, um zu lauschen. Kein Mensch befand sich hier. Nur ganz hinten öffnete sich die automatische Tür zur nächsten Station. Eine Person im weißen Schutzanzug kam ihr mit einem Metallkoffer entgegen. Erst als der Mann sie fast erreicht hatte, erkannte sie den Mitarbeiter der KTU.

„Markus, was machen Sie denn hier? Ist etwas passiert?". Er blieb stehen und lächelte sie freundlich an.

„Frau Brückner, schön, dass es Ihnen wieder besser geht. Wir sind alle froh, dass Sie wieder da sind. Wie geht es Ihnen denn?"

„Ja, danke, ganz gut! Aber Markus, sagen Sie mir, was ist hier los?"

Sein Gesicht wurde ernst und er zeigte mit der Hand, wo er hergekommen war. „Den Gang bis hinter und dann die Tür links zur Station 7, da werden Sie es schon sehen. Gute Besserung, Frau Brückner!"

Langsam lief Alex auf die Station 7 zu und betätigte den automatischen Türschalter. Die Tür öffnete sich und gab den Blick auf die Station frei. Alex sah Kommissar Lasse Scholz im hinteren Bereich des Flures nervös hin- und herlaufen, er telefonierte und schien sie nicht zu bemerken. Sie ging am Tresen mit den zwei Schwestern vorbei zum offenstehenden Krankenzimmer. Der junge Polizist davor erkannte sie und schaute sie resigniert an. Er nickte ihr kurz zu, als Alex vorbei an ihm den Raum betrat. Alex erkannte sofort die Situation. Gregor Pohl lag tot in seinem Bett. Alle Geräte waren bereits abgestellt. Simone von der KTU grüßte sie freundlich, dann nahm sie das Laken und deckte das Gesicht des Toten ab. Alex stellte sich neben Toni, die wie versteinert mit verschränkten Armen dastand und auf das Bett starrte.

„Wie konnte das geschehen?", wollte Alex wissen.

Aus ihren Gedanken gerissen schaute Toni sie erschrocken an. „Ich weiß es nicht, wir hatten Tag und Nacht einen Beamten vor der Tür. Die KTU sagt, dass jemand etwas in den Infusionsbeutel gespritzt hat. Es wurde eine kleine Einstichstelle entdeckt. Der Doktor vermutet Insulin, aber Genaueres können sie erst nach der Untersuchung feststellen. Er hat dem Toten gleich Blut abgenommen, das ist jetzt im Labor."

Alex drehte sich zu Toni. „Es tut mir nicht leid um den Typ, im Gegenteil, ich bin nicht traurig, dass er tot ist. Aber, wenn du nicht glaubst, dass ich ihn aus Rache erlegt habe, dann ist doch anzunehmen, dass es doch einen zweiten Mann gibt, der Angst hat, dass seine Identität auffliegt."

„Wir haben aber alles durchgeschaut und umgekrempelt und einfach nichts gefunden." Alex fuhr herum, hinter ihr stand Lasse Scholz und hatte den Rest des Gespräches mitbekommen.

Alex sah sich im Zimmer um. „Wie ist denn der Mörder hier reingekommen? Ihr sagt, es stand Tag und Nacht jemand vor der Tür. Das Fenster ist tabu, wir sind hier im zweiten Stock. Dann kann es ja nur jemand vom Personal gewesen sein."

„Wir können ja mal unseren jungen Freund draußen befragen." Scholz zeigte mit der Hand auf den Flur. Die drei verließen das Zimmer.

Sie fanden den jungen Beamten mit der Oberschwester Martina im Gespräch.

„Seit wann stehen Sie schon vor der Tür", wollte Alex von dem Polizisten wissen. Der blickte kurz auf seine Armbanduhr. „So gegen 8 Uhr habe ich die Kollegin abgelöst."

„Haben Sie Ihren Posten mal verlassen, Toilette, oder Kaffee holen?", mischte sich Lasse Scholz ein.

Der junge Mann schaute die Oberschwester kurz an. „Ja, ich war zweimal auf der Toilette, aber da habe ich immer

Bescheid gesagt und das Personal hat ein Auge auf das Zimmer gehabt."

„Das kann ich bestätigen", resolut nickte Schwester Martina. „Hier ist kein Fremder aufgetaucht."

Alex konnte sich noch nicht zufriedengeben. „Und wer ist seit heute Morgen alles in dem Zimmer gewesen?"

Der Beamte brauchte nicht lange zu überlegen. „Es war nur das Pflegepersonal aus dieser Abteilung im Raum. Ich habe alle studiert, die auf dieser Station arbeiten. Da vorn in der Galerie hängen von Allen Bilder, die hier in dieser Abteilung beschäftigt sind, vom Professor Lorenz, allen Ärzten, allen Schwestern bis hin zum Hilfspfleger."

Als ihn alle weiter erwartungsvoll ansahen, fing er an, die Personen, die das Zimmer heute betreten hatten, aufzuzählen. „Da wäre als Erste die Oberschwester Martina, Schwester Katja, dann der junge Mann mit dem Zopf." Er überlegte kurz.

„Pfleger Thomas!", kam die Oberschwester ihm zu Hilfe.

„Ja, genau der", pflichtete er ihr schnell bei. „Dann heute nach dem Frühstück die Visite mit zwei Ärzten, Dr. Hiller, Dr. Steiner und dem jungen Assistentsarzt Obomo und zwei Schwestern und vorhin schaute noch in voller OP Montur Professor Lorenz vorbei."

„Was?" Die Oberschwester schien fast aus allen Wolken zu fallen. „Das kann nicht sein, Professor Lorenz ist seit über einer Woche auf den Malediven. Mein Gott!" Sie hielt die Hand erschrocken vor den Mund. Der junge Beamte wurde blass.

Alex beschlich eine Ahnung. „Wie sah der Mann aus?", wollte sie wissen.

Der Polizist schloss beim Überlegen die Augen. „Er war groß und von kräftiger Figur. Er trug einen OP-Kittel und eine blaue OP-Haube. Den Mundschutz hatte er noch um sein Kinn. An seinem Kittel stand Professor Lorenz. Ich habe mich noch mit ihm unterhalten, er wollte nach dem Patienten sehen."

Lasse war außer sich. „Das gibt es doch nicht! Wie dreist ist das denn? Er räumt unter den Augen der Polizei seinen Mitwisser aus dem Weg."

„Und ohne Pohl wissen wir nicht, wer es ist." Toni konnte es nicht fassen.

„Ich glaube, ich habe den Mann auch schon gesehen. Allerdings nur von hinten." Alex erinnerte sich an ihren ersten Besuch bei ihrem Kollegen. „Er wollte zu Bergmann ins Zimmer. Anscheinend hatte er mich bemerkt und ist weiter gegangen." Alex traf es wie ein Blitz. „Großer Gott, Chris hat ihn auch gesehen, er kann ihn identifizieren."

Wie auf Kommando rannten alle drei den Gang entlang zu Bergmanns Zimmer. Alex fiel etwas zurück, ihr Kopf schien gleich zu zerbersten. Sie musste die anderen ziehen lassen, selbst der Polizist, der ihnen gefolgt war, rannte an ihr vorbei. Als sie in Bergmanns Zimmer ankam, rangen der Beamte und Lasse mit dem stämmigen Täter, der wieder als verkleideter Arzt unterwegs war. Der wehrte sich heftig und stieß gegen den Infusionsständer. Alex konnte ihn gerade noch vor dem Umstürzen bewahren. Doch dann bekam Lasse den Arm des Täters zu fassen und drehte ihn auf den Rücken, der Mann schrie kurz auf.

Toni hatte Chris Bergmann das Kissen vom Gesicht gerissen, der rang nach Luft und sah die Kollegen entsetzt an. Toni beugte sich zu Bergmann herunter. „Geht's wieder Chris? Das war aber knapp." Er nickte leicht und versuchte wieder gleichmäßig zu atmen. „Da habt ihr euch aber Zeit gelassen", hauchte er nach Luft ringend.

Toni half ihm sich aufzurichten.

Alex stand wie erstarrt und hielt sich am Türrahmen fest. Ihr Kopfschmerz war fast unerträglich und trotzdem machte sie sich Vorwürfe. Wie hatte sie das so übersehen können, dass ihr Kollege in Gefahr war. Bergmann hatte schließlich den Mann erkannt, aber es wusste doch noch niemand davon… doch, der Komplize. Wütend schaute sie auf den Täter. Die zwei Männer richteten ihn auf und Alex konnte das erste Mal sein Gesicht sehen. Wenn sie nicht schon am Türrahmen gelehnt hätte, wäre sie vor Entsetzen zurückgewichen. „BERND!" Sie schaute in sein hochrotes Gesicht mit zwei kalten Augen. „Wieso?" Er antwortete ihr nicht. Auch er schien völlig überrumpelt gewesen zu sein, dass man ihn entdeckt hatte.

Die Männer brachten ihn aus dem Zimmer. Eine Schwester hatte sich bis zu Bergmann vorgekämpft und versuchte, den herausgerissenen Infusionsschlauch zu reparieren. Toni überprüfte die Infusionsbeutel nach Einstichlöchern, konnte aber nichts finden.

„Wer ist Bernd?", wollte Bergmann wissen.

Alex stand immer noch bleich am Türrahmen. „Mein langjähriger Nachbar Bernd Schollbach und ein Freund. Das habe ich zumindest bis jetzt gedacht."

„Sie sollten ihre Freundschaften vielleicht einmal überdenken", schnauzte Bergmann sie an, er versuchte immer noch, ausreichend Luft einzuatmen.

Tief verletzt sah Alex ihn an. „Ja, da haben Sie recht, das sollte ich tun. Und mit Ihnen fange ich gleich an", blaffte Alex zurück und verließ das Zimmer.

Toni sah Bergmann vorwurfsvoll an. „Na, das war ja jetzt sehr sensibel."

Bergmann fuhr förmlich aus der Haut. „Was heißt hier sensibel, der nette Nachbar wollte mich gerade ins Jenseits befördern, da nehm' ich doch keine…". Er bekam einen Hustenanfall. Die Schwester beruhigte ihn und reichte ihm ein Glas Wasser.

Toni schüttelte nur den Kopf und folgte Alex. Die stand noch völlig geschockt auf dem Gang und hielt sich an der

Laufstange fest. Toni stellte sich neben sie. „Es tut mir leid, dass ich dir nicht geglaubt habe. Aber den hättest du sicher auch nicht erwartet?"

Alex schüttelte leicht den Kopf. „Nein, ihn habe ich nicht erwartet. Ich bin total entsetzt. Ich frage mich nur: Wieso? Spielt denn Freundschaft überhaupt keine Rolle mehr. Ich weiß, Gregor war ein Psychopath, das kann ich noch verstehen. Aber, wieso Bernd? Wieso hat er diesem Monster geholfen. Hatte Gregor ihn vielleicht mit irgendetwas in der Hand?"

Ratlos zuckte Toni mit den Schultern. „Das kann ich dir auch nicht sagen, aber wir kriegen das raus. Meinste, dass seine Frau davon gewusst hat?"

Das wiederum konnte sich Alex nicht vorstellen. „Was, Britta, nein, das glaube ich nicht. Oh Gott, Britta, die wird aus allen Wolken fallen. Ausgerechnet ihr Bernd, den liebt sie über alles. Bei ihrem Besuch erzählte sie mir noch, dass Bernd und Gregor wegen eines Vorfalls das letzte Jahr kaum Kontakt hatten."

„Was für ein Vorfall?"

„Das wusste sie selber nicht. Aber es wäre gut, wenn wir es rausbekommen."

Toni stimmte ihr zu. „Ja, wir werden ihn erst einmal vernehmen, hoffentlich ist er gesprächig. Weißt du, was mir durch den Kopf geht? Wenn wir bei Bergmann zu spät gekommen wären, hätten wir wahrscheinlich nie erfahren, wer unser Phantom ist."

Alex nickte. „Und hier in der Klinik kannte er sich gut aus." Sie lehnte sich an die Wand.

Toni stellte sich vor sie. „Du siehst überhaupt nicht gut aus und bevor du mir hier zusammenklappst, bringe ich dich erst einmal auf dein Zimmer."

Kapitel 16

Alex parkte den Wagen vor dem Präsidium. Sie blieb noch ein paar Augenblicke sitzen. Erst vor zwei Tagen wurde sie aus dem Krankenhaus entlassen. Dominik hatte sie abgeholt und nach Hause gefahren. Er hatte es sich nicht nehmen lassen, ihr jeden Wunsch von den Augen abzulesen. Nun war er auf dem Weg nach Zella-Mehlis zu ihren Eltern, um die Kinder abzuholen. Dann mussten nur noch die Koffer gepackt werden und es ging ab in den Urlaub.

Doch zuvor musste sie diesen Fall abschließen. Es ging um ihr Seelenheil, sie steckte in der Geschichte viel zu tief mit drin. Zu viele Fragen waren noch offen. Mit Dominik gab es deswegen einige Diskussionen, er war völlig anderer Meinung. Sie sollte sich aus den Ermittlungen raushalten und den Rest ihren Kollegen überlassen.

Auch ihr Hausarzt Dr. Straube weigerte sich zuerst, sie gesund zu schreiben. Ab und zu plagten sie zwar noch etwas Kopfschmerzen und auch ihre Schulter war noch nicht voll ausgeheilt, aber ansonsten ging es ihr recht gut.

Erst auf die Tatsache hin, dass sie und ihre Familie auf dem Sprung in den Urlaub waren, ließ der Arzt sich umstimmen. Nur die zukünftigen Behandlungen beim Polizeipsychologen blieben ihr leider nicht erspart. Sie galt wegen ihrer Entführung als Traumapatientin. Hoffentlich sahen das ihre Kollegen nicht auch so, behandelten sie wie ein rohes Ei oder bedauerten sie als Opfer. Das wollte sie auf keinen Fall. *Da hilft nur sicheres Auftreten,* dachte Alex und verließ den Wagen.

Auf dem Weg ins Büro wurde sie von mehreren Kollegen sehr freundlich gegrüßt. Im Flur vor dem Büro standen Lasse Scholz und der KTU-Chef Ralf Tonhauser im Gespräch vertieft, als Alex sie ansprach. „Hallo, meine Herren, ich möchte mich mal zurückmelden."

„Wow", staunte der Kommissar Scholz nicht schlecht, als er seine Kollegin so frisch und unbekümmert vor sich sah. „Das ging aber jetzt schnell. Sind Sie aus der Klinik abgehauen?" Alex lachte. „Aber ja, man kann Sie doch nicht so lange allein lassen."

Tonhauser nahm ihre Hand und drückte sie warmherzig. „Schön, dass Sie wieder zurück sind. Ich wünsche Ihnen alles Gute."

Alex lächelte. „Danke, aber eigentlich bin ich schon fast im Urlaub. Ich wollte nur mal schauen, wie es um unseren Fall steht." Sie sah Scholz erwartungsvoll an. „Habt ihr ihn schon abgeschlossen?"

„Nein", kam es ernst zurück. „Wir sind noch nicht weitergekommen. Er hat noch nichts gesagt, er schweigt beharrlich."

„Was?", verwundert sah Alex ihn an. „Das ist aber nicht gut." Sie zeigte mit dem Daumen auf die Tür. „Sind die anderen im Büro?" Als der Kommissar nickte, verabschiedete sie sich von beiden und trat durch die Tür.

Als Regina sie sah, fiel sie Alex um den Hals und drückte sie herzlich. „Schön, dass du wieder da bist. Gut siehst du aus. Ich hoffe, du fühlst dich auch so?" Auch die anderen beiden freuten sich, sie wohlbehalten wieder zu sehen. Matze gab ihr fast schüchtern die Hand.

Alex fühlte sich gerührt. „Naja, es gab Tage, da habe ich gedacht, ich sehe euch nie wieder. Ich danke euch, dass ihr nicht aufgegeben habt."

Regina winkte ab. „Das war doch selbstverständlich."

„Ich dachte, ihr seid schon im Flieger", wunderte sich Toni.

Alex schüttelte den Kopf. „Dominik holt jetzt die Kinder von meinen Eltern ab und übermorgen sind wir dann weg."

Ungeduldig blickte Alex ihre Kollegen an. „Er hat noch nicht geredet?"

„Nein, wir haben noch kein Wort aus ihm herausbekommen. Er schweigt wie ein Grab und hat seinen Anwalt wieder weggeschickt", antwortete Regina und machte eine resignierende Handbewegung.

Alex ließ ihren Blick durch das Büro wandern, an der Videowand blieb ihr Blick hängen. Eine Art Zeitablauf konnte sie auf der Wand erkennen. Sie lief ein paar Schritte auf die Wand zu. „Wie ich sehe, habt ihr die Ereignisse chronologisch geordnet. Klärt mich jemand auf? Habt ihr noch etwas rausgefunden?" Sie blieb stehen und Regina und Toni stellten sich neben sie. Matze holte aus seinem winzigen Büro den Laptop heraus und setzte sich vor die Videowand. Er vergrößerte das erste Bild einer jungen Frau. „Das ist das erste Opfer, Maria Lambrecht aus Ingolstadt. Sie wurde im März 2014 die Ehefrau von Gregor Pohl. Als nach über einem Jahr die Ehe nicht mehr lief und Maria ihren Mann verlassen wollte, sperrte er sie in ein geheimes Verlies in seinem Keller ein und quälte sie zu Tode. Wir vermuten, dass ihre Gefangenschaft mehrere Monate dauerte, genauer ließ es sich leider nicht mehr feststellen. Sie wurde von Pohl erwürgt. Die Details erspare ich uns jetzt. Sie wurde nur 32 Jahre alt. Ihre Überreste haben wir im Steigerwald gefunden. Den Nachbarn und ihrer Mutter im Pflegeheim erzählte er die Geschichte mit dem Bauchspeicheldrüsenkrebs und der Therapie in Boston. Deshalb wurde sie nie vermisst."

Matze wechselte die Fotos. „Das sind die nächsten zwei Opfer." Auf der Wand erschienen die Bilder zweier junger Männer und Regina übernahm. „Wie du siehst, ist das unser Einbrecherduo Neubucher und Kleinschmidt. Am 14. März begann die Einbruchserie. Fünf Villen haben die Jungs ausgeraubt, die Bewohner vorher ausspioniert. Sie sind immer eingestiegen, wenn keiner zu Hause war. Dann kam der 6. Juni, ihr sechster Bruch, aber da wurden sie bereits erwartet. Wir können nicht nachvollziehen, ob es ein Gerangel gab. Fakt ist, die zwei Männer wurden erschlagen und im Steiger ebenfalls vergraben."

Alex überlegte laut: „Wenn Pohl die ganze Zeit einen Komplizen hatte, dann kann es doch sein, dass der ihm beim Leichen wegschaffen geholfen hat? Der musste nämlich die schwere Last vom Auto bis zu den Gräbern ziemlich weit tragen."

„Da gebe ich dir recht", klinkte sich Toni ein und wiegte den Kopf auf ihrem langen Hals hin und her. „Dann kann es doch auch sein, dass Schollbach Mittäter war."

Alex konnte sich das gar nicht vorstellen, dass der behäbige, pragmatische Bernd in einem Keller sitzt, Einbrechern auflauert und sie erschlägt. „Habt ihr ihn dazu befragt?", wollte sie wissen. „Natürlich", antwortete Regina prompt. „Aber der Mann hat bis jetzt keinen Mucks von sich gegeben. Selbst als seine Frau hier war, hat er keinen Ton gesagt."

„Was, Britta war hier?" Verwundert sah Alex erst Toni dann Regina an. „Davon hat sie mir gestern Abend gar nichts gesagt. Naja, sie war völlig fertig mit der Welt nach eurer Hausdurchsuchung. Heute holen sie ihre Eltern erst einmal ab und nehmen sie mit zu sich. Ist wahrscheinlich das Beste für sie. Ich konnte ihr auch nicht helfen. Ich stecke ja mittendrin. Aber habt ihr wenigstens in dem Haus etwas Brauchbares gefunden?"

„Naja, wie man's nimmt." Toni zuckte kurz mit den Schultern. „Wir haben zwei Flaschen Chloroform in seiner Garage gefunden, damit bist du wahrscheinlich betäubt worden. Die haben das früher zur Reinigung von Zahnprothesen genommen. Dann haben wir noch sein Handy gecheckt und konnten ihm die Telefonate zu Pohl nachweisen. Er hat ihn gewarnt, als seine Frau Britta von dir kam und das Bild von Maria erkannt hatte. Da Pohl die Polizei im Haus hatte, musste er selbst für ihn einspringen, sonst wäre alles aufgeflogen und sein schönes, heiles Kartenhaus wäre eingestürzt."

Matze ließ Zeitungsausschnitte erscheinen. „Was ist das",
wollte Alex wissen und deutete auf die Videowand.

Regina lächelte vielsagend. „Das haben wir in einer abge-
schlossenen Schublade in seinem Schreibtisch gefunden."

Alex las die Schlagzeile eines Artikels laut vor: „Jugendli-
cher im Stadtpark tot aufgefunden." Nach einer kurzen Pause schaute sie Regina an. „Ich kann mich leise dran erinnern.
Das war im vergangenen Jahr, war das nicht dein Fall?"

„Ja, wir hatten zwar ein paar Jugendliche in Verdacht, aber
wir konnten keinen als Täter ermitteln. Jetzt fragen wir uns,
was hat Schollbach damit zu tun. Wieso sammelte er diese
Ausschnitte. Ich habe ihn schon darüber befragt. Aber er
sagt ja nichts."

„Wann war das?", wollte Alex wissen. Sie beschlich eine
Ahnung.

„Zu Himmelfahrt vergangenes Jahr", warf Toni ein und
fügte erklärend hinzu: „Wir haben auch Enno Seebacher
befragt. Er sah sehr erschüttert aus, als er erfuhr, dass sein
Freund Bernd mit den Morden zu tun hatte. Himmelfahrt
waren sie zu dritt unterwegs, Pohl, Schollbach und Seebacher. Wie es aussah, hat sich Pohl wohl sehr aufgedrängt.
Seebacher lernte dort an der Bar eine Frau kennen und lud
sie zu sich nach Hause ein. Das war am frühen Abend. Die
beiden anderen waren noch geblieben."

„Ich will Bernd Schollbach sofort sprechen." Als Alex
sich gerade erheben wollte, hielt Matze sie zurück. „Moment
Alex, das solltest du dir unbedingt noch anschauen."

Er zog ein Foto groß, das eine Bilderwand zeigte, voller
Fotos von Alex in jeglicher Situation. Anscheinend waren
alle heimlich fotografiert worden. „Es tut mir leid Alex, aber
anscheinend hatte dich Pohl schon einige Monate auf dem
Radar. Das haben die Kollegen in seinem Haus gefunden."

Alex stellte sich vor die Wand und sah sich entsetzt die
Bilder an. „Ich habe davon nichts mitbekommen."

„Ich habe dir doch gesagt, dass du Maria zum Verwechseln ähnlich siehst." Regina schob der fassungslosen Alex einen Stuhl hin, die ließ sich darauf fallen und starrte weiter die Bilder an. „Pohl hat eine Ersatzfrau gesucht und das warst du."

Alex rang nach Fassung. „Er hat mir gesagt, er hätte sich auch noch um Dominik gekümmert, wenn er nicht nach Sydney geflogen wäre."

Toni setzte sich neben sie. „Ich will es mal so sagen, er hat sich um einige in deinem Umfeld gekümmert. Zum Beispiel um Bauer, den verhassten Chef. Den hat er von der Straße katapultiert, Genickbruch."

Alex sah Toni an. „Ich habe aber mit niemandem über Bauer außerhalb des Kommissariats gesprochen."

„Aber du hast dich mit ihm lautstark vor dem Präsidium gestritten. Und Pohl, der dich die ganze Zeit nicht aus den Augen gelassen hat, bekam das mit und handelte dementsprechend."

„Ja, du hast recht", antwortete Alex fast kleinlaut.

Auf der Videowand erschien Horst Führmanns Bild groß aufgezogen. „Euren Nachbarn muss ich dir ja nicht vorstellen." Regina hatte sich ebenfalls neben sie gesetzt.

„Es kommt mir fast so vor, als habe ich ihn ausgeliefert. Ich habe es Gregor mal erzählt bei einer Feier, was wir für einen Ärger mit Führmann haben. Und mein Vater hat es ihm auch erzählt." Alex fühlte sich schlecht. Ihr kam es vor, als wäre sie für diese beiden Morde verantwortlich. Regina schien ihren Gedankengang zu ahnen. Sie legte ihre Hand auf die von Alex. „Es ist nicht deine Schuld. Er war ein Psychopath. Hörst du, Alex, mach dir bitte keine Vorwürfe."

Alex sah auf der Wand zwei Bilder, eins von Bergmann und eins von ihr.

Toni deutete auf die Bilder. „Ja, dann ist die Sache richtig eskaliert. Es gab noch die zwei Entführungen. Erst hat er Bergmann erwischt und dann dich."

„Ohne Bergmanns Erinnerung, dass es zwei Täter waren, wären wir doch gar nicht auf die Idee gekommen, weiter zu ermitteln." Toni fuhr sich mit den Händen durch ihr kurzes blondes Haar. „Zum Glück hat Matze noch entdeckt, dass dich Pohl gar nicht entführt haben kann, weil er zu diesem Zeitpunkt die Polizei im Hause hatte".

Alex und Matze warfen sich einen vielsagenden Blick zu. „Gut gemacht!", lobte Alex ihn. Mit einem leichten Kopfschütteln wandte Matze sich wieder seinem Laptop zu.

Alex sprang auf. „Ich will jetzt mit Bernd Schollbach sprechen." Sie bat Regina: „Du bist doch mit dabei? Ich würde ihn gern mit dir gemeinsam vernehmen."

Regina raffte ihre Unterlagen zusammen. „Ja gern. Ich hoffe, du kannst ihn zu einer Aussage bewegen."

„Hast du die Akte von dem toten, jungen Mann im Stadtpark noch auf deinem Schreibtisch?", wollte Alex wissen.

„Ja, ich konnte den Fall noch nicht abschließen."

„Dann bring sie bitte mit. Ich würde vorher gern noch einen Blick reinwerfen." Alex wandte sich an Matze. „Du stellst mir bitte noch alle relevanten Fakten zusammen und Toni, du sorgst bitte dafür, dass Schollbach in den Vernehmungsraum gebracht wird."

Im Raum herrschte eine angenehme Temperatur. Regina und Alex legten jeweils ihre Akten auf den Tisch und setzten sich dem Mann gegenüber. Alex betrachtete eine Weile Bernd Schollbach. So hatte sie ihren Nachbarn noch nie gesehen. Er schien um Jahre gealtert zu sein, die Ringe unter den Augen verrieten schlaflose Nächte. Sein sonst so volles Gesicht schien schmaler geworden zu sein. Vielleicht war es auch nur der Dreitagebart, der ihn so wirken ließ. Er hatte die Arme auf den Tisch gelegt, hielt seinen Blick gesenkt und die Lippen fest aufeinandergepresst, als wollte er nicht mit ihnen sprechen. Regina startete das Vernehmungsprotokoll und wies Schollbach nochmals auf einen Verteidiger hin, der ihm zustünde, aber den er bisher immer abgelehnt hatte. Alex zwang sich zur Ruhe.

„Hallo, Bernd. Ich möchte gern mit dir sprechen. Ich möchte ein paar Antworten auf meine Fragen haben. Vor allem auf das Warum? Bernd, hörst du? Warum ist das alles geschehen?" Als ihr Gegenüber keine Anstalten machte, sich zu äußern, sprach Alex weiter auf ihn ein.

„Meinst du nicht, dass mir ein paar Antworten zustehen, nach Allem, was geschehen ist, mir und vor allem Britta." Bei der Erwähnung seiner Frau reagierte der Mann endlich und sah Alex fast flehentlich an. „Was ist mit ihr? Geht's ihr gut?"

„Nein", reagierte Alex hart. „Ihr geht es sehr schlecht und ihre Eltern haben sie zu sich geholt. Ihre Welt ist gerade zusammengebrochen. Du weißt, wie sehr sie dich liebt. Und sie will auch wissen: Warum?"

Er schaute auf seine Hände, die verschränkt auf dem Tisch lagen. Es dauerte noch einige Augenblicke, ehe er endlich sprach. „Gregor hatte mich in der Hand. Er rief mich mitten in der Nacht an und zitierte mich zu sich. Er bräuchte dringend meine Hilfe. Zum Glück war Britta gerade zur Weiterbildung. Als ich bei ihm eintraf, lagen da zwei tote Männer in seinem Keller. Das waren die zwei Mistkerle, die in unserem Viertel schon die ganze Zeit ihr Unwesen trieben. Er wollte keine Polizei holen. Da habe ich ihm geholfen, die Beiden unter die Erde zu bringen."

„War das deine Idee mit den Rosen?", wollte Alex wissen.

Er schüttelte mit dem Kopf. „Nein."

„Womit hatte er dich in der Hand? Wieso konnte er so etwas von dir verlangen?"

Es schien ihm besonders schwer zu fallen, darüber zu reden. Alex ließ nicht locker. „Hat das was mit Himmelfahrt im vergangenen Jahr zu tun?"

Als er sie völlig entgeistert ansah, fühlte sich Alex genötigt, ihn aufzuklären.

„Britta hat mir von dem Tag erzählt und die Kollegen haben das hier in deinem Schreibtisch gefunden." Sie nickte Regina zu und die legte ihm sämtliche ausgeschnittenen Zeitungsartikel auf den Tisch.

„Was ist da geschehen? Zu Himmelfahrt? Der Tote im Stadtpark?"

Bernd traten Schweißperlen auf die Stirn.

„Enno und ich, wir waren mit Kollegen zum Bier verabredet. Gregor hatte sich einfach aufgedrängt, er wollte unbedingt mit. Es wurde viel getrunken. Ich hatte viel getrunken. Zu viel! Enno hat dann an der Bar eine junge Frau kennengelernt und abgeschleppt. Gregor und ich sind noch geblieben. Auf dem Heimweg haben wir die Abkürzung durch den Stadtpark genommen. Da kam dieser junge Kerl auf uns zu und hat uns wegen Geld und Zigaretten angebettelt. Wir sind ihn einfach nicht losgeworden. Er ist wie ein Hund hinter uns hergelaufen. Ich konnte ja nicht wissen, dass der unter Drogen stand. Er wurde so aufdringlich, bis es mir dann gereicht hat, da habe ich ihm eine verpasst." Er machte eine Pause, es schien ihm schwerzufallen, weiter über das Geschehene zu berichten. Alex gab ihm Zeit. „Der Junge ist rücklings gestürzt und direkt mit dem Kopf auf einen Stein geknallt. Ich konnte mich selber kaum auf den Beinen halten. Gregor hat sich um ihn gekümmert. Er sagte, er sei tot."

„Aber das stimmt nicht", rief Regina. „Er ist erst nach Stunden gestorben. Er hätte gerettet werden können, hätte man gleich Hilfe geholt."

„Ja, das habe ich auch erst aus der Zeitung erfahren. Daraufhin habe ich mich mit Gregor heftig gestritten. Ich wollte das nicht. Ich bin ihm über ein Jahr aus dem Weg gegangen, bis zum 6. Juni, als er mich mitten in der Nacht anrief. Er drohte mir. Er hat gesagt, wenn er untergeht, geh' ich mit." Er machte eine Pause.

„Ich wollte nicht, dass mir mein Leben um die Ohren fliegt, schon wegen Britta." Pause.

„Dann kam sie eines Tages von dir und erzählte, dass sie Maria auf dem Phantombild erkannt hatte. Ich wusste, dass jetzt eine Kette von Ereignissen losgetreten wird und habe Gregor gewarnt. Der konnte nicht handeln, weil die Polizei gerade bei ihm war." Als er nicht mehr weitersprach, übernahm Alex wieder die Befragung.

„Und da hast du das übernommen!" Sie sprach ganz leise. Sie merkte, dass ihr Blut in Wallungen geriet und ihre Hände anfingen zu zittern. „Du hast dein Chloroform genommen, bist in mein Haus eingedrungen. Ihr hattet ja meinen Zweitschlüssel für den Notfall bei euch. Dann hast du mir das Zeug ins Gesicht gedrückt und mich aus meinem Haus gezerrt." Sie konnte sich kaum beherrschen, sprang auf, beugte sich über den Tisch und schrie ihn an. „Du hast mich diesem Monster ausgeliefert. Dir muss doch klar gewesen sein, dass mit dem Tod seiner Frau etwas nicht stimmte." Alex spürte, dass Regina sie hart an ihrem Unterarm packte und sie zurück auf den Stuhl zog. Augenblicklich hatte sie sich wieder im Griff. Sie atmete tief durch. *Reiß dich zusammen Alex,* dachte sie, *sonst macht er dicht, oder sie ziehen dich von der Befragung ab.* Während Alex sich beruhigte, sprang Regina ein.

„Haben Sie Frau Brückner in den Bunker gebracht?"

„Nein, nur in meine Garage. Als die Polizei bei ihm weg war, hat Gregor sie bei mir abgeholt."

Na toll, dachte Alex. Es klang ja fast so, als hätte sie der Paketbote gebracht. Regina warf ihr noch einen prüfenden Blick zu, bevor sie mit der Vernehmung fortfuhr.

„An der Entführung unseres Kollegen Bergmann waren Sie doch auch beteiligt."

Es dauerte eine Weile, ehe Schollbach, der immer noch auf seine Hände starrte, aufschaute.

„Gregor hatte ihn vor seinem Haus entdeckt, er kannte Bergmann. Er wusste, dass er ein Bulle war. Wir haben ihn dann aus seinem Wagen geholt. Ich wollte nicht, dass er ihn umbringt, also haben wir ihn in den Bunker geschafft."

Alex hatte sich wieder im Griff.

„Was dachtest du denn, was mit ihm dort passiert?"

Ihr Gegenüber zuckte nur mit den Schultern.

„Und dann ist Pohl doch aufgeflogen und du konntest nicht zulassen, dass er dich mit in den Abgrund zieht, also musste er sterben."

„Ja, er hätte sonst alles zerstört", platzte er plötzlich heraus. „Das konnte ich nicht zulassen." Ein kurzer emotionaler Ausbruch, aber er beruhigte sich gleich wieder. Sein Blick fiel auf seine Hände zurück.

Regina sprach den letzten Punkt an.

„Und dann war da nur noch Chris Bergmann, der Sie erkannt hätte. Den mussten Sie noch aus dem Weg räumen. Ein leichtes Spiel für Sie, denn im Krankenhaus kannten Sie sich ja gut aus. Danach hätte Sie niemand mehr verdächtigen können. Dumm gelaufen."

Alex betrachtete noch einmal ihr Gegenüber. Er hatte aufgegeben. Zusammengesunken saß er auf seinem Stuhl. Wie konnte jemand in so kurzer Zeit, sein gesamtes Leben wegwerfen und sich und seine Familie in den Abgrund stürzen? Er würde für viele Jahre hinter Gittern verschwinden. Arme Britta.

„Herr Bernd Schollbach, Sie sind hiermit verhaftet wegen Mordes, versuchten Mordes, Entführung, Freiheitsberaubung und Strafvereitelung." Alex nickte dem Beamten zu, der bei der Vernehmung im Hintergrund stand. Er legte Bernd Schollbach die Handschellen an und führte ihn aus dem Raum.

Regina schaltete die Aufnahme aus und schaute Alex zufrieden an.

„Glückwunsch, jetzt kannst du in aller Ruhe in den Urlaub fliegen."

Erleichtert lehnte sich Alex zurück und verschränkte die Arme. „Ja, da kannst du recht haben."

Epilog

Alex stand reglos am großen Panoramafenster und schaute auf den Flughafen. Der Wartebereich am Gate war von Wartenden überfüllt. Alle Sitzmöglichkeiten waren belegt und viele Reisende standen in den Gängen oder hatten sich bereits in die Reihe zur Bordkontrolle gestellt.

Ein gelber Urlaubsflieger der TUIfly verließ das Rollfeld und drehte langsam in seine Parkposition ein. Am Gate stand bereits ihr Flieger, eine Boeing 747, und wurde betankt. Die Zwillinge, die sich ihre Nasen an dem Glas des Fensters fast breit drückten, waren aufgeregt. Tim drehte sich zu ihr um. „Ist das jetzt unser Flieger?" „Ja, das ist eine Boeing." Auch Leon staunte. „Das Flugzeug ist ja riesig. Wie viele Menschen können denn da mitfliegen."

„Ungefähr 360 wenn der Flieger voll ist", mischte sich Dominik ein, der gerade mit Lisa von einem Getränkestand mit vollen Händen zurückkam. Er drückte Alex einen Becher Cappuccino und den Jungs jeweils eine Limo in die Hand. Lisa teilte mit ihren Brüdern ihre Butterbrezel. „Habt ihr die Durchsage gehört, das Boarding verschiebt sich um eine halbe Stunde, das ist ja doof."

Alex nickte, sie hing ihren Gedanken nach. Die letzten drei Wochen hatten ihr Leben förmlich auf den Kopf gestellt. Dass sie heute überhaupt hier mit ihrer Familie stand, war nicht selbstverständlich. Sie litt zwar kaum noch unter Kopfschmerzen, aber ihre Schulter machte ihr bei starker Belastung noch Schwierigkeiten und dann diese Albträume.

Regina hatte sie heute Morgen noch einmal angerufen. Bernd Schollbach hatte diese Nacht versucht, sich in seiner Zelle die Pulsschlagadern aufzuritzen. Man fand ihn in letzter Minute. *Mein Gott*, dachte Alex, *hat denn dieser Alptraum kein Ende?* Es tat ihr leid, wie das Leben von Britta und Bernd, was sie sich hart aufgebaut hatten, wie eine Seifenblase zerplatzte. Wie hatte er nur so etwas tun können? Und Britta?

Alex wollte nicht mehr darüber nachdenken. Sie konnte es nicht ändern.

Aber nun hoffte sie, dass in den Ferien endlich diese Träume verschwinden würden. Eine neue Umgebung, Strand, Palmen, Kängurus, die Kinder und Dominik. Er stand hinter ihr. Sie lehnte sich an seine breite Brust und genoss seine Nähe. Er legte den Arm um ihre Hüfte, zog sie nah an sich heran und berührte fast ihr Ohr als er sich hinunterbeugte. „Hör' auf mit Grübeln, ich sehe das. Alles wird gut."

 *Regionales* aus dem
ℛHINOVERLAG

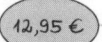
12,95 €

Iris Fleischhauer

Die Wasser der Ilm
Eine kleine Geschichte Thüringens

ℛHINOVERLAG

978-3-95560-894-1

12,95 €

Iris Fleischhauer

Die Adlerfibel

ℛHINOVERLAG

978-3-95560-887-3

www.RhinoVerlag.de

Die Hauptkommissarin-Brückner-Reihe im RhinoVerlag:

Der Rattenfänger – Hauptkommissarin Alexandra Brückners erster Fall
Der Rosenkiller – Hauptkommissarin Alexandra Brückners zweiter Fall

Impressum

© 2023 RHINOVERLAG Dr. Lutz Gebhardt & Söhne GmbH & Co. KG
Am Hang 27, 98693 Ilmenau
Tel.: 03677 / 46628-0, Fax: 03677 / 46628-80
www.RhinoVerlag.de

Layout, Satz:	Verlag *grünes herz*
Schrift:	Garamond
Umschlaggestaltung:	catnipsflavour
Druck:	Alliance Print Ltd., Sofia

1. Auflage 2023

ISBN 978-3-95560-508-7